KB041382

ONITSHA

오니샤

ONITSHA

J.M.G. 르 클레지오 지음 | 이재룡 옮김

(주)고려원북스

Contents

M.D.W. 제프레이를 위하여

길고 긴 여행

네덜란드 아프리카 라인 소속으로 이미 낡아빠진 300톤급 *수라바야* 호는 지롱드 해안의 더러운 물을 뒤로 하고 아프리카 서부 해안을 향해 항해를 했고, 펭탕은 자기 엄마를 마치 생전 처음 보는 사람인 양 바라보았다. 아마도 엄마가 그에겐 있어 본 적도 없는 누이처럼 이렇게 젊고 가깝게 느껴진 적이 예전에는 없었기 때문일 것이다. 딱히 아름답지는 않지만 활기 넘치고 강인해 보였다. 때는 늦은 오후 무렵이었고 금빛이 반사되는 짙은 머리카락, 옆모습의 윤곽선, 콧날과 예각을 이루는 우뚝하고 조금 튀어나온 이마, 입술 윤곽, 턱에 햇살이 비치고 있었다. 그녀의 살결에는 과일 표면처럼 투명한 솜털이 나 있었다. 그는 어머니를 바라보았고 그 얼굴을 사랑했다.

펭탕이 열 살이 되었을 때, 그는 어머니를 이름으로만 부르겠다고 결심했다. 어머니 이름은 마리아 루이자였지만 모두 마우라 불렀다.

아주 어려서 펭탕이 그녀 이름을 발음할 수 없어 그렇게 부른 것이 그대로 굳어진 것이다. 그는 엄마 손을 잡고 똑바로 쳐다보며 결심했었다. "오늘부터 엄마를 마우라고 부를테야." 그의 표정이 하도 진지해서 그녀는 한동안 아무 대꾸도 하지 않다가 자신도 도저히 제어하지 못하는 예의 그 미친 듯한 폭소를 터트렸다. 펭탕도 따라 웃었고 이렇게 해서 계약은 체결되었던 것이다.

마우는 목재 뱃전에 상체를 기댄 채 배가 남기는 물살 흔적을 바라보고 있었고, 펭탕은 그런 그녀의 모습을 바라보았다. 1948년 3월 14일 일요일 오후, 펭탕은 이날을 결코 잊지 못할 것이다. 하늘과 바다는 거의 보랏빛에 가까운 강렬한 푸른색이었다. 공기가 움직이지 않으니, 배가 바람과 같은 속도로 전진하고 있을 것이다. 갈매기 몇 마리가 세 겹 깃발이 낡은 빨랫감처럼 휘날리는 돛대로 접했다가 멀어지곤 하면서 후미 갑판 위를 묵직한 몸짓으로 비행하다가 가끔 꽥, 꽥 비명을 지르며 미끄러지듯 측면으로 날아들었는데 그 비명 소리는 스크루(동력선에 이용되는 추진기)의 삐걱이는 소리와 어우러지면서 기이한 음악을 자아냈다.

펭탕은 어머니를 보았고 거의 고통스러울 만큼 주의를 집중하여 갈매기 소리 등 모든 소음에 귀기울였으며, 뱃전을 타고 올라와 오랫동안 머물다 마치 심호흡을 시키듯 뱃머리를 들어 올리는 파도의 움직임을 느꼈다.

그건 처음 있는 일이었다. 그는 하늘과 바다를 배경으로 서서히 말끔한 프로필로 변하는 마우의 옆얼굴을 바라본 것이다. 그는 바로 저 거야, "저 모습은 처음 보는 거야"라고 생각했다. 그리고 동시에 왠지 모르게 목이 메고 가슴이 뛰면서 눈물이 흘렀다. 그것이 마지막이기 때문일 것이다. 그들 모자는 영원히 떠나는 길이었고 이제는 결코 예전과 같지 않을 것이다. 하얀 항적(航跡) 끝으로 육지가 지워져 갔다. 해안의 흙탕물이 갑자기 짙푸른 바다로 뒤바뀌었다. 낚시터가 장난감처럼 보이고, 갈대가 삐쭉삐쭉 솟은 모래 바닥, 이상한 형태의 해안선, 타워, 부표, 그물, 채석장, 보루 등, 이 모든 것이 바다의 움직임 속에 사라지고 파도 속으로 침몰되었다.

뱃머리 쪽에서 태양이 수평선을 향해 내려가고 있었다.

"저 초록빛을 보려무나."

마우는 펭탕을 꼭 껴안았다. 펭탕은 두터운 외투를 통해 그녀의 심장 박동이 그의 가슴으로 전해지는 걸 느꼈다. 앞쪽 일등석 갑판의 사람들은 박수를 치더니 무슨 이유인지 모르지만 큰소리로 웃었다. 붉은 제복의 선원들이 승객 사이로 뛰어다니며 밧줄을 들고 현문(舷門)을 연결했다.

펭탕은 배에 그들만 있는 게 아니란 걸 깨달았다. 주위엔 온통 갑판과 선실 사이를 쉴 새 없이 분주한 모습으로 오가고 있는 사람들로 가득했다. 갑판 난간에 몸을 기대고 내려다보며 서로 이름을 불러댔으며 손에는 쌍안경, 망원경을 들고 있었고 회색 망토 차림에 모자와 스카프를 쓰고 있었다. 이들은 면세 담배를 피우며 서로 밀치고 큰소리로 떠들어댔다. 펭탕은 햇살 속의 그늘 같은 마우의 옆모습을 다시 한 번 보고 싶었다. 그러나 그때 그녀가 펭탕에게 말을 걸었으며 그녀 눈이 반짝거렸다.

"어때, 괜찮니? 춥지 않아? 선실로 내려갈까? 식사 전에 잠시 쉬고 싶니?"

펭탕은 난간에 매달렸다. 그의 눈알은 물기 없이 바짝 마르면서 자갈처럼 뜨거워졌다. 그는 모든 걸 보고 싶었다. 배가 멀리 보이는 육지에서 떨어져 나가며 심해에 들어서던 순간을 잊고 싶지 않았다. 프랑스가 짙푸른 파도 속으로 사라지고 물살에 난도질당한 저 육지, 도시, 집, 물에 잠긴 얼굴들, 뱃전에서 웃음과 비명을 섞어 가며 깃털을 곤두세운 새들처럼 난간에 우뚝 선 일등석 손님들의 실루엣, 꿈의 조각처럼 부동의 대기 속에 고정되어 웅웅거리는 *수라바야* 복부의 엔진 굉음, 안구를 찌른 손가락이 머리의 중심부를 통과하여 초록빛이 폭발하듯 바다로 떨어지는 하늘!

밤. 바다에서 보내는 첫날밤, 펭탕은 통 잠을 이룰 수 없었다. 그는 배의 늑재(肋材)가 흔들리고 삐걱임에도 불구하고 마우의 규칙적인 숨소리를 듣기 위해 미동도 하지 않고 숨을 멈췄다. 너무 피곤해서 등줄기가 후끈거렸다. 보르도 항구의 차가운 바람 속에서 기다렸고 마르세유까지 기차를 타고 내려왔다. 그리고 떠나기 전 그 나날들, 이별, 눈물, 당장 눈앞에 닥친 일을 생각하지 않으려고 객쩍은 소리를 늘어놓던 오렐리아 할머니의 음성. 뿌리가 뽑혀지면서 기억 속에 남은 휑한 구멍. "울지 마라, 벨리노. 널 보러 그곳으로 갈까?" 느릿느릿 출렁이는 파도가 그의 가슴과 머릿속을 죄어 왔고 그것은 고통처럼, 괴로움처럼 그를 사로잡아 휩쓸고 가는 운동, 목을 조르고 망각으로 이끄는 움직임이었다. 펭탕은 좁은 침대 속에서 몸통을 팔로 꼭 붙들었고 허리 부분은 요동치게 내버려두었다. 마치 지난번 그 전쟁 때처럼 이 세계의 다른 쪽, 그 뒤쪽으로 미끄러지고 있는지도 모른다.

"그곳, 거기에 뭐가 있니?"

로사 아줌마 목소리가 들렸다.

"거기가 뭐가 좋아? 거기에선 사람이 죽질 않는다데?"

펭탕은 초록 광선이 지나가고 하늘이 바다 위로 떨어진 후, 그곳을 보려고 했다.

"옛날 옛적 한 옛날에 길고 긴 여행을 한 뒤, 모든 걸 망각하고 자신이 누구인지조차 모르게 된 후에야 도달하게 되는 그런 나라가 있었단다……."

오렐리아 할머니의 목소리가 아직까지도 바다 위로 웅웅 울려댔다. 딱딱하고 움푹 파인 침대 속에서 엔진의 진동을 온몸에 받으며 펭탕은 혼자말로 얘기하는, 다른 삶의 끈을 붙잡으려 하는 목소리를 들었다.

"전 그런 나라 싫어요. 가고 싶지 않아요. 싫단 말예요. 그 사람은 내 아빠가 아녜요!"

파도가 칠 때마다 배의 늑재가 삐걱거렸다. 펭탕은 어머니의 잔잔한 숨소리를 들으려고 애썼다. 그리고 힘주어 속삭였다.

"마우! 마우!"

그녀가 아무 대꾸도 하지 않자 펭탕은 침대에서 미끄러져 내려왔다. 문 위에 수직으로 뚫린 여섯 개의 구멍으로 들어오는 빛이 객실을 밝혔다. 바로 건너편 복도 쪽에는 전기등이 하나 있었다. 이리저리 움직일 때마다 각각의 구멍을 통해 밝게 빛나는 필라멘트가 보였다. 거기는 창문이 없는 내부 선실로, 돈없는 사람들이 그곳에 있었다. 축축한 잿빛 공기에 숨이 막혔다. 펭탕은 눈을 크게 뜨고 움직이는 바다에 몸을 맡기고 다른 침대에 누워 잠들어 있는 어머니의 실루엣을 보려고 애썼다. 밀쳤다간 당기고 다시 밀치는 파도의 힘에 선실이 삐걱거렸다.

펭탕 눈에는 왠지 모르게 눈물이 가득 고였다. 기억이 해체되고 지워져 버린 그의 육체의 중심, 바로 그곳이 아파 왔다.

"아프리카에 가기 싫어."

마우나 오렐리아 할머니, 그리고 그 누구에게도 이 말은 하지 않았다. 오히려 그는 무척 가고 싶어 안달이 났었고 마르세유, 오렐리아 할머니의 작은 아파트에선 잠을 이룰 수 없었다. 보르도로 가는 기차 안에서는 얼른 가고 싶어 열에 들떠 조바심을 냈었다. 그는 사람들의 얼굴을 더 이상 보고 싶지도, 그들 목소리를 듣고 싶지도 않았다. 모든 걸 쉽게 쉽게 참아 넘기기 위해서는 눈을 감고 귀를 막았어야 했다. 그는 힘이 세고, 말이 없고, 울지도 않고, 고동치는 심장이나 쥐어짜듯 아픈 배도 없는 그런 다른 사람이 되고 싶었다.

그는 영어도 할 수 있을 것이며, 남자 어른처럼 눈썹 사이에 수직으로 두 개의 주름살도 생길 것이고, 마우도 더 이상 그의 어머니가 아닐 것이다. 이 여행의 끝, 그곳에서 기다리고 있는 사람은 결코 그의 아버지가 아닐 것이다. 그들에게 아프리카로 오라는 편지를 썼던 사람은 모르는 남자이다. 그는 아내도 아이도 없는 사내이고, 아무도 본 적 없는 모르는 사람인데 왜 그는 기다리고 있을까? 그에게도 이름이, 사실 아주 멋진 이름이 있다. 조프르와 알렝. 그렇지만 이 여행이 끝나고 그곳에 도착하면 우리는 아주 재빨리 부두를 지나갈 것이고, 그는 아무것도 보지 못하고 누구도 알아보지 못할 것이며 그래서 그는 투덜거리며 자기 집으로 돌아가야 할 것이다.

밤이 되니 갑판 위로 바람이 불기 시작했다. 대양의 바람은 문틈으로 쉭쉭거리며 들어와 얼굴을 후려쳤다. 바람을 안고 선수 쪽으로 걸어갔다. 그의 눈에 맺힌 눈물이 안개에 휩싸인 파도처럼 찝찌름해졌다. 눈물은 이제 아무렇게나 흘러 육지의 잔재를 쓸어 내는 바람에 휩쓸려 갔다. 오렐리아 할머니의 아파트가 있었던 마르세유, 그리고 그 이전 생-마르텡에서의 삶, 스튜라 계곡에서 산타 안나까지 산기슭을 따라 걷던 일들. 바람이 불어와 모든 걸 휩쓸고 가면서 눈물을 흘리게 했다. 펭탕은 철제 난간을 따라 갑판 위를 걸었다. 바다와 하늘의 캄캄한 공간, 강렬한 전등 빛에 눈이 부셨다. 추위가 느껴지지 않았다. 그는 맨발로 밧줄을 잡고 지금은 텅 빈 일등칸으로 걸어갔다. 객실 앞을 지나다가 그는 모슬린 커튼이 쳐진 창문을 통해 사람들의 실루엣을 보았고 여인들의 웃음 소리, 음악 소리를 들었다. 갑판 끝은 커다란 일등칸 살롱이었고, 사람들은 아직껏 식사를 하거나 소파에 앉아 담배를 피우며 카드 놀이를 했다. 그리고 그 앞은 화물칸이었다. 굳게 닫힌 창문, 돛대, 노란 전등빛을 받고 있는 선상(船上), 그리고 길거리 위로 폭우가 쏟아질 때처럼 물웅덩이 위로 번들거리는 수증기 구름에 몰아치는 거센 바람과 파도. 펭탕은 살롱 창문 사이의 벽면에 등을 기대고 꼼짝도 하지 않고 숨도 거의 쉬지 않으며 바라보았다. 너무 오랫동안 서서 바라보고 있자니까 앞으로 고꾸라질 것 같고 배가 바다 깊숙한 곳으로 빠져 들어가는 듯한 느낌이 들었다. 대양과 하늘의 검은 공간이 그의 눈앞으로 밀려왔다. 펭탕이 막 기절하려는 순간, 그를 발견한 사람은 크리스토프라 불리는 네덜란드 선원이었다. 그는 펭탕을 안고 살롱으로 갔고 부선장이 그에게 몇 가지 질문을 한 후 마우의 객실로 데려다 주었다.

마우는 이처럼 행복했던 적이 없었다. 산책을 하거나 의자에 길게 누워 책을 읽거나 공상에 잠길 수 있는 지붕 덮인 갑판을 갖춘 *수라바야*는 안락한 배였다. 아무 데나 자유롭게 갈 수 있었다. 부선장인 헤일링 씨는 키가 크고 건장하며, 피부색은 아주 불그레하고 거의 대머리에 가까웠으며 불어를 유창하게 구사했다. 펭탕이 한밤중에 소동을 일으킨 후부터 그는 이 소년의 친구가 되었다. 그는 마우와 펭탕을 기관실로 데리고 갔다. 그는 *수라바야* 호의 낡은 청동 엔진을 무척 자랑스럽게 생각했으며 천천히 돌아가는 엔진 소음을 시계 소리에 비교했다. 그는 엔진 기어와 크랭크암(스크루와 연결돼서 동력을 이어 주는 것)에 대해 설명해 주었다. 펭탕은 교대로 움직이는 밸브와 두 개의 스크루 암축을 구멍창으로 오랫동안 바라보며 감탄을 금치 못했다.

*수라바야*가 대양을 항해한 지도 며칠이 지났다. 어느 날 저녁, 헤일

링 씨는 펭탕과 마우를 선교로 데려갔다. 검은 섬들이 염주알처럼 수평선에 걸려 있었다.

"보세요. 마데이라 펭샬 섬입니다."

그것은 마술적 이름이었다. 배는 밤을 향해 다가가고 있을 것이다.

태양이 바다에 닿을 때면 몇몇 심드렁한 사람을 제외하곤 모두가 어슴푸레한 녹색 광선을 구경하기 위해 일등칸이 있는 앞쪽으로 몰려갔다. 그러나 매일 저녁, 항상 같은 일만 일어났다. 마지막 순간, 태양은 이 기적의 막을 내리기 위해 수평선으로부터 솟아난 듯한 안개 속으로 가라앉았다.

마우는 저녁나절을 가장 좋아했다. 아프리카 해안에 접근한 지금, 석양의 공기 속에는 어떤 나른함, 갑판을 스쳐 지나가고 바다를 미끈하게 만드는 어떤 훈훈한 숨결이 있었다. 펭탕과 마우는 의자에 나란히 앉아 나지막이 얘기를 나눴다. 산책 시간이었다. 승객들이 오가며 인사를 했다. 펭탕 모자와 같은 테이블에서 식사하는 보트루 가족, 다카르에서 살고 있는 상인 부부, 아크라에 주둔한 영국 장교의 부인인 오길비 부인, 즈느비에브란 이름의 프랑스 간호사, 그리고 그녀를 추근거리며 따라다니는 머리에 기름을 덕지덕지 바른 이태리 남자, 중앙아프리카 나이지리아로 가는 마리아라는 테셍 수도원의 수녀님. 녹색 물빛의 눈빛, 어린아이의 미소를 지닌 그녀는 얼굴 피부가 아주 고왔다. 마우는 이런 유의 사람들을 본 적이 없었다. 언젠가 이런 사람들과 함께 그들 모험에 동참하게 되리라곤 꿈도 꾸지 못했다. 그녀는 기대에 부풀어 모든 사람들에게 말을 건네고 함께 차를 마셨으며 저녁 식사를 마치면 일등칸 살롱으로 가서 은제 식기가 번쩍이고 유리 컵들이 청동 엔진의 밸브 운동에 따라 짤랑거리는 식탁에 앉았다.

펭탕은 노래하는 듯한 마우의 목소리에 귀기울였다. 그는 그녀의 이태리 억양, 그 음악을 사랑했다. 펭탕은 의자에 앉은 채 잠들었다. 키다리 헤일링 씨가 그를 안아 좁은 침대에 눕혔다. 다시 눈을 떴을 때 그는 선실 문 위로 난 여섯 개의 구멍이 마치 첫날밤의 그때처럼 신비롭게 빛나는 걸 보았다.

그렇지만 그는 다시 잠들지 않았다. 어둠 속에서 눈을 크게 뜨고 마우가 돌아오길 기다렸다. 배는 육중한 몸체를 삐걱이며 흔들거렸다. 그제서야 펭탕은 기억을 되살릴 수 있었다. 지나간 일들은 사라져 버린 게 아니었다. 그것들은 어둠 속에 웅크리고 있다가 조금만 관심을 갖고 귀를 기울인다면 그곳에 존재하게 된다. 스튜라 계곡의 풀밭, 여름의 소음들. 강가로 뛰어갔던 일, 아이들의 외침. 지아니! 산드로! 소니아! 피부 위로 흐르던 차가운 물방울들, 에스터의 머리카락에 달라붙은 햇빛. 거기에서 조금 더 먼 생-마르텡, 폭포로 쏟아지던 물 소리, 길가로 종종걸음 치듯 흐르던 개울. 이런 모든 게 묵직한 회색 공기가 감도는 좁은 선실 안으로 밀려들어왔다. 그리곤 파도에 흔들리는 배가 모든 걸 감싸 안아, 지나간 항적 속에서 잘게 부숴 버렸다. 엔진의 진동은 이런 추억들보다 훨씬 강력한지라 추억은 미약해지고 벙어리가 되었다.

복도에서 웃음 소리가 들렸다. 마우의 맑은 목소리, 네덜란드 남자의 묵직하고 느린 음성. 쉿! 하는 소리가 들렸다. 문이 열렸다. 펭탕은 눈을 감았다. 마우의 향수 냄새가 느껴졌고 어둠 속에서 옷깃을 사각거리며 옷 벗는 소리가 들렸다. 낮이나 밤이나 마우 곁에 있다는 건 참 좋은 일이다. 그는 마우의 피부와 머리카락 냄새를 맡았다. 예전에 이태리의 방에서 있었던 일이다. 한밤중, 창문은 푸른 종이로 막혀 있었고 제네바를 폭격하러 가는 미군기의 굉음이 들렸다. 그는 침대 속에서 마우를 꼭 껴안았고 그녀의 머리카락 속에 몸을 숨겼다. 그녀의 숨소리, 심장 박동음을 들었다. 그녀가 잠들었을 때는 뭔가 부드럽고 가벼운 것, 공기의 흐름, 숨결 같은 게 있었다. 펭탕이 원하는 게 바로 그런 것이었다.

그녀의 알몸을 보았던 때가 떠올랐다. 한여름, 산타 안나에서였다. 독일군은 지척에 있었고 계곡에서 포성이 들렸다. 방의 덧창문은 닫혀 있었다. 무척 더웠다. 펭탕은 소리 내지 않고 문을 열었다. 마우는 침대 시트 위에 알몸으로 길게 누워 있었다. 선명하게 튀어나온 갈비뼈, 겨드랑이의 검은 풀숲, 거무튀튀한 가슴의 꼭지, 삼각형의 치골이 드러난 그녀의 몸은 커다랗고 희고 늘씬했다. 그때도 이 객실과 똑같은 잿빛 공기, 똑같은 어둠이 깔려 있었다. 펭탕은 반쯤 열린 문 앞에서 우뚝 선 채 바라보았다. 그녀의 흰 몸뚱이가 뜨거운 광선을 발하는 것처럼 얼굴이 화끈거렸던 게 기억났다. 그는 숨도 쉬지 않고 두 발자국 뒷걸음질 쳤다. 부엌에서 파리들이 유리창에 부딪치며 윙윙거렸다. 수챗구멍으로 개미떼가 줄지어 지나갔고 구리 수도꼭지에선 물방울이 떨어지고 있었다. 왜 그때의 일이 떠올랐을까?

수라바야 호는 추억을 싣고 가다가 추억을 삼켜 버리는 커다란 강

철 금고였다. 기계 소음이 끊이지 않았다. 펭탕은 배의 복부에서 번쩍이는 크랭크와 암축, 그리고 서로 반대 방향으로 돌며 파도를 잘게 부수는 두 개의 스크루를 상상했다. 모든 게 휩쓸려 갔다. 아마 그들은 이 세계의 반대편으로 가고 있는지도 모른다. 아프리카로 갈 것이다. 그가 수천 번 들었던 이름, 마우가 천천히 발음했던 친숙하고도 무서운 이름들이 있다. 오니샤, 나이지리아, 오니샤. 세상 저편, 멀고 먼 곳에 있는 오니샤. 기다리고 있는 남자, 조프르와 알렝. 마우는 편지를 보여 주었다. 그녀는 기도문이나 교과서를 암송하듯 편지를 읽었다. 그러다 잠시 멈추곤 채근하는 듯 반짝이는 눈빛으로 펭탕을 바라보았다. 오니샤에 도착할 때면 나는 당신들 두 사람 모두를 기다리고 있을 거요. 당신들 모두를 사랑하오. 그녀는 "네 아빠가 쓴 거란다. 네 아빠가 말하길……."이라 했다. 같은 성을 지닌 이 남자. 당신네를 기다린다오. 그런 까닭에 검은 대양의 물을 휘저으며 스크루가 한바퀴씩 돌 때마다 끔찍하고도 친숙한 이름인 조프르와 알렝, 오니샤, 나이지리아, 오니샤의 니제르 강가에서 당신네를 기다리오, 같은 끌어당기는 듯하고 동시에 위협적인 그 말이 반복되는 것 같았다. "내가 네 아빠란다"라는 말이…….

태양이 있고 바다가 있었다. 해가 수평선으로 곤두박질 치는 가운데 새 한 마리 없고 거의 백색에 가까운 하늘을 향해 치솟은 철옹성인 양 *수라바야* 호는 끝없이 넓고 잔잔한 바다 위에 우뚝 멈춰 서 있는 듯했다.

하늘처럼 꼼짝도 하지 않는다. 완강한 바다, 배와 같은 속도로 움직이는 공기, 강철판 위로 이동하는 햇살, 그리고 이마, 가슴을 짓누르며 육체의 깊은 곳에 불을 지르는 시선만이 있는 날들이 끝없이 계속되었다.

밤이 돼도 펭탕은 잠들 수 없었다. 첫날 저녁 기절할 뻔했던 그 자리, 선교 위에 앉아 하늘을 바라보며 별똥별을 찾았다.

보트루 씨는 성우(星雨)에 대한 얘기를 했다. 그러나 하늘은 돛대 위에서 천천히 흔들거렸을 뿐 어떤 별도 떨어지지 않았다.

마우가 그의 곁에 와 앉았다. 그녀는 살롱 벽에 등을 기대고, 펭탕과 함께 선교에 앉아 푸른 치마를 당겨 무릎을 덮고는 다리를 소매 없는 팔로 둥그렇게 감싸 안았다. 그녀는 아무 말도 하지 않았다. 그녀도 밤하늘을 보고 있었다. 같은 걸 보는 건 아닐지도 모른다. 살롱에서는 승객들이 담배를 피우며 큰소리로 떠들고 있었다. 영국 장교들은 다트 놀이를 하고 있었다.

펭탕은 배가 출항하여 해안을 미끄러져 갔던 그날처럼 마우의 옆모습을 바라보았다. 저 여자는 너무 젊다. 그녀는 갈색 머리를 한 가닥으로 꼬아 뒤로 틀어 올렸다. 까맣고 반짝거리는 굵은 핀을 꽂은 그녀 모습을 얼마나 좋아했던가! 그녀 얼굴, 팔다리가 바다 햇살에 검게 그을렸다. 어느 날 저녁엔가 보트루 부인은 마우가 나타나자 "와, 진짜 아프리카 사람이 됐네!" 하고 비명을 질렀다. 펭탕은 왠지 모르게 희열에 들떠 가슴이 두근거렸다.

어느 날 아침, 헤일링 씨는 펭탕을 다시 선마루 갑판으로 불러 수평선에 나타난 또 다른 검은 형체들을 구경시켰다. 그는 마술적 이름을 말했다. "테네리프, 그랜 카나리아, 란자로트."

쌍안경을 통해 펭탕은 산, 뾰족한 화산이 흔들리고 있는 걸 보았다. 산정에 구름이 걸려 있었다. 바다 위로 널려 있는 진녹색의 계곡들. 파도의 골 사이에 숨어 있는 선박들이 뿜어내는 연기. 섬들은 실신한 고래떼처럼 배의 좌현(左舷) 쪽에 하루 종일 그대로 멈춰 있었다. 소란스런 갈매기들이 갑판 위로 미끄러지듯 날아와 사람 구경을 하기도 했고 선수 쪽으로 날아드는 새도 있었다. 사람들은 새들에게 빵을 던져 주며 먹는 모습을 구경했다. 그리곤 새들도 떠나가고 섬들은 단지 수평선에 보일 듯 말 듯한 몇몇 점들로 변해 버렸다. 태양은 거대한 붉은 구름 속으로 넘어갔다.

객실엔 창이 없어 너무 더워 펭탕은 침대에 누워 있을 수 없었다. 그는 마우와 함께 갑판으로 갔다. 그들은 출렁이는 별들을 바라보았다. 졸음이 오자 펭탕은 마우 어깨에 머리를 기대었다. 새벽에 잠이 깨었을 때는 객실 안이었다. 신선한 아침공기가 문을 통해 밀려왔다. 복도에서는 아직도 전등이 빛나고 있었다. 일어나자마자 전등을 끄는 이는 크리스토프란 사람이었다.

기계 진동이 더욱 가깝게 느껴졌다. 중노동을 하며 가쁜 숨을 내쉬는 듯. *수라바야* 배 안에서는 기름 칠한 두 개의 크랭크축이 서로 반대 방향으로 돌고 있었다. 알몸의 펭탕은 시트가 축축해졌음을 느꼈다. 침대에서 오줌을 누는 꿈을 꾸었던 그는 불안해서 잠이 깼다. 그의 몸에 아주 조그맣고 투명한 물집이 돋아 있어서 그는 손톱으로 껍질을 벗겨 냈다. 끔찍했다. 펭탕은 아프기도 했지만 더럭 겁이 나서 울음을 터뜨렸다. 마우가 불러온 랑 박사는 침대 위로 몸을 숙이고 손은 대지 않고 펭탕의 몸을 들여다보더니 괴상한 알사스 사투리로 "부인, 베두엥옴이오"라고만 했다. 그는 선상 구급 상자에서 활석 한 병을 찾아냈고 마우는 물집 위에 약을 뿌리고는 부드럽게 쓰다듬었다. 마침내 두 사람 모두 웃고 말았다. 별것 아니었다. 마우는 "겁쟁이가 걸리는 병이야"라고 했다.

하루하루가 무척 길었다. 여름 해 탓일 수도 있고 혹은 시선을 끌 만한 것이라곤 아무것도 없는 아득한 수평선 때문인지도 모른다. 흡사 몇 시간 동안이나 기다리고 있다간 무엇을 기다리고 있었는지 더 이상 알 수 없게 되는 그런 것과 같았다. 마우는 아침 식사를 한 후 바다 색깔을 뿌옇게 보이게 하는 기름때 묻은 식당 유리창 앞에 앉아 있었다. 그녀는 뭔가를 쓰고 있었다. 마호가니 테이블 위에 반듯이 놓인 백지, 유리 잔을 고정시키는 구멍 속에 꼭 끼워진 잉크병 앞에서 머리를 갸우뚱한 채 그녀는 뭔가 쓰고 있었다. 선원용 매점에서 100갑 단위로 산 플레이얼스 담배에 습관적으로 불을 붙여 네덜란드 아프리카 라인의 첫 문자가 새겨진 유리 재떨이 귀퉁이에서 저절로 타들어 가도록 내버려두었다. 그건 이야기일 수도, 편지일 수도 있지만 그녀 자신은 그것이 무엇인지 잘 몰랐다. 그냥 단어들. 그녀는 시작은 했지만 불어, 아니면 이태리어, 심지어 가끔은 영어로 썼고 그것이 어떤 방향으로 전개될지 알 수 없었지만 그건 대수롭지 않았다. 구불구불 피어 오르는 담배 연기와 더불어 바다를 바라보며 시간시간마다 하루하루마다 미지의 세계를 향해 쉼없이 다가가는 배의 느릿느릿한 움직임 속에서 글을 쓰고 꿈에 잠기는 그런 걸 좋아할 따름이었다. 그런 후 갑판이 태양열로 후끈 달아오르면 식당으로 들어가야만 했다. 끝없는 강을 거슬러 올라가면서 뱃머리에 부딪히는 물소리를 들으며 글쓰기.

그녀는 글을 썼다.

산 레모, 잎이 우거진 커다란 나무 그늘이 있는 광장, 분수, 바다 위의 구름, 뜨거운 대기 속의 풍뎅이들.

내 눈 위로 숨결을 느낀다.

내 손으로 침묵의 제물을 움켜쥔다.

너의 시선이 내 육체 위에서 떨리길 기다린다.

이 밤 꿈속에서 나는 피에솔레의 아름다운 오솔길 끝에 있는 너를 보았다. 너는 집을 찾는 장님 같았다. 밖에서 욕설인지 기도문인지를 웅얼거리는 소리가 들렸다.

기억난다. 당신은 어린아이의 죽음, 전쟁에 대해 말했다. 그들이 살아 보지 못한 세월들이 우리들의 집 벽에 커다란 구멍을 파놓았다.

그녀는 글을 썼다.

조프르와, 당신은 내 가슴속에, 나는 당신 가슴속에 있습니다. 우리를 갈라놓았던 세월은 더 이상 존재하지 않습니다. 세월은 나를 지워 버렸습니다. 바다 위의 흔적 속에, 물거품의 신호 속에서 당신의 기억을 읽었습니다. 내가 본 것을 잃을 수 없으며 내가 누구인지를 잊을 수 없습니다. 내가 이 여행을 하는 것은 당신을 위해서입니다.

그녀는 몽상에 잠겼고 담배는 타 들어갔으며 종이의 빈 공간은 메워져 갔다. 기호들이 서로 얽혔고 커다란 백사장이 생겼다. 기우뚱한 필체. 오렐리아 할머니는 멋 부리는 필체라 했다. 길게 구부러지면서 위로 치켜 올라간 글자, 아래로 처진 t자의 가로획.

마지막으로 산 레모에서 함께 얘기했던 일이 생각납니다. 당신은 사막의 침묵을 얘기했는데, 마치 진리를 찾기 위해 므로에까지 시간을 거슬러 올라가시는 듯했었죠. 지금 이 순간 침묵, 사막과 같은 바다 속에 있는 저 역시 제 삶의 존재 이유를 찾기 위해 시간을 거슬러 저곳, 오니샤까지 가는 것 같군요.

글을 쓴다는 것, 그건 꿈꾸는 것이다. 그곳, 오니샤에 도착하면 모든 게 달라질 것이다. 모든 게 쉽게 풀릴 것이다. 거기에는 조프르와가 묘사한 커다란 초원, 높다란 나무들, 너무 넓은 나머지 바다에 와 있는 것 같은 강, 하늘과 물이 만드는 신기루 속으로 사라져 가는 수평선이 있을 것이다. 망과나무가 심겨져 있고 초가 지붕을 덮은 붉은 흙담집이 있는 부드러운 구릉도 있을 것이다. 강이 내려다보이는 높은 곳에는 대나무 숲, 흰색을 칠한 양철로 지붕을 덮은 커다란 목조 집이 숲에 둘러싸여 있을 것이다. 입순이라는 이상한 이름을 가진 그곳. 조프르와는 그것은 강변족의 언어로 사람이 자는 장소라는 뜻이라 했다.

조프르와 가족 모두가 살 곳이 바로 거기이다. 그들의 집, 그들의 고향이 될 것이다. 마르세유에서 그녀가 친구 레온느에게 마치 비밀을 털어놓듯 이 얘기를 했을 때 그녀는 찢어질 듯한 목소리로 대꾸했던 친구의 반응에 놀랐었다. 아니, 그런 곳에 간다고? 불쌍해라. 그런 헛간 속으로? 마우는 사람 키를 넘는 높다란 풀, 유나이티드 아프리카 증기선이 다닐 만큼 넓고 유유히 흐르는 강에 대해 말하고 싶었다. 수많은 새가 살고 있는 밤처럼 캄캄한 숲에 대해서도. 그러나 아무 말도 하지 않았다. 그냥 단지 "그래, 바로 이 집에서"라고만 했다. 그리고 무엇보다도 레온느가 놀릴 것 같고, 그보다 더 심하다면 웃음을 터뜨릴 것 같고, 그러면 마음이 상할 것 같아서 입순이란 이름은 발설하지 않았다.

단어들이 저절로 써지는 가운데 식당에서 마냥 기다리는 게 지금은 참 좋았다. 매 순간마다 오니샤, 입순에 조금씩 가까워지고 있는 것이다. 펭탕은 그녀 앞에 마주앉아 테이블에 팔꿈치를 괴고 그녀를 바라보았다. 그의 눈은 매우 검고 날카로웠으나 여자 아이처럼 길게 구부러진 눈썹 때문에 조금 순하게 보였고 머리카락은 마우처럼 부드럽고 갈색이었다.

펭탕이 아주 어렸을 때부터 이미 마우는 강과 그 섬, 숲, 초원, 나무의 이름을 거의 매일같이 그에게 되풀이 말했다. 그는 맛보기 전부터 이미 망과 열매, 마 열매의 맛을 알고 있었다. 그는 오니샤까지 올라가 와르프에 짐을 부리고 기름과 목재를 싣고 다시 떠나는 증기선의 완만한 움직임에 대해서도 이미 알고 있었다.

펭탕은 마우를 바라보았다.

"마우, 이태리 말을 해봐요."

"무슨 말을 할까?"

"시를 읊어 봐요."

그녀는 만조니, 알피에리의 시와 그녀가 제노아의 산 피에르다레나 학교에서 외운 *안티고네, 마리 스트워트*의 대사를 암송했다.

인켄더 라시아,
투 케 페르이르 논 데이, 다 메 켈 로고,
케 콜라마토 미오 프르텔 미 아촐가.
품모 인 두오 코르피 우날마 솔라 인 비타,
솔라 우나 피암마 안코 레 모르테 노스트레
스폴리에 컨수미, 에 인 우나 폴베 우니스카.

펭탕은 단어가 이루는 음악을 들었고 그것은 항상 조금은 울고 싶은 마음을 불러일으켰다. 밖에서는 태양이 바다 위로 빛났고 사하라의 더운 바람이 파도 위로 불어왔으며 갑판과 구멍창 위로 붉은 모래비가 내렸다. 펭탕은 이 여행이 영원히 끝나지 않기를 바랐다.

정오가 조금 안 된 어느 날 오전, 아프리카 해안이 나타났다. 해일링 씨가 마우와 펭탕을 찾아와 선교 위의 조타실로 데려갔다. 승객들은 점심 식사를 하려는 참이었다. 마우와 펭탕은 배가 고프지 않았고 조급한 나머지 맨발로 따라 나섰다. 좌현 쪽 수평선 위, 바다 수면보다 조금 위로 나타난 아프리카는 아주 납작하고 길쭉한 회색 띠 모양이었으나 매우 깨끗하고 명료하게 보였다. 육지를 본 지 얼마나 오래되었던가. 펭탕은 그것이 지롱드 해안과 닮았다고 생각했다.

아무튼 그는 조금도 싫증내지 않고 이 아프리카의 등장을 바라보았다. 마우가 보트루 가족과 식사를 하기 위해 식당에 갔을 때까지도. 아프리카는 이상하고 아득하여 도무지 도달할 것 같지 않은 곳처럼 보였다.

펭탕은 이제 매 순간 이 육지의 선을 감시하였고 그날은 아침부터 저녁, 아니 밤까지 그의 하루 일과가 되었다. 육지는 아주 천천히 뒤로 밀려 갔지만 빛나는 바다와 하늘 사이에서 명료한 회색빛을 유지했다. 배의 유리창에 모래를 끼얹는 더운 바람은 바로 저기로부터 오는 것이다. 바다를 바꿔 놓은 것도 바로 저것이다. 이제 파도는 저곳으로 달려가 모래 사장에서 죽는다. 빗물이 섞여 녹조를 띤 물 색깔은 한결 혼탁했고 그 흐름도 느려졌다. 커다란 새들도 보였다. 사람들을 관찰하려는지 고개를 숙이고 *수라바야* 뱃머리에 가까이 접근했다. 헤일링 씨가 새 이름을 알고 있었는데, 군함조라 불리는 미친 새들이라 했다. 어느 저녁엔가는 하역 돛대의 로프에 눈 먼 펠리컨(사다새)이 걸리기도 했다.

아무도 일어나지 않은 새벽, 펭탕은 아프리카를 보기 위해 이미 갑판에 나가 있었다. 양철 조각처럼 반짝이는 아주 조그만 새들이, 앞으로 펼쳐질 동화 같은 나라는 기막힌 일들로 가득하다는 듯 펭탕의 가슴을 들뜨게 하는 이 육지의 소리, 날카로운 소리를 지르며 창공에서 흐느적흐느적 날아다녔다.

아침에는 돌고래떼와 뱃머리의 물살 위로 솟구치는 날치들도 보았다. 이제는 모래 속에 곤충, 납작파리, 잠자리가 쓸려 왔고 식당 창가에 사마귀까지 매달려 있어서 크리스토프가 집적거리며 놀았다.

띠 모양의 육지 위로 태양이 이글거렸다. 지녁 바람은 커다란 회색 구름을 일으켰다. 하늘이 어둑해지며 황혼빛이 노랗게 변했다. 객실 안은 너무 더워서 마우는 하얀 시트만 덮고 알몸으로 잤는데 그녀의 거무튀튀한 몸이 투명하게 드러났다. 모기들이 벌써 등장했고 입 안에서는 키니네(킨키나나무의 껍질에서 뽑아 낸 알카로이드의 한 가지)의 쓴맛이 감돌았다. 매일 저녁 마우는 칼라민 연고로 펭탕의 등과 다리를 오랫동안 마사지했다. 식당에서는 셍-루이, 다카르 같은 지명이 식탁 사이로 설왕설래했다. 펭탕은 이 야만인의 언어, 감미로우면서도 동시에 끔찍한 이 '고레' 족의 이름을 듣는 게 좋았다. 보트루 씨는 예전에 미국이나 인도양으로 떠나기 전에 노예들이 갇혀 있던 곳이 바로 저기라고 했다. 아프리카는 이런 이름들로 펭탕 가슴속에 메아리쳤고 이런 말들을 나지막이 주문처럼 되뇌이면 그 비밀, 그리고 파도를 가르며 바다 위로 전진하는 이 배의 움직임의 이유까지도 알 것만 같았다.

그리고 어느 날, 띠처럼 끝없이 늘어진 회색 육지, 암초 위의 흰 거품, 섬, 바다를 더럽히는 희뿌연 커다란 강줄기와 더불어 육지, 시뻘건 황토의 진짜 육지가 나타났다. 바로 그날 아침, 크리스토프가 샤워용 온수 파이프를 수리하다가 뜨거운 물에 화상을 입었다. 텅 빈 새벽, 그의 비명이 복도에 울려 퍼졌다. 펭탕은 침대에서 펄쩍 뛰어내렸다. 복도 끝에서 우당탕 뛰어가는 발자국 소리와 함께 떠드는 소리가 들렸다. 마우가 펭탕을 불러들이고 문을 닫았다. 그러나 크리스토프의 고통에 찬 비명은 엔진의 마찰음, 굉음보다 더욱 크게 울렸다.

정오 무렵, *수라바야*는 다카르 해안에 접안(接眼)했고 크리스토프는 제일 먼저 내려 병원으로 이송되었다. 그는 몸의 절반 이상에 화상을 입었다.

마우와 함께 부두를 걸으며 펭탕은 갈매기가 울 때마다 깜짝깜짝 놀랐다. 기침이 날 정도로 맵고 짠 냄새가 감돌았다. 다카르란 이름 뒤에 숨어 있던 것이 바로 이것이었다. 낙화생(땅콩)과 기름 냄새, 바람을 타고 날아와 머리카락, 옷, 태양 속까지 사방 천지로 퍼져 가는 희미하면서도 매캐한 연기.

펭탕은 냄새를 들이마셨다. 냄새는 그의 몸 안으로 들어와 온몸에 배였다. 이 먼지투성이 땅의 냄새, 너무도 푸른 하늘과 반짝이는 야자수와 하얀 집들의 냄새. 누더기를 걸친 아이들과 여인들의 냄새. 이 도시를 사로잡은 이 냄새. 펭탕은 여전히 이곳에 있었으나 아프리카는 이미 추억이었다.

마우는 이 도시를 처음 본 순간부터 미워했다.

"저길 봐! 펭탕, 저 사람들 좀 봐! 온통 경찰들뿐이야!"

그녀는 진짜 경찰관처럼 모자를 쓰고 정복 차림을 한 공무원을 손가락질했다. 그들은 19세기처럼 금시계에 조끼 차림이었다. 반바지 차림, 꺼칠한 뺨, 입 구석에 꽁초를 문 유럽 상인들이 있었다. 그리고 땀을 뻘뻘 흘리며 줄지어 지나가는 하역부를 우뚝 서서 감시하는 세네갈 경찰도 있었다.

"이 냄새, 낙화생 냄새가 목을 조여서 숨을 못 쉬겠어."

빨리 움직여 부두에서 멀어져야 했다. 마우는 펭탕의 손목을 잡고 정원 쪽으로 끌고 갔고 그들 뒤로 구걸하는 아이들이 줄줄이 따랐다. 그녀의 눈빛은 펭탕에게 묻고 있었다. 너도 이 도시를 미워하지? 그러나 이 냄새, 이 빛, 땀이 뚝뚝 떨어지는 저 얼굴들, 아이들 비명 속에는 너무 강렬한 힘이 담겨 있었고 그것은 현기증, 요란한 종소리 같아서 감정이 끼여들 틈을 주지 않았다.

*수라바야*는 요양소, 섬이었다. 회색의 열기, 복도 끝 샤워실의 물소리가 들리는 은신처, 그들 객실로 돌아왔다. 객실은 창이 없었다. 바다 위에서의 긴 나날들 후에 나타난 아프리카, 그것은 그들 심장을 너무 심하게 박동질치게 했다.

다카르 부두에는 기름통과 하늘을 찌르는 악취뿐이라 마우는 토할 것 같다고 했다.

"도대체 왜 이리 역한 냄새가 나는 거야?"

배는 화물을 부렸고 돛대의 마찰음과 하역부들의 악쓰는 소리가 들렸다. 마지못해 밖에 나갈 때도 마우는 푸르스름한 그늘 속으로 몸을 피했다. 햇살이 얼굴을 태웠고 집과 먼지투성이 거리를 뜨겁게 했다. 보트루 부부는 생-루이행 기차를 타야만 했다. 다카르는 트럭과 승용차, 아이들 비명, 라디오 소리로 소란스러웠다. 악쓰는 소리가 하늘 끝까지 가득 울려 퍼졌다. 그리고 보이지 않는 구름처럼 도무지 끊이지 않는 냄새. 시트, 옷가지, 그리고 손바닥에까지 밴 냄새. 늦은 오후, 커다란 도시 위에 깔린 노란 하늘, 묵직한 무더위. 그리고 갑자기 분수 물줄기처럼 양철 지붕 위로 기도 시간을 알리는 가늘고 날카로운 이슬람 신도의 목소리.

마우는 더 이상 배 안에 있고 싶지 않았다. 그녀는 생-루이까지 보트루 부부를 동행하기로 결심했다. 마우는 펭탕이 정원에서 놀고 있는 줄 알고 호텔 방안에서 목욕을 했다. 피처럼 새빨간 타일 바닥 한가운데에서 그녀는 찬물을 받은 통 안에 알몸으로 서서 스펀지로 머리 위를 꾹 눌렀다. 예전 산타 안나의 방처럼 높다란 창의 덧창 틈으로 잿빛 하늘이 보였다. 펭탕은 소리없이 방에 들어가 마우를 바라보았다. 가늘고 창백한 몸, 앙상한 갈비뼈, 짙은 갈색 어깨와 다리, 자두빛 젖꼭지, 그리고 어두컴컴한 방안에서 여인 위로 폭포처럼 쏟아지는 물 소리, 스펀지를 들어올려 머리카락 위에서 쥐어짤 때 나는 부드러운 빗물 소리, 그것은 한편으론 아름답고 동시에 혼란스런 모습이었다. 펭탕은 꼼짝도 하지 않았다. 사방천지에 퍼진 기름 냄새는 이 방까지 들어와 마우의 몸, 머리카락까지 짙게 배었다. 아마도 영원히 배어 있을 것이다.

그렇다. 뜨겁고 폭력적인 도시, 마치 은밀한 맥박처럼 팔딱거리는 햇살이 가득 찬 노란 하늘, 아프리카는 이런 곳이다. 다카르로 다시 떠나기 전에 보트루 부부는 '고레'에서 마우와 펭탕을 초대하여 성채를 관광시켜 주었다. 선착장을 떠난 카누는 검은 윤곽선이 뚜렷한 섬을 향해 미끄러져 갔다. 노예들이 지옥으로 가는 여행을 기다리던 저 주반은 성채. 감옥 한가운데로는 오줌 물이 흘러가도록 홈이 파인 고랑이 있었다. 벽에는 사슬을 걸어 두었던 고리들. 그렇다. 고통으로 그늘진 이 어둠, 감옥 속의 땀 냄새, 이 죽음의 냄새, 이것이 아프리카이다. 마우는 구역질과 수치심을 느꼈다. 더 이상 '고레'에 머물고 싶지 않았고 당장 다카르로 돌아가고 싶었다.

그날 저녁, 펭탕의 몸이 불같이 뜨거웠다. 시원하고 가벼운 마우의 손이 그의 얼굴 위로 지나갔다.

"키니네를 마시렴, *벨리노*."

태양은 밤이 되어도 창 없는 객실 안에서는 여전히 뜨거운 기운을 발했다.

"오렐리아 할머니가 보고 싶어. 언제 프랑스로 돌아갈 거지?"

펭탕은 조금씩 헛소리를 했다. 객실 안에는 변함없이 매캐한 낙화생 냄새와 '고레'의 그림자가 있었다. 이제는 소란스러움, 아프리카의 소음이 있었다. 벌레들이 램프 주위로 돌아다녔다.

"그리고 크리스토프, 그 사람은 죽을까?"

기계 소리가 다시 나기 시작하면서 파도가 출렁거렸고 뱃머리가 파도를 넘을 때마다 배의 뼈마디에서 삐걱이는 소리가 났다. 밤이었고 이제는 프리타운, 몬로비아, 타코라디, 코토누 등 또 다른 항구를 향해 가고 있었다. 배가 움직이자 열도 점차 떨어져 감을 마우는 느낄 수 있었다. 펭탕은 침대에 누워 움직이지 않았고 마우의 숨소리, 바다의 숨소리를 들었다. 그의 몸 한가운데, 그의 눈 깊은 곳이 화끈거리는 듯한 느낌은 '고레' 섬 위로 노란 하늘 중앙에 걸려 있던 그 태양, 낙화생 농장의 십장(인부를 감독하고 지시하는 우두머리)들의 채찍을 맞으며 감옥에 묶여 있던 노예들의 저주받은 태양 때문이었다. 이제는 미끄러지듯 멀어져 가며 황혼의 반대편으로 가고 있었다.

새벽이 되자 *수라바야*의 선수 쪽 갑판에서 이상하고도 불안한 소리가 났다. 펭탕은 소리를 듣기 위해 자리에서 일어났다. 아직까지 전등이 켜진 복도 쪽의 반쯤 열린 객실 문을 통해 둔탁하고 단조롭고 불규칙적인 소리가 들려 왔다. 뱃머리를 두드리는 소리가 멀리서 들려왔다. 복도 벽에 손을 대자 진동이 느껴졌다. 펭탕은 서둘러 옷을 입고 맨발로 소리의 진원지를 찾아 나섰다.

갑판은 이미 하얀 마포 상의를 입은 영국인, 모자를 쓰고 제비꽃을 단 부인네 등으로 북적거렸다. 태양은 바다 위로 강렬하게 반짝거렸다. 펭탕은 일등칸으로 가서 갑판 승강구가 보이는 뱃머리까지 걸어갔다. 건물의 발코니에 올라간 것처럼 펭탕은 대번에 소음의 진원지를 발견했다. 전면 브리지 위에 흑인들이 쪼그리고 앉아 갑판 승강구, 선체, 늑재의 녹을 떼어 내기 위해 망치질을 하고 있었다.

아프리카 해안의 지평선, 모래가 반사하는 희미한 광선 사이로 태양이 솟았다. 벌써부터 뜨거운 바람이 불면서 바다 위가 맨들맨들해졌다. 거대한 동물의 몸 같은 브리지와 늑재에 매달린 흑인들은 뾰족한 작은 망치로 불규칙한 리듬으로 망치질을 했다. 망치 소리는 배 전체로 울려 퍼져 바다와 하늘에서 증폭되어 가슴을 가득 메우는 망각할 수 없는 음악인 양 묵직하고 처절한 음악으로 변해서 수평선 끝의 육지 속까지 파고드는 듯했다.

마우가 갑판으로 나와 펭탕 곁으로 왔다. 펭탕은 "왜 저런 일을 하는 거죠?" 하고 물었다. "불쌍한 사람들" 하고 마우가 대꾸했다. 그녀는 저들은 다음 항구까지 자신과 가족들의 뱃삯을 대신하여 선체의 녹을 벗기는 일을 한다고 설명해 주었다. 망치질 소리는 마치 이제부터 *수라바야*를 이 바다 한가운데로 나아가게 하는 게 그 소리인 양 불규칙하고 이해할 수 없는 리듬으로 울려 퍼졌다.

배는 타코라디, 로메, 코토누로 갔다가 다시 코나크리, 쉐르보, 라바나, 에디나, 마나, 시누, 아크라, 보니, 칼라바르……로 향했다. 끝없는 해안, 수평선 끝에 걸린 시커먼 육지, 그리고 나무 둥치, 풀잎이 뱀처럼 뒤엉킨 뗏목과 함께 강물을 바다 한가운데까지 밀어내는 저 광활한 미지의 해안, 하늘을 가득 메운 새떼가 자기들의 영역을 침범한 이방인과 배를 흘겨보며 뱃머리를 낮게 스치고 지나갈 때면 거품 속에서 솟아나는 섬들의 탄생을 마우와 펭탕은 갑판에 서서 오랫동안 바라보았다.

선수 브리지에서는 흑인들이 계속 망치질을 했다. 땀이 뚝뚝 떨어졌다. 4시가 되어 종소리가 울리자 그들은 망치질을 멈췄다. 네덜란드 선원들이 화물 갑판으로 내려가 조그만 망치를 회수하고 음식을 나눠 주었다. 갑판 위에는 비를 피하는 움막과 급조된 천막들이 있었다. 금지된 일임에도 불구하고 여인네들은 화톳불을 피웠다. 길다란 치마, 푸른 윗도리, 진주알이 박힌 반바지를 보면 알 수 있는 풀족, 우오로프족, 만딩그족들이 있었다. 그들은 새 목처럼 굽은 주둥이가 달린 양철 차 주전자 주위로 둘러앉았다. 망치 소리가 멈추자 펭탕은 그들의 떠드는 소리, 아이들의 웃음 소리를 들을 수 있었다. 음식 냄새와 담배 연기가 바람에 실려 왔다. 일등칸의 산책 브리지 위에는 영국인 장교, 밝은색 옷을 입은 식민지 관리인, 모자를 쓴 부인들이 화물 갑판에 끼어 앉은 흑인들과 햇빛 속에서 펄럭이는 울긋불긋한 빨래를 무심히 내려다보았다. 그들은 다른 것에 대해 말했다. 그들은 더 이상 흑인 생각을 하지 않았다. 며칠이 지난 후에는 마우조차 선체 위로 울리는 망치 소리를 듣지 못했다. 그러나 펭탕만은 매일 아침 망치질이 시작될 때마다 깜짝 놀라 일어났고 뱃머리 화물 갑판에서 사는 흑인들로부터 눈길을 뗄 수 없었다. 새벽부터 그는 맨발로 난간까지 뛰어가 난간 너머를 더 잘 보기 위해 벽에 발을 짚고 섰다. 선체에서 첫번째 망치질이 울리자마자 펭탕은 그것이 마치 음악 소리인 양 심장이 빨리 뛰는 걸 느꼈다. 사람들은 차례로 망치를 높이 치켜 들었다간 악을 쓰거나 노래도 부르지 않고 두드리기 시작했고 선체의 다른 쪽 끝에서도 그에 화답하여 소리를 내면 곧바로 선체 전체는 살아 있는 짐승처럼 몸을 떨며 박동질 쳤다.

참으로 묵직한 바다, 짙푸른 색을 흐려 놓는 진흙 해안이 있었고 가끔은 너무 가까이 다가가서 숲속의 하얀 집들이 보이고 암초 위로 으르렁거리는 파도 소리가 들리곤 했다. 헤일링 씨는 마우와 펭탕에게 감비 강, 포르모스 섬, 그리고 수많은 선박이 좌초한 시에라 레온느 해안을 보여 주었다. 그는 크루스 해안을 가리키며 말했다.

"파름 곶에 있는 마나, 그랑드 밧사에는 빛이라곤 하나도 없지요. 그래서 크루스족은 몬로비아 항구나 시에라 레온느 반도의 등대로 위장하여 모래 사장 위에 불을 피우죠. 그러면 배들이 해안으로 몰려왔다가는 난파하는 거예요. 난파선의 약탈자들입니다."

음악처럼, 비밀스런 언어인 양 그리고 크루스 해안의 난파선에 대한 옛날 얘기를 하는 것처럼 쭈그리고 앉아 망치로 선체를 두드리는 사람들, 펭탕은 그들을 지칠 줄 모르고 바라보았다. 어느 날 밤, 마우에게 아무 말도 하지 않고 그는 난간을 넘어 계단을 타고 화물 갑판까지 내려갔다. 그는 콘테이너 사이를 비집고 나가 흑인들이 야영하는 널따란 칸까지 갔다. 황혼 무렵이었고 배는 코나크리, 프리타운, 몬로비아일지도 모르는 커다란 항구를 향해 흙탕물 바다 위를 천천히 나아가고 있었다. 녹슨 선체 구석에 몸을 피한 여인네들이 아기를 안고 흔들고 있었다. 모두 알몸인 꼬마들은 빈병과 깡통으로 장난을 했다. 너무 지쳐 있었다. 남자들은 누더기 위에 길게 누워 잠들었거나 아무 말 없이 하늘을 보고 있었다. 그것은 너무 부드럽고 완만한 광경이었고 바다는 대양의 깊숙한 곳으로부터 밀려와 무심히 배의 목덜미를 스치고 지나 세계의 주춧돌까지 가는 길다란 파도를 마모시키고 있었다.

아무도 말하지 않았다. 다만 선수 쪽에서 나지막하게 혼자 노래하는 목소리가 들렸고 그것은 천천히 일고 있는 파도, 엔진의 숨소리와 잘 어울렸다. 그냥 "아"와 "에아-오"라고만 하는, 딱히 슬프거나 한탄조가 아닌 저 목소리. 이마와 뺨에 깊은 상처 자국이 난 얼굴에 얼룩덜룩한 누더기를 입고 콘테이너에 기대 앉은 남자의 가벼운 저 목소리.

수라바야 뱃머리가 파도 위로 들려 올려졌고 가끔 갑판 위로 조그만 물보라가 일어 무지개가 보이곤 했다. 그것은 햇살에 그을린 사람들 위로 차가운 구름을 만들어 주었다. 펭탕은 누더기 차림의 사내가 부르는 노래를 듣기 위해 갑판에 앉았다. 아이들이 쭈뼛쭈뼛 다가왔다. 아무도 말이 없었다. 하늘이 노랗게 변했다. 그리고 어둠이 깔렸으며 사내는 계속 노래했다.

결국 펭탕을 찾아 나선 네덜란드 선원이 그를 발견했다.

헤일링 씨는 화가 나 있었다.

"화물 갑판에 내려가는 게 금지된 일이란 걸 알잖아!"

마우는 눈물을 흘렸다. 그녀는 그가 파도에 쓸려 가 익사했을지도 모른다는 끔찍한 생각을 했었고 무심히 흐르는 물살을 바라보며 배를 멈추게 하고 싶었다! 그녀는 펭탕을 꼭 껴안고는 아무 말도 하지 않았다. 그녀의 우는 모습을 본 것은 처음이었고 펭탕도 따라 울었다.

"다신 안 그럴게, 마우. 화물 갑판에 가지 않을게."

나중에 그는 물었다.

"마우, 왜 영국 남자와 결혼했지?"

그가 하도 심각하게 묻는 바람에 마우는 웃음을 터뜨렸다. 그녀는 펭탕의 발이 땅에서 올라갈 정도로 꼭 껴안고 그런 상태로 왈츠를 추듯 빙글빙글 돌았다. 이 일은 결코 잊지 못할 것이다. 해질 무렵의 뱃머리, 누더기 차림의 사내가 부르는 느릿느릿한 노래, 펭탕을 꼭 껴안고 현기증이 날 정도로 갑판에서 춤을 추던 마우.

배는 다른 항구, 또 다른 항구를 향해 나아갔다. 울창한 야자수에 잠겨 보이지 않는 마나, 세타 크루스, 타부, 사산드라 같은 항구, 나타났다간 사라지는 섬들, 격랑에 의해 뽑혀져 떠돌아다니는, 선박의 돛대 같은 나무 둥치를 바다까지 밀고 들어오는 누런 강물, 반다마, 코모, 간석지, 광활한 모래 사장. 일등칸 갑판에서 마우는 제럴드 심슨이란 영국 장교와 함께 이야기를 했다.

우연의 일치로 그 사람도 지역장교(D.O. : District Officer)로 임명되어 오니샤로 가고 있었다. 새 임지로 가고 있는 중이었다. "당신 남편 얘기를 들은 적이 있습니다" 하고 마우에게 말했다. 그리곤 더 이상 아무 말도 하지 않았다. 짧게 깎은 금발 머리, 카이제르 수염에 조그만 쇠테 안경을 꼈고 매부리코인 그는 키가 늘씬하게 크고 마른 체구였다. 그는 마치 경멸하는 듯한 말투로 가느다란 입술은 거의 움직이지 않고 거의 속삭이듯 부드럽게 말했다. 그는 아득히 먼 해안을 흘낏흘낏 바라보며 모든 항구나 곳 이름을 얘기했다. 그는 크루스에 대해 얘기하며 선수 쪽으로 앞가슴을 돌렸고 그의 안경테가 햇살에 번쩍거렸다. 펭탕은 첫눈에 그를 증오했다.

"저런 사람들이란 이 도시 저 도시로 항상 떠돌아다니고 뭐든지 팔아먹을 사람이야."

그는 어둠 속에서 파도의 리듬에 맞춰 노래를 부르고 있는 남자를 가리켰다.

마우가 얘기를 걸었던 사람은 또 하나 있었는데 플로리젤이라는 괴상한 이름의 영국인인지 벨기에인인지 알 수 없었다. 그는 항상 땀에 젖어 있는 불그레한 얼굴로 쉴 새 없이 흑맥주를 마시고 이상한 억양에 아주 큰 목소리로 떠들었다. 마우와 펭탕을 보자 그는 아프리카에 대해 끔찍한 얘기를 해주었다. 어린아이를 납치한 후 조그만 덩어리로 잘라 시장에 내다 판다는 둥, 한밤중에 밧줄을 길에 놓아 자전거 타는 사람을 넘어뜨려 스테이크 고기로 만든다는 둥, 세관에서 아비장의 부호에게 보내는 상자를 열어 보았더니 어린 여자 아이의 손, 발, 머리가 잘려져 크라프트 종이에 포장되어 있었다는 등등의 얘기를 해주었다. 그는 이런 얘기를 굵은 목소리로 떠들더니 혼자 요란스럽게 웃어 제꼈다. 마우는 펭탕을 끌어안고 분노에 찬 목소리로 "거짓말쟁이란다. 저 사람 말은 믿지 마"라 하며 멀리 데리고 갔다. 플로리젤은 아프리카를 떠돌며 스위스 시계를 파는 사람이었다. 그는 우쭐거리며 말했다.

"아프리카는 멋진 여자야. 내게 모든 걸 바쳤거든."

그는 오페라에서 여인들을 유혹하려는 듯 제복을 껴입은 창백한 영국 장교를 경멸조로 바라보았다.

배는 함수호, 파름 곶, 카발리, 그랑 바삼, 삼 갑으로 가고 있었다. 모래와 곤충이 가득한 구름이 시커먼 육지 위로 피어올랐다. 어느 날 아침, 헤일링 씨는 털이 부숭부숭한 곤충 한 마리를 커다란 종이 위에 담아 펭탕에게 주었다.

수라바야 호는 새벽에 타코라디 만에 들어갔다.

마차는 바다로 뚫린 길을 따라 곧바로 나아갔다. 흰 테니스화를 신고 베일을 쓴 마우는 밀짚모자로 얼굴을 감추고 똑바로 앉아 있었다. 펭탕은 햇살에 그을린 그녀의 옆모습과 구릿빛으로 반짝이는 다리를 바라보았다. 마차 앞 좌석에 앉은 마부는 헉헉거리며 숨을 내뿜는 말고삐를 움켜쥐고 있었다. 그는 이따금 마우와 펭탕을 돌아보았다. 마부는 몸집이 거구인 강족 흑인인데 야오라는 멋진 이름을 가졌다. 영국인 심슨은 아프리카식 영어로 마차 값을 흥정하려고 했다.

"이런 사람들은 이런 식으로 대해야 하지요."

마우는 심슨과 동행하길 원치 않았다. 펭탕과 단둘이 있고 싶었다. 그들은 아프리카에 첫발을 내딛은 것이었다.

마차는 뒤쪽으로 빨간 흙먼지를 일으키며 아주 똑바로 뚫린 길로 천천히 나아갔다. 길 양쪽으로 광활한 코코넛 농장과 오두막집들이 있었고, 오두막집에서 아이들이 뛰어나왔다.

그리곤 소리가 들렸다. 말발굽 소리와 마차의 삐걱이는 쇳소리 너머로 들리는 그 소리를 처음으로 들은 사람은 펭탕이었다. 숲속의 바람처럼 강하고도 부드러운 그 소리.

"들려요? 바다예요."

마우는 코코넛 나무들 사이로 바다를 보려고 했다. 그들은 어느새 바다에 도착한 것이다. 양탄자 같은 물거품 위로 차례로 부서지는 길다란 파도와 함께 눈부시게 흰 백사장이 그들 앞에 펼쳐져 있었다.

야오는 코코넛 나무 밑에 마차를 세우고 말을 묶었다. 펭탕은 이미 마우 손목을 잡고 백사장 위를 뛰고 있었다. 뜨거운 바람이 그들을 감싸며 마우의 풍성한 드레스를 펄럭이게 하며 모자를 날려 버릴 것만 같았다. 마우는 깔깔거리며 웃었다.

그들은 신도 벗지 않은 채 물거품이 정강이 사이로 미끄러져 들어올 때까지 바다로 뛰어갔다. 순식간에 머리에서 발끝까지 흠뻑 젖었다. 펭탕은 뒤돌아가 옷을 벗어 바람에 날리지 않도록 나뭇가지로 눌러 놓았다. 마우는 옷 입은 채로 있었다. 단지 테니스화만 벗어 마른 모래 위로 던졌다. 밀물 때인지 파도는 으르렁거리며 백사장으로 다가와 우수수 부서지는 소리를 내며 물을 끼얹고는 그들의 다리를 혀로 핥으며 다시 멀어져 갔다. 마우는 비명을 질렀다.

"조심해! 손을 잡아!"

그들은 다시 밀려오는 파도 속으로 함께 넘어졌다. 마우의 하얀 드레스가 몸에 들러붙었다. 그녀는 밀짚모자를 바다에서 건져 올린 것인 양 손에 꼭 쥐고 있었다. 이런 도취, 이런 자유를 한 번도 느껴 본 적이 없었다.

백사장은 무한히 넓고 텅 비었고 어두컴컴한 코코넛 숲은 곳까지 이어졌다. 건너편에는 폭풍에 쓸려 온 나무 둥치 같은 어부들의 카누가 모래 위에 누워 있었다. 멀리서 아이들이 뛰어 다녔고 그들이 떠드는 소리가 파도 소리 사이사이로 간간이 들려 왔다.

야오는 코코넛 나무 그늘 마차 곁에서 담배를 피며 기다리고 있었다. 마우가 모래 위에 앉아 옷과 모자를 말리자 그가 다가왔다. 그의 표정은 비난조를 띠고 있었다. 그는 펭탕과 그녀가 물장난친 곳을 가리키며 아프리카 사투리로 말했다.

"저기서 작년에 영국 부인이 죽었어요. 익사했지요."

마우는 펭탕에게 설명해 주었다. 그녀는 겁에 질린 듯했다. 펭탕은 거울 같은 모래 위로 비스듬히 밀려오는 파도, 아름답게 반짝이는 바다를 바라보았다. 어떻게 이런 곳에서 사람이 죽을 수 있단 말인가? 그의 눈빛은 그렇게 말하고 있는 듯했다. 마우의 생각도 바로 그러했다.

그들은 조금 더 바닷가에 있으려고 했다. 거인 야오는 코코넛 나무 그늘로 돌아가 담배를 피웠다. 바위를 갉아먹는 파도 소리, 모래 위에서 찰랑거리는 물 소리만 들렸다. 야자수가 뜨거운 바람을 타고 흔들거렸다. 잔인할 정도로 강렬한 푸른빛의 하늘에 현기증이 났다.

파도 사이의 물거품 위로 새들이 날아갔다. "저걸 봐! 펠리컨이야" 하고 마우가 소리쳤다. 이 해변에는 뭔가 끔찍하고 죽음의 냄새가 나는 것이 있었다. 물기를 말리고 있는 마우의 모자는 난파선 같았다.

그녀는 다시 일어섰다. 그녀 옷이 짠물에 빳빳해졌고 햇살이 그들 얼굴 껍질을 따갑게 비췄다. 펭탕은 옷을 입었다. 그들은 목이 탔다. 야오가 뾰족한 바위로 코코넛 열매를 깼다. 마우는 먼저 코코넛 물을 마셨다. 그녀는 손으로 입가를 훔치고 펭탕에게 열매를 넘겨주었다. 맛이 시었다. 야오는 즙이 밴 과육껍질을 벗겨 내 그 조각을 빨았다. 그의 얼굴은 그늘 속에서 검은 금속처럼 빛났다.

"이제 배로 돌아가야 해" 하고 마우가 말했다. 그녀는 훈훈한 바람 속에서도 몸을 떨었다.

*수라바야*로 돌아오자 마우의 몸이 불같이 뜨거웠다. 해가 떨어지자 그녀는 침대 속에서 덜덜 떨었다. 선박 주재 의사가 자리에 없었다.

"펭탕, 무슨 일일까? 춥고 힘이 없어."

그녀는 입 안에서 키니네처럼 쓴맛을 느꼈다. 한밤중에도 몇 번씩이나 일어나 토하려고 애썼다. 펭탕은 그녀 침대 곁에 앉아 손을 잡고 "괜찮을 거예요. 두고 봐요. 아무 일도 없을 테니"라 했다. 그는 복도에서 비쳐 들어오는 희미한 불빛을 통해 그녀를 바라보았다. 부둣가에 부딪치는 뱃머리 소리, 삐걱이는 밧줄 소리에 귀기울였다. 객실 안은 후텁지근했고 모기가 있었다. 바깥 갑판에서는 정적 속에서 서로 맞부딪치는 구름 사이로 번쩍번쩍 전깃불이 일었다. 마침내 마우는 잠이 들었지만 펭탕은 졸립지 않았다. 한밤중인데도 그의 얼굴, 어깨에 태양이 남아 화끈거렸다. 난간에 기대어 그는 파도가 넘실거리는 검은 수평선을 노려보았다.

"언제 도착할까?"

마우는 알 수 없었다. 어제도 그저께도 그녀는 헤일링 씨에게 물어 보았다. 그는 며칠, 몇 주가 걸릴 거라고 했다. 다른 항구에 부려야 할 화물도 있고 항구에서 대기하는 시간도 있었다. 펭탕은 이제 초조감이 더해져 감을 느꼈다. 그는 아프리카 해안의 끝, 이 여행의 막바지인 그 항구에 도착하고 싶었다. 그는 배를 세우고 저 어두컴컴한 해안으로 들어가 강과 숲을 가로질러 오니샤까지 가고 싶었다. 오니샤는 마술적 이름이었다. 자력선이 감도는 이름. 도저히 그냥 지나칠 수 없는 곳.

"오니샤에 가기만 하면……."

마우는 항상 이렇게 말했다. 그것은 숲처럼, 구불구불 흐르는 강처럼 참으로 아름답고 신비로운 이름이었다. 마르세유에 있는 오렐리아 할머니 방 침대 머리맡에는 숲속의 공터에서 쉬고 있는 사슴 무리를 그린 그림이 걸려 있었다. 마우가 오니샤를 얘기할 때마다 펭탕은 그곳은 커다란 나무 잎새 사이로 초록 광선이 지나가는 저 숲속의 공터 같을 거라고 생각했다.

"배가 도착하면 그 사람이 와 있을까?"

조프르와에 대해 얘기할 때마다 펭탕은 그를 달리 부른 적이 없었다. 그는 '아버지'란 단어를 입 밖에 낼 수가 없었다. 마우는 어떤 때는 '조프르와'라 하고 어떤 때는 그의 성인 '알렝'이라고 했다. 너무도 옛날 일이었다. 그가 누구인지는 더 이상 기억에 없을지도 모른다.

펭탕은 지금 어둠 속에서 잠자고 있는 그녀를 바라보고 있다. 열이 내린 그녀 얼굴은 어린아이처럼 측은하게 보였다. 땀에 젖어 헝클어진 그녀 머리는 커다란 고리 모양으로 엉켜 있었다.

해뜨기 조금 전, 아주 부드럽고 아주 완만한 움직임이 시작되었다. 펭탕은 그것이 *수라바야*가 떠나는 것임을 금방 알아채진 못했다. 부둣가를 따라 천천히 미끄러져 수로를 지나 코스트 곶, 아크라, 케타, 로메, 소 포포 쪽으로, 커다란 볼타 강 하구, 코토누, 라고스, 흙탕물 투성이인 오군 강, 나이지리아 강 하구에 진흙의 대양을 이룬 강 어귀로 향하고 있었다.

벌써 아침이었다. 크랭크암의 진동으로 *수라바야* 선수가 들먹거렸고 따뜻한 바람은 선미 쪽으로 연기를 밀쳤으며 펭탕의 눈두덩은 졸음으로 화끈거렸다. 그는 갑판 난간에 기대어 희뿌연 잿빛 바다, 요란스레 우는 새떼가 구름처럼 뒤덮은 해안선, 뒤로 도망치듯 멀어지는 검은 해안선을 바라보았다. 선수 화물칸에는 크루스족, 강족, 요루바족, 이보스족, 두알라스족들이 아직껏 봇짐을 베고 담요를 몸에 둘둘 말고 자고 있었다. 여인네들은 벌써부터 일어나 그들 발치에 앉아 아이들에게 젖을 물렸다. 아이들이 징징거리며 울었다. 잠시 후면 남자들은 뾰족한 망치를 들 것이고 항상 뻘겋게 녹슬어 있는 선체와 뱃머리는 마치 배 전체가 커다란 북인 양, 불규칙하게 박동하는 수많은 심장을 지닌 거인인 양, 쿵쿵 울리기 시작할 것이다. 그러면 마우는 땀에 젖은 침대에서 몸을 뒤척이며 긴 한숨을 내쉴 테고 어쩌면 펭탕을 불러 마호가니 테이블 위에 있는 물병에서 물 한 컵을 따라 달라고 할지도 모른다. 끝없는 바다 위로 물살을 가르고 나아가는 배에서는 모든 게 너무도 길고 느렸으며, 다른가 하면 또 여전히 같은 모습이었다.

코토누에서 마우와 펭탕은 파도를 가로지르는 긴 방파제를 따라 걸었다. 항구에서는 많은 화물이 부려지고 있었다. 조금 더 먼 곳에는 어부들의 카누들이 펠리컨에 둘러싸여 떠 있었다.

마우는 타코라디에서 물장난쳤을 때 입었던 얇은 드레스를 입었다. 로메 시장에서 새 밀짚모자를 샀다. 캡은 거들떠보지도 않았다. "저건 헌병들이나 쓰는 거야"라 했다. 펭탕은 모자를 쓰려 들지 않았다. 뻣뻣한 갈색 머리를 이마에서 똑바로 자른 그의 머리카락은 꼭 모자를 뒤집어쓴 모습 같았다. 타코라디에서 물장난을 한 이후부터 그는 육지에 내려가려 들지 않았다. 그는 갑판에서 화물의 움직임을 감시하는 부선장 헤일링 씨 곁에 남아 있었다.

하늘은 우유 같은 회색으로 낮게 가라앉아 있었다. 해가 뜨자마자 찌는 듯 무더웠다. 선착장에서는 하역부들이 상자를 쌓고 면화 뭉치,

낙화생 자루 등 배에 실을 물건을 준비했다. 하역 크레인은 화물을 가득 실은 그물을 들어올렸다. 화물칸에는 아무도 없었다. 여인네들은 봇짐을 이고 아이를 옷자락으로 감싸 안고 남자들과 함께 내렸다. 엔진이 꺼지고 선체와 선수의 진동이 멈춘 지금 이상한 정적이 감돌았다. 하역 크레인을 작동시키는 발전기의 골골거리는 소리뿐. 크게 입을 벌린 선수를 통해 화물창, 전깃불에 반짝이며 뿌옇게 피어 오르는 먼지가 보였다.

"마우, 어디 가는 거예요?"

"금방 다녀올게, 아가."

펭탕은 걱정스레 바라보았지만 그녀는 그 흉칙한 제럴드 심슨을 따라 총총 내려가 버렸다.

"이리 와. 둑을 산책할 거야, 시내 구경도 하고."

펭탕은 가고 싶지 않았다. 왠지 모르게 목이 콱 멨다. 아마도 언젠가는 이렇게 되겠지. 이 다리를 내려가 도시로 들어가야 하고 어떤 남자가 기다리고 있다간 "내가 조프르와 알렝이다. 네 아버지야. 나와 함께 오니샤로 가자"라 할 것이기 때문이겠지. 그리고 또한 돛처럼 바람에 부푼 하얀 드레스를 입은 마우의 뒷모습을 보았기 때문일지도. 그녀는 영국인의 팔짱을 끼고 그가 아프리카와 흑인, 정글에 대해 떠벌이는 걸 듣고 있었다. 참을 수 없는 일이었다. 하여, 그는 창문도 없는 객실에 틀어박혀 작은 등을 켜고는 굵은 연필로 조그만 스케치북에 글을 쓰기 시작했다. 우선 대문자로 제목을 썼다. **길고 긴 여행**.

그리곤 이야기를 쓰기 시작했다.

에스터. 에스터는 1948년 아프리카에 도착했다.

그녀는 부두로 뛰어내려 숲속으로 걸어간다.

정박한 배 위로 떠오르는 태양의 열기, 조그만 전등과 함께 조용한 객실에 틀어박혀 얘기를 쓰는 게 참 좋았다.

배의 이름은 니제르이다. 배는 며칠 동안이나 강을 거슬러 올라갔다.

펭탕은 지난번 생-마르텡에서 햇살에 화상을 입은 것처럼 이마가 화끈거리는 걸 느꼈다. 정확히 두 눈 사이가 아팠다. 오렐리아 할머니는 그것은 미래를 보는 데 쓰이는 제3의 눈이라 했다. 모든 게 아득하고 까마득한 옛날 일 같았다. 있지조차 않았던 일처럼. **에스터는 표범과 악어가 호시탐탐 노리는 위험한 숲속으로 걸어간다. 그녀는 오니사에 도착한다. 식사와 그물 침대와 함께 커다란 집이 준비되어 있었다. 에스터는 흉폭한 짐승을 쫓기 위해 불을 지핀다.** 시간이란, 예전에 스튜라 계곡 위로 여름 해가 높게, 아주 높게 떠올랐을 때처럼 펭탕의 이마 위로 번져 가는 화상 같은 것. 시간의 맛은 키니네처럼 쓰고 냄새는 낙화생처럼 매캐한 것. 시간은 '고레'에 있는 노예 감옥처럼 춥고 축축한 것. **에스터는 밀림 위로 피어 오르는 폭풍을 본다. 흑인 하나가 고양이 한 마리를 안고 온다. 배가 고파요. 에스터가 말했다. 그렇다면 이 고양이를 주겠어요. 잡아먹으라고요? 아니오. 우정의 표시로.** 밤이 되자 펭탕 이마에서 화끈거리던 태양의 화상도 가라앉았다. 복도에서 마우의 목소리와, 날카로운 억양의 제럴드 심슨의 목소리가 들려 왔다. 바깥은 선선했다. 번갯불이 소리없이 하늘을 지그재그로 수놓았다.

헤일링 씨가 일등칸 브리지 위에서 웃통을 벗고 카키색 반바지 차림으로 서 있었다. 그는 화물 크레인 작업을 바라보며 담배를 피고 있었다.

"거기서 뭘 하니, 융어(독일어로 젊은이란 뜻)? 엄마를 잃어 버렸니?"

그는 펭탕의 머리통을 잡았다. 그는 우악스런 손아귀로 펭탕의 이마를 움켜쥐고 펭탕의 발이 땅에서 뜰 정도로 살짝 들어 올렸다. 마우가 이를 보자 비명을 질렀다.

"하지 말아요! 다치겠어요!"

부선장은 낄낄거리며 펭탕의 머리를 잡고 흔들었다.

"부인, 이게 건강에 좋아요. 키가 크거든요."

펭탕은 그에게서 빠져 나왔다. 그는 헤일링 씨를 볼 때마다 멀찌감치 떨어져 있었다.

"저길 봐. 포르토 노보 운하야. 저길 처음 항해했을 시절 난 참 젊었지. 내 배가 좌초하고 말았지."

그는 어둠 속에 잠긴 섬들과 수평선을 가리켰다.

"그때 우리 선장이 술에 취했었거든, 알겠어. 해류 때문에 배를 모래밭에 비스듬하게 걸쳐 놓았어. 우리 배가 운하 입구를 막아 버려서 아무도 포르토 노보에 갈 수 없었지! 웃기는 일이지!"

그날 밤, *수라바야*에서는 큰 파티가 열렸다. 영국 장교의 부인인 로절린드의 생일이었다. 선장은 완벽하게 파티 준비를 했다. 마우는 무척 들떠 있었다.

"펭탕, 춤을 추게 될 거야, 알아! 일등칸 살롱에서 음악을 틀 테고, 누구나 갈 수 있어."

그녀 눈이 빛났다. 꼭 여고생 같았다. 그녀는 짐 속에서 한참 동안 드레스, 카디건, 신발을 찾았고 분과 루주를 바르고 그 아름다운 머리카락을 오래도록 빗질했다.

6시가 되자 어두워졌다. 네덜란드 선원들은 꽃 전등을 달았다. *수라바야*는 커다란 생일 케이크 같았다. 그날 저녁, 저녁식사는 없었다. 일등칸의 커다란 붉은 살롱에서는 소파들을 한 구석으로 밀고 흰 식탁보를 덮은 길다란 테이블을 놓았다. 테이블 위에는 붉은 꽃다발, 과일 바구니, 술병, 간식거리, 종이 화환이 있었고 한구석에서 커다란 선풍기가 비행기 소리를 내며 돌았다.

펭탕은 객실에 남았다. 침대에 앉아 작은 등을 켜고 스케치북을 펼쳤다.

"뭐하는 거지?"

마우가 물었다. 그녀는 무엇인지 읽으려고 다가왔으나 펭탕은 스케치북을 덮었다.

"아무것도 아녜요. 숙제예요."

이제 이마의 통증도 가라앉았다. 공기는 부드럽고 가벼웠다. 선수가 파도에 밀려 부둣가에 부딪히며 오르락내리락했다. 아프리카, 그곳은 너무도 멀었다. 저 부두 끝 수로 속에, 섬들 속에 조수에 밀려 잠겨 있었다. 강물이 천천히 배 주위로 흘렀다. 헤일링 씨가 마우를 찾아왔다. 그는 견장을 단 먼진 흰색 군복 차림에 커다란 머리에 비해 너무 작은 캡을 쓰고 있었다.

"융어,—그는 펭탕을 항상 자기 나라 말로 이렇게 불렀다—우린 벌써 니제르 강 지류에 와 있는 거야. 저기 흐르는 물도 그 강물이지. 니제르 강 수량은 대단히 풍부해서 바닷물을 싱겁게 하거든. 그리고 멀리 가오 지방 사막에 비가 내리면 여기 바다가 온통 흙탕물이 되고 나무 둥치, 그리고 물에 빠져 죽은 짐승들까지도 해안에 밀려들지."

펭탕은 정말 물에 빠져 죽은 동물이 흘러가는 것을 바라보듯 *수라바야* 주위의 검은 물을 내려다보았다.

파티가 시작되자 마우는 환하게 켜진 작은 전등과 화환으로 장식된 일등칸으로 펭탕을 데리고 갔다. 테이블 위에는 꽃다발이 있고 철제 난간에는 화환이 걸려 있었다. 영국 장교들은 흰 제복을 입고 얼굴이 불그레하고 수염이 난 뚱뚱한 네덜란드 선장 주위에 몰려 있었다. 선풍기가 최대한으로 빨리 돌고 있는데도 수많은 전등 탓인지 너무 더웠다. 얼굴들이 땀으로 번들거렸다. 가슴이 깊게 팬 얇은 드레스를 입은 여자들은 다카르에서 산 스페인 부채나 메뉴판으로 부채질을 했다.

꽃으로 장식된 긴 테이블 옆에는 파티의 주빈인 멧캘프 소령과 그 부인인 로절린드가 연회복을 입고 아주 어색하게 서 있었다. 네덜란드 스튜어드들이 샴페인과 과일 주스를 따라 주었다. 마우는 펭탕을 식탁으로 끌고 갔다. 그녀는 매우 흥분했고 거의 초조한 기색까지 보였다.

"아가, 이리 와. 먹어야지."

"배 안 고파요, 마우."

"안 돼. 이건 꼭 맛봐야 해."

음악이 살롱 안에 울려 퍼졌다. 큼지막한 전축에서 재즈 디스크가 돌아갔고 허스키한 목소리로 빌리 할리데이가 '복잡한 여자'를 불렀다.

영국인들이 멧캘프 부부 주위를 성처럼 둘러쌌다. 마우는 펭탕의 손목을 끌고 식탁까지 비집고 들어갔다. 마우는 어린 소녀 같았다. 남자들이 그녀를 쳐다보았고 제럴드 심슨이 그녀에게 귓속말로 뭔가 속삭였다. 그녀가 깔깔거렸다. 벌써 몇 잔의 샴페인을 마셨던 터였다. 펭탕은 수치심을 느꼈다.

마우는 반쪽으로 뚝 잘려져 씨앗이 외설적으로 드러난 열은 초록색의 괴상한 과일이 담긴 종이 접시를 펭탕에게 내밀었다.

"우선 맛을 봐. 그러면 무엇인지 얘기해 줄게. 맛봐, 맛있어."

그녀 눈이 반짝거렸다. 그녀는 예쁜 머리를 쪽찌어 위로 올렸고 몇 가닥이 목으로 늘어졌으며 새빨간 귀고리를 했다. 드러난 어깨는 잘 구운 빵 색깔이었다.

"곧 아실 테지만 오니샤는 조그맣고 조용한 도시입니다. 전쟁 전에 잠깐 머문 적이 있었지요. 그곳에 닥터 샤론이란 좋은 친구가 있어요. 댁 남편이 말하지 않던가요?"

흉칙한 심슨은 마치 거품 냄새를 맡듯 샴페인 잔을 가느다란 코까지 바짝 들어올린 채 장광설을 늘어놓았다.

"아! 니제르 강, 세계에서 가장 긴 강!" 하고 고추보다 더 빨개진 플로리젤이 탄성을 질렀다.

"잠깐, 그건 혹시 아마존 강이 아닐까요?"

심슨은 빈정거리는 투로 벨기에 사람 쪽으로 몸을 반쯤 돌렸다. "내 말은 아프리카에서 그렇다는 게지" 하고 플로리젤은 수정을 했다.

"틀렸어, 그건 나일 강이야."

플로리젤은 빈정거리는 심슨의 말은 듣지도 않고 사라져 버렸다. 한 영국 장교가 떠들었다.

"독일령 카메룬, 오반 언덕에서 고릴라 사냥을 했었지. 오부두에 있는 내 집에는 그 동안 수집한 고릴라 해골이 있어."

사람들은 영어, 네덜란드어, 불어 등으로 떠들었다. 와글거리며 떠드는 소리가 한 순간 잠잠해졌다간 다시 시끄러워지곤 했다.

펭탕은 숟가락 끝으로 그 희멀건 과일을 맛보았으나 구역질이 나 토할 것 같았다.

"맛봐, 얼마나 맛있는지 알게 될 거야."

영국 장교들은 테이블 주위로 몰려와 샐러드와 간식을 먹고 샴페인을 마셨다. 여자들은 땀을 뻘뻘 흘리며 부채질을 했다. 선풍기의 모터가 비행기 소리를 냈고 전축에서는 뉴올리언스의 재즈가 흘러 나왔다. 그런 와중에서 간간이 헤일링 씨의 웃음 소리, 그의 악귀 같은 목소리가 쩌렁쩌렁 울렸다. 살롱 한구석에서 누군가가 피아노를 치기 시작했다. 이태리 사람은 그의 간호사와 함께 춤을 추었다. 심슨 씨가 마우의 팔을 잡았다. 그는 조금 취해 있었다. 그는 그 날카로운 목소리로 거의 아무런 악센트도 없이 농담을 늘어놓았다. 다른 영국인들도 왔다. 그들은 흑인 억양을 흉내내고 아프리카 영어로 농담을 하며 히히덕거렸다. 심슨 씨는 피아노를 가리켰다.

"커다란 검둥이 친구를 백인이 두들기네. 흑인 비명이 너무 시끄럽군!"

펭탕은 혓바닥에 남아 있는 초록 과일의 밋밋한 맛을 느꼈다. 살롱은 갈색 담배 냄새로 가득했다. 마우는 깔깔 웃었고 그녀 역시 취한 것 같았다. 그녀 눈이 빛났고 어깨 살이 꽃 전등 빛에 반짝거렸다. 심슨이 그녀 허리를 껴안았다. 그는 테이블 위에서 붉은 꽃 한송이를 꺾어 그녀에게 주는 시늉을 했다. 그리고는 "부디 이 꽃을 받아 주시오, 그렇지 않으면 이 남자는 죽습니다"라고 말했다.

웃음 소리가 개 짖는 소리처럼 이상하게 울려 퍼졌다. 이제 사람들은 흉물 심슨 주위에 둥그렇게 몰려들었다. 멧캘프 부부까지도 심슨이 아프리카 영어로 하는 농담을 들으려고 끼여들었다. 영국인 심슨은 식탁 위에 있는 달걀을 가리키며 "피커니니 스탑 얼롱 힘 펠로우"라 했다. 다른 사람들이 킬킬거렸다. "마이오트! 마이오트!"

펭탕은 밖으로 도망쳤다. 그는 부끄러웠다. 마우도 갑판으로 끌고 나오고 싶었다. 갑자기 배가 움직이는 것 같았다. 거의 느껴질까말까 한 가벼운 요동, 엔진의 묵직한 진동, 선수를 따라 흐르는 물의 떨림 같은 것을. 밖은 캄캄했고 하역 돛대에 걸린 꽃 전등은 별처럼 빛났다.

앞쪽에서 네덜란드 선원들은 분주히 움직이며 닻을 올렸다. 브리지 위에서는 부선장 헤일링 씨가 우뚝 서 있었고 그의 하얀 유니폼이 어둠 속에서 빛났다.

펭탕은 뱃머리를 보기 위해 갑판 끝까지 뛰어갔다. 우현은 붉은 등, 좌현은 초록 등으로 된 신호등이 5초 간격으로 반짝이며 미끄러져 갔고 가슴을 뛰게 하는 신선하고 부드러운 바닷바람에 꽃 전등이 서로 부딪쳤다. 어둠 속에서도 날카로운 피아노 소리, 높은 톤의 여인네들 목소리, 웃음 소리, 박수 소리 등 파티의 소음이 들려 왔다. 그러나 그것은 파도와 바람에 밀려 멀어져 갔고 *수라바야*는 육지를 떠나 다른 항구, 다른 해안을 향해 나아가고 있었다. 하코트, 칼라바르, 빅토리아 항구를 향해 가고 있는 것이었다.

펭탕은 난간에 몸을 숙이고 수평선 속에 잠겨 이미 비현실로 돼 버린 코토누 항구의 불빛을 보았다. 눈에 보이지는 않았지만 섬들이 지나갔고 암초 위로 부딪히는 거친 바다 소리가 들렸다. 뱃머리는 천천히 파도의 흐름을 거슬러 탔다.

펭탕은 장식등의 강렬한 광선 때문에 가려져 있던 화물칸에 흑인들이 있는 걸 발견했다. 백인들이 일등칸 살롱에서 파티를 하는 동안 그들은 남자, 여자, 아이 할 것 없이 판자를 다리 삼아 머리에 봇짐을 이고 하나하나 소리 내지 않고 배에 올랐던 것이다. 갑판장의 감시를 받으며 그들은 갑판에 올라 녹슨 콘테이너 사이 난간에 몰려 앉아 조용히 출항을 기다렸던 것이다. 우는 아이도 있었고 낡은 옷을 걸친 핼쑥한 노인이 노래를, 기도를 했을지도 모른다. 그러나 살롱의 음악이 그들의 음성을 가렸고, 그들은 심슨이 그들 말투를 흉내내며 조롱하는 것이나 영국인들이 "마이오트! 마이오트!"라 소리지르고 "피커니니 스탑 얼룽 힘 펠로우"라고 했던 농담도 들었을지도 모른다.

펭탕은 분노와 수치심 때문에 한 순간 일등칸 살롱으로 되돌아가려 했다. 그것은 마치 어둠 속에서 흑인들 하나하나가 비난에 가득 찬 눈을 번득이며 그를 노려보는 것 같았다. 그러나 소음과 갈색 담배 연기로 가득 찬 살롱에 되돌아간다는 것은 생각만 해도 참을 수 없었다.

그래서 펭탕은 객실로 가 작은 등을 켜고 검고 큰 글씨로 **길고 긴 여행**이라 썼던 조그만 공책을 펼쳤다. 펭탕은 밤에 대한 생각을 되새기며 글을 썼고 *수라바야*는 크리스마스 트리처럼 장식등을 달고 음악을 울리며 이미 깊은 잠에 빠진 흑인 여행객을 이끌고 천천히 뱃머리를 들먹이며 비아프라 해안으로 가고 있었다.

1948년 4월 13일, 지롱드 해안을 떠난 지 정확히 한 달 만에 *수라바야*는 회색 하늘이 비를 뿌리는 오후 늦게 묵직한 구름들이 해안에 주렁주렁 매달린 하코트 항구에 들어섰다.

부두에는 그 미지의 남자가 서 있었다. 키가 크고 비척 마른 몸매에 독수리 부리 같은 콧잔등에 쇠테 안경을 걸쳤고 듬성듬성 은발이 섞인 머리카락, 발목까지 늘어진 군복 스타일의 이상한 우장(雨裝), 그리고 배에서 영국 장교들 발을 보아 이미 펭탕 눈에 익었던 검고 반짝이는 신발과 카키색 바지 차림의 그 남자는 마우에게 키스를 하곤 펭탕에게 다가와 악수를 했다.

세관 건물의 조금 후미진 곳 앞 유리에 금이 가고 차체가 녹슬고 우그러진 녹색 포드 V8 한 대가 서 있었다. 마우는 앞 좌석에 올라 조프르와 알렝 곁에 앉았고 펭탕은 뒤로 가 상자와 짐들 사이에 자리 잡았다. 빗방울이 차창 위로 흘러내렸다. 번개가 쳤고 어둠이 다가오고 있었다.

남자는 펭탕을 돌아보며 "괜찮아, 꼬마야?"라 했다.

포드는 오니샤를 향해 움직이기 시작했다.

오니샤

펭탕은 두리번거리며 번갯불을 기다렸다. 그는 판자 지붕 밑에 앉아 폭풍이 몰려오고 있는 강쪽 하늘을 바라보았다. 황혼 무렵 브로크던 섬 위, 아사바의 서쪽 하늘이 캄캄해졌다. 테라스에 우뚝 선 펭탕은 강줄기 전체와 지류들의 포구, 아남바라와 오메룬, 그리고 갈대와 나무로 뒤덮인 평평한 저지 섬까지 모두 내려다볼 수 있었다. 남쪽을 향해 완만한 곡선을 이룬 강의 상류는 바다만큼이나 넓었고 듬성듬성 보이는 섬들은 난파당해 떠내려가는 뗏목 같았다. 폭풍 구름이 빙글빙글 선회를 했다. 하늘에는 찢어진 상처 같은 핏빛 줄이 그어졌다. 그리고 먹장 구름이 잔영에 반짝이는 따오기 무리를 앞으로 내쳐 몰며 강줄기를 따라 아주 빨리 거슬러 올라갔다.

조프르와의 집은 오니샤 시내에서 조금 위쪽, 강줄기가 모이는 거대한 사거리의 심장부 같은 곳으로, 강을 굽어보는 언덕 위에 자리하고 있었다. 그 순간, 첫 번째 천둥 소리가 울렸지만 그것은 뒤로 멀리 떨어진 이니와 문시 구릉이 있는 숲속에서였다. 우르릉거리는 소리에 땅이 흔들렸다. 날씨는 아주 후텁지근했다.

난생 처음으로 마우는 펭탕의 귀에 심장 박동이 느껴질 정도로 펭탕을 꼭 껴안았다.

"무섭구나, 펭탕. 우리 시간을 재어 보자."

그녀는 소리는 초당 363미터 속도로 빛을 따라간다고 설명했다.

"펭탕, 몇 초인가 세어 보자. 하나, 둘, 셋, 넷, 다섯……."

열을 세기 전에 천둥은 땅 밑으로 울리고 집 안 전체로 울려 퍼지면서 마룻바닥을 흔들었다. "3킬로미터예요" 하고 펭탕은 말했다. 곧바로 다른 번개가 하늘을 지그재그로 수놓으며 커다란 강줄기, 파도, 섬, 야자수의 검은 실루엣을 밝게 비추었다.

"세어 봐. 하나, 둘, 셋. 아니 조금 더 천천히. 셋, 넷, 다섯……."

번갯불은 점점 잦아지면서 구름 사이에서 솟아났고 빗방울이 떨어지기 시작했다. 처음에는 조그만 자갈이 지붕 골 사이로 굴러가듯 양철 지붕 위를 일정한 간격을 두고 때리더니 점점 소리가 커지면서 마침내 겁이 날 정도로 요란한 굉음이 터졌다. 펭탕은 심장 박동이 빨라지는 걸 느꼈다. 판자 지붕 밑으로 몸을 피한 펭탕은 한 점의 구름처럼 강 줄기를 거슬러 올라가는 검은 뗏목을 바라보았고 강둑이나 섬들은 이제 번갯불이 번쩍여도 더 이상 보이지 않았다. 모든 게 강의 물, 하늘의 물 속으로 잠겨 사라져 버렸다.

처마 밑에서 미동도 하지 않고 서 있는 펭탕은 시선을 돌릴 수 없었다. 두려움을 느끼며 덜덜 떨었다. 구름이 그의 몸 속을 휘젓고 폐를 가득 메운 것처럼 숨이 가빠졌다.

하늘 한가운데까지 온통 뒤흔들렸다. 빗물은 울컥울컥 솟는 핏물처럼 강한 물줄기가 되어 양철 지붕을 타고 내려 언덕을 타고 강으로 흘러갔다. 세상에는 떨어지는 물, 흐르는 물밖에는 아무것도 없었다.

날카로운 비명 소리가 나면서 무아지경에 빠져 있던 펭탕을 깨웠다. 꼬마들이 번갯불에 검은 몸뚱이를 번뜩이며 정원으로, 길로 뛰어다녔다. 그들은 비의 이름을 소리쳤다. 오주우! 오주우! 집 안에서 또 다른 목소리가 들려 왔다. 요리사인 엘리야와 마우가 양동이를 들고 집 안을 뛰어다니며 물을 퍼냈다. 양철 지붕 여기저기에서 물이 샜다. 녹슨 양철 지붕이 빗물 무게를 견디지 못해 휘어지면서 핏빛 같은 빗물이 온 방안으로 밀려들었다. 조프르와가 나타났다. 머리끝에서 발끝까지 흠뻑 젖어 웃통을 벗은 그의 안경에 뿌옇게 김이 서렸고 회색 머리카락이 이마에 엉켜 붙어 있었다. 펭탕은 그를 멍하니 바라보았다.

"이리 와, 밖에 서 있지 말고."

마우가 펭탕을 집에서 물이 들지 않은 유일한 방인 부엌 있는 뒤쪽으로 데려갔다. 그녀 눈은 초점을 잃었다. 그녀 옷도 흠뻑 젖었고 그녀는 잔뜩 겁먹은 표정이었다. 펭탕은 마우를 꼭 안아 주었다. 그는 그녀를 위해 번개가 칠 때마다 숫자를 세었다.

"하나, 둘, 셋, 넷……."

잠시 후에는 셋까지도 셀 수 없었다. 천둥이 땅과 집을 흔들었고 그러자 유리로 된 모든 게 깨지는 것 같았다. 마우는 펭탕의 손을 잡아 얼굴에 꼭 대었고 그의 손바닥으로 눈 위를 눌렀다.

그러고 나서 폭우가 지나갔다. 폭우는 강을 따라 구릉 쪽으로 가고 있었다. 펭탕은 테라스로 돌아갔다. 선사 시대 동물처럼 길고 나지막한 섬들이 다시 나타났다. 밤이 꼬박 지나갔고 새벽이 회색 광선으로 빛났다. 집 안도 보였고 풀밭, 야자수, 강 줄기도 보였다. 갑자기 더워지기 시작했고 공기는 움직이지 않고 무거워졌다. 젖은 땅에선 김이 무럭무럭 피어 올랐다. 천둥 소리도 사라졌다. 펭탕은 사람들의 목소리, 아이들 비명, 사람 부르는 소리를 들었다.

"아우아! 아우아!"

멀리 마을 쪽에서 개 짖는 소리도 들려 왔다.

밤이 되자 개구리 울음 소리가 들렸다. 마우는 조프르와가 V8 엔진에 시동 거는 소리를 듣고는 몸을 부르르 떨었다. 조프르와는 뭔가 소리치며 헛간으로 갔다. 빗물이 창고 안까지 흥건했다.

아이들은 집에서 멀어져 갔고 그들의 악쓰는 소리는 들렸으나 모습은 어둠 속에 잠겨 보이지 않았다. 펭탕은 테라스에서 내려와 축축한 풀 위로 걷기 시작했다. 이제 번갯불은 아주 멀어져 갔고 이따금 숲 위로 번쩍거렸으나 우르릉거리는 소리는 들리지 않았다. 진흙이 그의 발을 빨아들였다. 펭탕은 신을 벗어 끈으로 묶고는 야만인처럼 목에 걸었다.

그는 커다란 정원을 가로질러 어둠 속으로 나아갔다. 마우는 커다란 빈방의 그물 침대에 누워 있었다. 그녀는 열에 들떠 덜덜 떨었고 눈을 뜰 수조차 없었다. 조그만 테이블 위에 놓인 석유등 불빛이 그녀 눈을 비췄다. 그녀는 고독을 절감했다. 메울 수 없는 커다란 구멍이 그녀 마음속 깊이 파인 것 같았다. 그것은 오니샤에 도착한 지 두 달 만에 앓아 눕게 한 아메바증 탓인지도 모른다. 그녀는 극도로 투박한 현실을 냉철히 직시하면서 고통을 느꼈다. 그녀 가슴에 쌓인 것, 그녀에게 구멍을 나게 만든 것의 정체는 알았으나 속수무책이었다. 그녀는 오니샤에 도착한 이후 매순간, 폭우가 칠 때마다 웅웅 진동하는, 기둥 위에 양철 지붕만 얹고 나무로 벽을 막은 이 커다랗고 텅빈 집에 짐을 풀었던 일까지 생생히 마음속에 간직하고 있었다. 기숙사처럼 그물 침대와 가죽 줄로 엮은 침대들만 한구석에 있는 방. 그리고 무엇보다도 타인이 되어 버린 차가운 표정의 남자, 비척 마른 그 사내의 피부색. *수라바야* 선상에서 꿈꾸었던 행복은 여기 존재하지 않았다. 또한 아버지를 바라보는 펭탕의 시선, 불신과 본능적 증오를 가득 담은 그 시선, 그리고 펭탕이 대들 때마다 매섭게 분출되는 조프르와의 차가운 분노.

이제 간간이 풀벌레와 두꺼비 울음 소리만이 들릴 뿐 조금씩 심야의 정적이 되돌아왔고 마우는 등불을 바라보며 그물 침대에 누워 몸을 흔들었다. 그녀는 낮은 목소리로 이태리 동요의 첫 음절을 흥얼거렸다. 그녀는 문득 노래를 멈추고 얼굴 위에 얹었던 손을 치우고 조그맣게 딱 한 번 "펭탕?"이라 했다.

텅 빈 집 안에 그녀 목소리가 메아리쳤다. 조프르와는 와르프에 갔고 엘리야는 자기 집에 갔다. 그러면 펭탕은? 그녀는 벽에 박힌 쇠고리에 매달려 있는 텅 빈 그물 침대를 보기 위해, 그리고 캄캄한 어둠을 향해 활짝 열린 창을 보기 위해, 복도 끝에 있는 방까지 가기 위해 침대에서 내려올 수 없었다.

지금까지 살아온 것, 사물, 사람들, 냄새, 심지어 하늘 색과 물맛조차도 철저히 다를 수밖에 없는 이 미지의 세계, 오니샤에서의 새 인생을 얼마나 원했는지 기억났다. 물맛이 다른 것은 아마도 정수기 탓이리라. 엘리야가 매일 아침 우물물을 길어다 채우면 조그만 놋쇠 꼭지로 그 희뿌연 물이 졸졸 흐르는 백자로 된 정수기였다. 병에 걸려 고열과 설사에 시달려 곧 죽는 줄만 알았던 그녀는 이제 정수기라면 질색을 했고 물맛이 너무 싱거워 생-마르텡과 같은 차가운 시냇물과 분수를 꿈꾸었다.

전쟁 동안 생-마르텡, 산타 안나 그리고 니스, 마르세유에서 그녀의 모든 꿈의 열쇠인 양 되뇌였던 주문이 있었다. 오렐리아 할머니, 로사 아줌마가 듣지 못하게 펭탕에게만 몰래몰래 외우게 했던 주문, 펭탕이 너무 심각한 표정을 짓는 바람에 그녀는 겁이 나기도 했고 폭소를 터뜨리기도 했다. 그는 "오니샤에 가면" 혹은 "오시냐에 가면 이럴까요?"라 했다. 그러나 그는 결코 조프르와에 대해선 말하지 않았고 한 번도 "아빠"라는 말은 하려 들지 않았다. 그는 그럴 리가 없다고 생각했던 것이다. 조프르와는 편지만 보내는 모르는 사람일 따름이었다.

그러고 나서 그녀는 그를 만나기 위해 그곳으로 떠나기로 작정했다. 그녀는 오렐리아 할머니뿐 아니라 누구에게도 말하지 않고 차근차근 준비를 했다. 여권을 만들고 뱃삯을 준비해야만 했다. 그녀는 아버지의 금시계, 혼전에 받은 금화와 보석을 팔기 위해 니스에 갔다. 오렐리아 할머니는 조프르와에 대해선 한마디도 하지 않았다. 그는 영국인, 적성국(敵性國) 사람이었다. 수다스런 로사 아줌마는 그를 영국 돼지라 불렀다. 펭탕이 어렸을 때에는 펭탕에게도 *영국 돼지*라고 부르게 하면서 장난을 쳤다. 그녀는 무솔리니가 미쳐서 젊은이들을 도살장에 보냈을 때에도 그를 존경했다. 펭탕은 아줌마를 따라서 *영국 돼지*란 말을 반복하곤 폭소를 터뜨렸다. 그가 다섯 살 때 일이다. 그것은 펭탕과 로사 아줌마 사이의 비밀이었다. 어느 날 마우가 그 소리를 듣자 그녀는 이 늙은 노처녀를 시퍼런 면도날 같은 눈빛으로 노려보았다.

"다시는 펭탕에게 그런 말 시키지 말아요. 그러지 않으면 당장 펭탕을 데리고 떠날 거예요."

그녀에겐 갈 데라곤 어디도 없었다. 이를 잘 알고 있었던 로사 아줌마는 그녀의 협박에 코웃음 쳤다. 아쿠르 가 18번지 아파트 지붕 아래에는 방이라곤 두 개에다 채광창이 뚫린 노란 벽칠을 한 협소한 부엌 하나뿐이었다.

마우는 떠나기 한 달 정도만 남겨 두고 그녀 결심을 밝혔다. 오렐리아 할머니의 얼굴이 하얗게 변했다. 할머니는 무슨 소리를 해도 아무 소용없으리란 걸 잘 알았기에 아무 말도 하지 않았다. 할머니는 물었다.

"그러면 펭탕은?"

"함께 떠날 거예요."

오렐리아 할머니는 마우보다도 펭탕 때문에 슬퍼할 것임을 그녀는 잘 알고 있었다. 할머니는 이들이 다시는 자신을 보러 오지 않을 것도 잘 알고 있었다. 로사 아줌마는 슬퍼하지 않았다. 그녀는 오로지 원한에 사무쳤을 뿐이다. 영국인에 대한 증오심. 그녀는 쉴 새 없이 악담과 독설, 험담을 늘어놓았다.

마우는 그 조그만 건물의 문턱에서 자신의 어머니였던 여자를 오랫동안 포옹했다. 거리에는 사람들이 많았고 아이들 노는 소리, 떠드는 소리로 소란했다. 초여름이었다. 밤이 도무지 찾아오지 않았다. 보르도행 기차는 7시에 출발했다.

택시가 도착하고 마지막 순간에 이르자 오렐리아 할머니는 더 이상 참지 못하고 울음을 터뜨렸다. 그리고 더듬거리며 말했다.

"보르도까지만이라도 함께 가자. 제발 부탁이다."

마우는 차갑게 밀쳤다.

"안 돼요. 그럴 수 없어요."

펭탕은 할머니의 옷 냄새, 머리카락 냄새를 맡았다. 그는 뭐가 뭔지 몰랐다. 다시는 돌아오지 않을텐데 "다녀오겠습니다"란 말이 무슨 의미가 있었을까?

그는 이토록 광활한 공간을 본 적이 없었다. 입순의 조프르와 집은 시내에서 벗어난 강 상류 지역, 오메룬 포구 위쪽 갈대밭이 시작되는 곳에 위치했다. 언덕 건너편 태양이 뜨는 쪽으로는 구름이 걸려 있는 이니 산, 문시 고개까지 누런 초원이 까마득하게 펼쳐졌다. 파티장에 새로 부임한 제럴드 심슨은 마우에게 저기 고개를 넘어가면 마지막으로 생존한 평원 고릴라가 숨어 있다고 말해 주었다. 그는 푸른 산맥이 지평선을 이룬 곳이 보이는 창가로 마우를 데리고 갔다. 조프르와는 어깨를 으쓱했다. 그러나 펭탕은 바로 그 고릴라 때문에 저 초원이 시작되는 곳까지 가고 싶었다. 산맥은 변함없이 어둠침침하고 신비롭게 보였다.

새벽이 되자 조프르와가 일어나기도 전에 펭탕은 어둠 속에서 겨우 보일까말까 한 오솔길로 나섰다. 오메룬 강에 다다르기 직전에 넓은 공터가 나왔다. 펭탕은 모래밭까지 내려갔다. 그곳은 인근 여자들이 목욕과 빨래를 하는 장소였다. 보니가 펭탕에게 그곳을 가르쳐 주었다. 그곳은 비밀과 웃음이 가득한 장소, 남자 아이들이 얼굴을 내밀었다간 욕을 먹고 매를 맞는 그런 장소였다. 여인네들은 옷깃을 풀어헤치며 물 속으로 들어가 앉아 흐르는 강물에 둘러싸여 수다를 떨었다. 그리곤 다시 허리춤에 옷을 두르고 바위에 옷을 두드리며 빨래를 했다. 여인들의 어깨가 반짝였고 옷을 칠 때마다 그 리듬에 맞춰 늘어진 젖가슴이 출렁거렸다. 아침이라 약간의 한기를 느낄 정도였다. 안개가 천천히 강을 따라 내려와 큰 물줄기에 이르더니 나무 꼭대기까지 덮고 섬들도 삼켜 버렸다. 마술적 순간이었다.

보니는 어부의 아들이었다. 그는 몇 번인가 생선과 새우를 팔러 왔다. 그는 뒤란의 황색 초원이 시작되는 곳에서 펭탕을 기다리고 있었다. 진짜 이름은 조시프, 혹은 조세프였으나 꺽다리에 비쩍 말라서 보니, 그러니깐 뼈다귀라 불렀다. 그의 얼굴은 매끈매끈했고 영리해 보이는 눈은 눈웃음을 쳤다. 펭탕은 곧 친구가 되었다. 그는 아프리카 영어를 했고 그의 외삼촌이 두알라스족이라 불어도 조금 할 줄 알았다. 그는 완전한 문장으로 말했다. “안녕, 왕초님”, “안녕, 친구”, “원, 세상에” 같은 말들이었다. 그는 영어로 온갖 욕설과 속어를 할 줄 알아서 펭탕이 모르고 있던 컨트cunt라든지 다른 말들이 무엇을 의미하는지 가르쳐 주었다. 그는 몸짓으로도 말을 할 줄 알았다. 펭탕도 곧 그런 식의 언어를 배웠다.

보니는 강과 그 주변 동네를 훤히 알고 있었다. 그는 맨발로 풀밭을 강아지보다 더 빨리 뛸 줄 알았다. 처음에 펭탕은 영국인이 신는 커다란 검은 신발과 양모 양말을 신었다. 샤롱 박사가 마우에게 귀에 못이 박이도록 설명했던 것이다.

"여긴 프랑스가 아니란 걸 아셔야 합니다. 전갈과 뱀이 있고 나무 가시엔 독이 있어요. 그냥 하는 말이 아닙니다. 6개월 전 아픽포에서 한 지역 담당관이 회저병으로 죽고 말았어요. 아프리카도 브링톤에서처럼 샌들만 신고 산책해도 되는 줄 알았거든요."

그러나 무심히 발을 내디뎠던 펭탕은 양말에 붉은 개미가 다닥다닥 붙은 걸 발견했다. 개미들은 양말 섬유질 속에 박혀서 어찌나 지독하게 양말을 물고 있었는지 떼어 내도 머리는 피부에 남아 있었다. 그날 이후부터 펭탕은 양말도 신발도 신지 않았다.

보니는 나무 판자처럼 딴딴한 자기 발바닥을 펭탕에게 만져보게 했다. 펭탕은 그 문제의 양말을 그물 침대 속에 감추고 커다란 검은 신발은 철제 장롱에 넣어 두고 맨발로 풀밭을 뛰어다녔다.

새벽에는 황금빛 초원이 끝없이 넓어 보였다. 오솔길은 눈에 보이지 않았다. 보니는 흙탕물과 가시덤불 사이로 난 통로를 알고 있었다. 자고(꿩과의 새)가 꽥꽥거리며 날아갔다. 숲속 공터에서 뿔닭 무리도 찾아냈다. 보니는 갈대나 풀잎으로, 아니면 그냥 한 손가락을 입에 넣고는 새 울음 소리를 흉내낼 줄 알았다.

그는 뛰어난 사냥꾼이었으나 그가 죽이려 하지 않는 몇몇 짐승들이 있었다. 어느 날, 조프르와는 집 앞의 넓은 공터에 나갔다. 하늘에서 매 한 마리가 원을 그리고 있어서 닭들이 요란하게 울었다. 조프르와는 장총을 어깨에 대더니 방아쇠를 당겼고 새는 떨어졌다. 정원 입구에 있던 보니가 그걸 다 보았다. 분노에 찬 그는 더 이상 눈웃음치지 않았다. 그는 매가 선회하던 빈 하늘을 가리키며 소리쳤다.

"그는 신이야!"

그는 신이란 말을 되풀이했다. 그리곤 새의 이름을 말했다.

"우고."

펭탕은 부끄러움과 동시에 두려움을 느꼈다. 참으로 괴이했다. 우고는 신이지만 동시에 보니 할머니의 이름이기도 했으니 조프르와가 그를 죽인 셈이다. 이 일 때문에 펭탕은 초원을 뛰어다닐 때는 더 이상 구두를 신으려 하지 않았다. 그건 *영국 돼지*의 신발이었다.

초원이 끝나는 곳에 붉은 흙이 드러난 일종의 공터 같은 게 있었다. 펭탕은 혼자 멀리 산책을 나갔던 첫날에 이곳을 발견했다. 그곳은 흰개미의 도시였다.

태양열로 금이 간 빨건 공터 한가운데 굴뚝처럼 우뚝 솟은 개미집 중 어떤 것은 펭탕의 키를 넘었다. 이 흰개미 도시에는 이상한 정적이 감돌아 펭탕은 왠지 모르지만 몽둥이를 들고는 개미집을 두드리기 시작했다. 이 조용한 도시에 감도는 것은 아마도 공포, 고독일 것이다. 단단하게 굳은 흙으로 된 개미집은 대포 소리처럼 웅웅 진동했다. 몽둥이가 튕겨져 나왔지만 더욱 세게 두드렸다. 개미집 윗부분부터 조금씩 균열이 생겼다. 벽면이 먼지가 되어 부스러지면서 개미굴이 드러났고 하얀 애벌레들이 바닥에 굴러 떨어지면서 붉은 땅에서 몸뚱이를 꼬물꼬물 비틀었다.

펭탕은 난폭하게 흰개미집을 하나하나 공격했다. 땀이 이마로, 눈 위로 흘러내려 스웨터를 적셨다. 자기가 뭘 하고 있는지도 잘 몰랐다. 그냥 잊고 싶어서, 파괴하고 싶어서일 것이다. 자신의 이미지를 박살 내기 위해서. 조프르와의 얼굴과 그 안경테에서 번쩍이는 차가운 분노를 지우기 위해서.

보니가 나타났다. 열댓 개의 개미집이 터졌다. 개미집 벽만이 폐허처럼 남아 있었고 우왕좌왕하는 개미떼 속에서 강렬한 태양을 받은 애벌레들이 꿈틀거리고 있었다. 땅바닥에 주저앉아 있는 펭탕의 머리와 옷은 빨간 흙먼지를 뒤집어썼고 손바닥은 너무 몽둥이질을 한 나머지 얼얼해졌다. 보니가 그를 노려보았다. 펭탕은 결코 그 시선을 잊지 못할 것이다. 조프르와가 검은 매를 죽였을 때와 똑같은 분노의 눈길이었다.

"너희들, 미친 약탈자! 넌 미쳤어."

그는 흙과 흰개미 애벌레를 손바닥으로 들어올렸다.

"이건 신이야!"

그는 우울한 눈빛을 하고 아프리카 영어로 말했다. 흰개미는 메뚜기떼로부터 지상을 지키는 수호자이며 이것이 없으면 이 세계는 황폐해질 것이라 했다. 펭탕은 예전처럼 수치심을 느꼈다. 몇 주 동안 보니는 입순에 오지 않았다. 그는 혹시 보니 아빠의 긴 카누를 타고 지나가는 그를 볼 수 있지 않을까 하여 허물어진 선착장에 내려가 그를 기다렸다.

비가 쏟아지기 전에는 해가 이글이글 불탔다. 바람 한점 없는 오후는 끝이 없을 것 같았다. 아무것도 움직이지 않았다. 마우는 차가운 시멘트 벽이 열기를 막아 주는 손님 방의 야전 침대에 길게 누워 있었다. 조프르와는 늦게 귀가했다. 와르프에서는 언제나 업무가 산적했고 제품 인도, 클럽이나 심슨 집에서 있는 파티 탓이었다. 파김치가 되어 돌아온 후에도 그는 자기 서재에 틀어박혀 여섯 시, 일곱 시까지 잤다. 마우는 아프리카를 꿈꾸며 풀숲에서의 승마 산책, 밤이면 포효하는 야수, 영롱한 빛깔의 독풀꽃이 가득한 정글, 신비의 세계로 통하는 오솔길을 생각했었다. 그녀는 이처럼 단조롭고 기나긴 나날, 헛간 같은 집에서의 기다림, 열기로 이글거리는 양철 지붕의 도시 같은 것은 생각지 않았다. 그녀는 조프르와가 온종일 영국에서 도착하는 비누, 화장지, 콘비프, 강력분 상자나 헤아리는 서아프리카 무역 회사의 직원이리라곤 상상조차 하지 않았다. 야생동물은 장교들의 허풍 속에나 있을 뿐, 존재하지 않았으며 정글은 이미 오래 전 사라져마 농장이나 야자기름 농장에 자리를 내준 터였다.

마우는 매주 열리는 지역관들의 파티도 상상하지 못했다. 검은 구두에 무릎까지 올라오는 양모 양말을 신은 카키색 군복의 남자들이 손에는 위스키 잔을 들고 하늘거리는 고급 드레스를 입은 여인네들과 테라스에 서서 그들 하인들의 문제를 떠벌이는 그런 파티. 이곳에 도착한 지 한 달이 채 못 되는 어느 날 오후, 마우는 조프르와를 따라 제럴드 심슨 집에 갔다. 그들은 도크에서 그리 떨어지지 않은 곳에 있는 커다란 목재 저택에 살고 있었다. 집이 너무 낡아 수리를 궁리중이었다. 클럽 회원들을 위해 정원에 수영장을 만들려는 생각을 머릿속에 갖고 있었다.

티 타임이었고 날씨는 찌는 듯했다. 흑인 노무자들은 심슨이 랠리 관저에서 구해 온 노예들이었다. 우선 다른 일손은 구할 수 없었고 품삯을 주기도 싫었기 때문이었다. 초대 손님들과 동시에 도착한 그들은 왼쪽 발목에 쇠사슬이 묶여 있었고 쓰러지지 않으려고 마치 행진을 하듯 발을 맞춰 걸었다.

마우는 어깨에 삽을 메고 왼발, 왼발 하며 걸을 때마다 왼쪽 발목의 사슬로 이상한 소리를 내며 정원을 가로지르는 사슬에 묶인 남자들을 경악에 찬 눈으로 바라보았다. 그들의 누더기 사이로 검은 어깨가 금속처럼 반짝거렸다. 어떤 이들은 테라스 쪽을 곁눈질했는데 그들 얼굴은 피곤과 고통으로 일그러져 있었다.

그리곤 그늘 밑으로 커다란 푸푸 요리 접시, 구운 양고기, 얼음 넣은 고야브 주스 등, 간식이 차려졌다. 긴 테이블 위에 흰 식탁보가 깔리고 관저의 부인이 직접 장식한 꽃다발이 놓여졌다. 초대 손님은 큰 소리로 떠들고 깔깔 웃었지만 마우는 정원 구석에서 땅을 파기 시작하는 흑인 노예로부터 눈길을 뗄 수 없었다. 간수들이 쇠사슬은 풀러 주었으나 발목 고리에 묶여 있었다. 곡괭이와 삽질을 하여 심슨이 수영장을 갖게 될 바로 그 자리에 붉은 구멍을 파헤쳤다. 끔찍한 광경이었다. 마우 귀에는 딱딱한 땅을 파는 소리, 노예들의 거친 숨소리, 그들 발목에서 철컹거리는 쇠고리 소리만 들렸다. 목이 메며 눈물이 솟을 것 같았다. 하얀 테이블 주위에 모인 영국인 장교를 둘러 보며 조프르와의 시선을 찾았다. 그러나 아무도 그녀에게 관심을 기울이지 않았으며 여자들은 계속해서 먹고, 웃었다. 제럴드 심슨의 시선이 잠깐 그녀에게 멈췄다. 그의 눈이 안경 너머로 이상하게 번쩍였다. 그는 조그만 노란 콧수염을 냅킨으로 닦았다. 마우는 너무도 역겨운 증오심이 솟구쳐 시선을 돌릴 수밖에 없었다.

정원 끝 철책 곁에서는 흑인들이 태양 아래서 등 위로, 어깨 위로 구슬땀을 흘리며 혹사당하고 있었다. 그리고 그들의 숨소리, 땅을 내리칠 때마다 지르는 "끙" 하는 소리가 있었다.

마우는 벌떡 일어났고 영어를 할 때마다 섞이는 불어와 이태리 억양에 분노로 가득한 목소리로 말했다.

"저들에게도 먹을 것과 마실 걸 줘야죠. 저들 좀 봐요. 굶주리고 목말라 하고 있잖아요!"

그녀는 아프리카 영어를 하듯 그들을 "펠로우"라 불렀다.

모든 초대 손님이 얼굴을 돌려 그녀를 바라보는 가운데 한참 동안 경악의 침묵이 흘렀고 조프르와 역시 입가를 파르르 떨며 주먹을 불끈 쥐고 테이블을 짓누르며 그녀를 노려보는 것이 보였다.

제럴드 심슨이 제일 먼저 정신을 되찾아 "아, 그렇지요. 옳은 말입니다. 제 생각엔……"이라고만 했다.

그는 보이를 불러 명령을 내렸다. 간수들은 순식간에 노예들을 눈에 띄지 않은 집 뒤쪽으로 끌고 갔다. 지역관은 빈정거리는 투로 마우를 바라보았다.

"자, 이제 괜찮아요. 너무 시끄러운 소리를 냈지요. 이제 우리도 좀 편히 쉴 수 있겠지요."

손님들은 입을 삐죽이며 웃었다. 남자들은 그늘 아래 등나무 의자에 앉아 계속 얘기를 하고 커피를 마시고 담배를 피웠다. 여인네들은 식탁에 둘러서서 랠리 부인과 수다를 떨었다.

조프르와는 마우의 팔을 잡고 V8로 끌고 와 황량한 거리를 전속으로 달렸다. 노예에 대해선 단 한 마디도 하지 않았다. 그러나 이 일이 있은 후 그는 다시는 마우를 지역관이나 관저에 데려가지 않았다. 그리고 제럴드 심슨은 거리에서나 와르프에서 우연히 마우와 마주치면 무표정한 금속성의 푸른 눈빛으로 약간 경멸하듯 아주 차갑게 인사했다.

태양열로 흙이 시뻘겋게 구워졌다. 보니가 펭탕에게 손가락질하며 보여 주었다. 보니는 가장 빨간 흙을 찾아 오메룬 강가로 갈 참이었다. 그는 낡은 바짓가랑이를 묶어 그 안에 축축한 흙을 담아 가지고 왔다. 아이들은 나무 그늘 아래서 흙을 반죽하여 조그만 인형을 만든 후 햇볕에 말렸다. 화병도 만들고 접시, 찻잔, 그리고 얼굴 모양, 가면, 인형도 만들었다. 펭탕은 말, 코끼리, 악어 등, 동물을 만들었다. 보니는 흙 받침대 위에 선 남자나 여자를 만들었는데 척추엔 나뭇가지를 끼고 마른 풀로 머리카락을 만들었다. 얼굴 윤곽이나 가느다란 눈, 코, 입, 그리고 손가락, 발가락까지 정확히 표현되었다. 남자들은 성기를 위로 치솟게 만들었고, 여자는 젖꼭지와 가운데가 파인 삼각형 모양의 치골을 만들었다. 그리고 깔깔 웃었다.

어느 날 풀숲에서 함께 오줌을 누면서 펭탕은 보니의 고추를 보았다. 길다란 고추의 끝부분은 상처가 난 것처럼 빨갛게 잘려 있었다. 할례한 성기를 본 것은 그때가 처음이었다.

보니는 꼬마 여자 아이처럼 쭈그리고 앉아 오줌을 누었다.

펭탕이 서서 누는 걸 보더니 놀려대며 말했다.

"치즈."

그 후부터 펭탕이 뭔가 자기 마음에 들지 않는 일을 할 때마다 이 말을 반복했다.

"마우, 치즈가 무슨 뜻이지요?"

"영어인데 '프로마주'란 뜻이야(불어의 프로마주는 영어로 치즈임)."

하지만 그건 아무런 설명도 되지 못했다. 나중에 보니는 할례하지 않은 고추는 항상 지저분하고 조그만 껍질 안에 치즈와 비슷한 게 있다고 설명해 주었다.

시멘트 테라스 위로 오후 햇살이 미끄러져 들어왔다. 펭탕은 흙으로 빚은 조각과 그릇을 가져 왔다. 한참 동안 들여다보니 모든 게 하얀 눈 위의 검은 그림자처럼 까매지면서 활활 타버리는 느낌이 들었다.

섬 위로 구름이 뭉쳐지기 시작했다. 구름 그림자가 저지 섬과 브로크던에 이르자 펭탕은 곧 비가 올 것임을 알았다. 그러면 뱀을 기리기 위해 아사바라고 명명한 강 건너 마을, 제재소 톱질 소리가 은은하게 울리는 그 마을은 전등불을 켤 것이다. 뜨거운 시멘트 테라스 위로 빗방울이 떨어지기 시작하자 곧바로 수증기가 되어 김이 무럭무럭 피어올랐다. 굵은 빗방울이 진흙 도자기와 인형 위로 떨어지자 핏빛 흙탕물이 튀어 올랐다. 그것은 집들과 그 주변, 그들 신의 동상 등, 도시 전체가 허물어지는 형상이었다. 가장 컸기에 마지막까지 남은 것은 보니가 오룬이라 부른 흙인형인데 폐허 한가운데에 우뚝 서 있었다. 인형의 척추가 등 밖으로 삐죽 튀어나왔고 성기는 허물어졌고 얼굴도 없어졌다. 펭탕은 "오룬! 오룬!"이라고 소리쳤다. 보니는 샹고가 태양을 죽였다고 했다. 투석꾼인 자쿠타가 태양을 묻어 버렸다고 했다. 그는 금속처럼 번뜩이는 몸, 인간의 피로 시뻘겋게 된 발을 구르며 빗속에서 춤추는 법을 펭탕에게 보여 주었다.

밤에 이상하고 오싹한 일들이 벌어졌다. 정체는 모르지만 눈에 보이지 않는 무엇인가가 집 주위를 배회하고 있었다. 그것은 정원 풀밭, 조금 더 떨어진 곳, 언덕빼기 쪽 오메룬 늪 지대를 걸어 다니고 있었다. 보니는 그것을 물의 어머니 오야라 했다. 태양이 뜨는 쪽의 동굴에 살고 있는 커다란 뱀, 아사바라고도 했다. 밤이면 그들에게 조그만 소리로 말해야만 하고 특히 풀 속이나 파초 잎 위에 과일이나 빵, 심지어 돈 같은 선물을 바치는 걸 잊지 말아야 한다고 했다.

조프르와 알렝은 집에 없었다. 그는 항상 늦게 돌아왔다. 제럴드 심슨이나 판사댁에 가거나 6사단 사단장을 위해 관저에서 열린 리셉션에 가곤 했다. 그는 무역 회사 세일즈맨들이나 서아프리카 무역 회사, 잭켈 주식 회사, 올리번트, 챈레이 주식 회사. 존 홀트 주식 회사, 아프리카 오일 너츠 사람들과 만났다. 물건을 사고 팔고 상품 명세서, 전보, 고지서를 보내는 이런 모르는 사람들의 이름을 조프르와와 마우가 얘기할 때면 펭탕에겐 이들은 모두 낯선 이름들이었다. 그중에서도 특히 조프르와가 프랑스로 보내 줬던 남아프리카 잼, 홍차 캔, 붉은 설탕 등 소포 위에서 보았던 유나이티드 아프리카란 이름이 있었다. 오니샤에서는 조프르와 사무실 서류 위나 검은 금속 상자, 건물 벽에 걸려 있는 청동 명판, 와르프 등 사방천지에 이 이름이 널려 있었다. 그리고 매주 화물과 우편물을 싣고 오는 배 위에도 있었다.

밤이 되자 양철 지붕 위로 조용히 빗방울이 떨어져 홈통을 타고 내려와 모기가 알을 낳지 못하도록 갈색포를 덮어놓은 커다란 빨간 양동이를 채웠다. 그것은 비의 노래였다. 펭탕은 예전 생-마르텡에서 모기장 속에 앉아 푼카 램프의 흔들리는 불빛을 바라보며 눈을 뜬 채로 몽상에 잠겼던 일을 떠올렸다. 벽 위로 투명한 도마뱀이 후닥닥 기어가다가 멈칫하더니 기분이 좋다는 듯 짤막하게 짹, 소리를 질렀다.

펭탕은 자갈 언덕을 따라 집으로 올라오는 포드 V8의 차 소리가 들리는지 귀기울였다. 이따금 풀숲에서 암고양이 몰리를 따라다니는 야생 고양이의 날카로운 울음 소리, 오지랖 넓은 부엉이의 휘파람 소리, 흐느끼는 듯한 쏙독새 울음 소리가 들렸다. 강과 양철 지붕 막사, 전갈과 회색 도마뱀만 우글거리는 이 텅 빈 집, 어둠의 정령이 떠도는 저 광활한 초원, 이 세계에는 오로지 이것밖에는 없고 다른 세계는 그 어디에도 존재하지 않으며 존재한 적도 없는 것처럼 느껴졌다. 기차에 오르면서, 오렐리아 할머니와 로사 아줌마가 플랫폼에서 낡은 인형처럼 멀어져 가는 그 순간 생각했던 것도 바로 이런 것이었다. 그리고 *수라바야*의 객실에서 녹슨 선체에 울리는 처량한 망치 소리를 들으며 **길고 긴 여행**이란 이 얘기를 쓰기 시작했을 때도 그러했다.

이제 자신이 그 꿈의 한복판, 온몸의 피가 밀려왔다가 밀려가는 가장 뜨겁고 가장 신산한 바로 그곳에 있음을 그는 알고 있다.

밤이면 북소리가 울렸다. 남자들이 일터에서 돌아오고 마우가 처마 밑에 앉아 책을 읽거나 이태리어로 뭔가 쓰는 오후의 끝 무렵 그 소리는 시작되었다. 펭탕은 너무 더워서 웃통을 벗고 마루 위에 길게 누워 있었다. 그는 계단을 내려와 조프르와가 처마 끝에 달아 놓은 그네 철봉에 매달렸다. 장난 삼아 나뭇가지로 계단 덮개를 들춰 전갈들이 꼬물거리는 걸 보기도 했다. 가끔 등에 조그만 새끼를 업고 있는 암컷도 있었다.

점차 깜깜해지고 있는 하늘에 마른 번개가 번쩍, 지그재그로 지나갔고, 어떤 이유인지는 모르지만 꽤 오래 전부터 시작되었다는 걸 깨닫게 되는, 은은하고도 까마득한 북소리가 저 커다란 강 건너에서, 아마도 아사바인 것 같기도 한 그곳으로부터, 이제는 아주 가깝고 강하게 집요하게, 동쪽 오메룬 마을을 지나 울려 왔고 마우는 북소리를 듣기 위해 고개를 들었다.

밤이면 그것은 이상하고도 아주 부드러운 소리, 심장의 박동, 그리고 광폭한 천둥 소리를 잠재우려는 듯한 가벼운 속삭임이었다. 펭탕은 북소리를 듣는 게 좋았고 오룬과 샹고를 생각했다. 사람들은 그들을 위해 이 음악을 연주하는 것이었다.

펭탕은 북소리를 처음 들었을 때에는 겁에 질린 마우를 꼭 껴안아 주었다. 그녀는 자신을 다그치기 위해 뭔가 중얼거렸다.

"마을에 축제가 열린 거야. 들어 봐……."

아니면 아무 말도 하지 않았는지도 모른다. 천둥 소리처럼 숫자를 셀 수도 없는 소리였으니까. 거의 매일 저녁 이런 가느다란 소란, 오메룬 강, 언덕, 심지어 제재소가 있는 아사바까지, 사방 천지로 울려 퍼지는 이 목소리가 있었다. 장마의 끝이었고 번갯불도 사그러졌다.

마우는 펭탕과 단둘이 있었다. 조프르와는 언제나 늦게 돌아왔다. 펭탕이 침대에서 완전히 잠들었다고 생각되면 마우는 그물 침대에서 내려와 텅 빈 커다란 집 안을 전갈 때문에 회중전등을 비추며 맨발로 가로질러 갔다. 처마 밑에는 조그만 전등만이 흔들거리고 있었다. 마우는 테라스 끝 긴 소파에 앉아 마을과 강을 내려다보았다. 수면은 반짝거렸고 번개가 칠 때면 금속처럼 단단하고 매끈한 수면과 유령 같은 나무 잎사귀를 바라보았다. 그녀는 몸을 떨었지만 그건 두려움이 아니라 그녀 몸 안에 남은 쓰디쓴 키니네 맛, 신열 때문이었다.

그녀는 부드러운 북소리가 멈추는 순간을 기다렸다. 정적 속에서 밤은 한결 광채를 발했다. 입순을 둘러싸고 풀벌레가 울었고 개구리 소리가 울리다간 그나마도 뚝 멈췄다. 마우는 오랫동안, 아마도 몇 시간 동안이나 등나무 의자에 꼼짝도 하지 않고 앉아 있었다. 아무런 생각도 하지 않았다. 단지 회상할 뿐이었다. 그녀 뱃속에서 자라고 있던 아기, 피에솔레에서의 기다림, 침묵. 아프리카로부터 오지 않는 편지. 펭탕의 출산, 니스로 향한 여행. 더 이상 돈도 없었으니 일을 해야 했고, 삯바느질, 파출부. 전쟁. 조프르와는 단 한 통의 편지를 보냈고 그녀를 찾아 사하라를 지나 알제리로 간다고 했다. 그리곤 무소식. 독일군은 호시탐탐 카메룬을 노렸고 해상을 봉쇄했다. 생-마르텡으로 떠나기 직전 그녀는 어떤 연락을 받았다. 문앞에 책 한 권이 놓여 있었다. 그것은 마가렛 미첼의 소설이었다. 그들이 피에솔레에서 만났던 해, 그녀는 푸른 헝겊으로 장정되고 아주 가는 글자로 인쇄된 그 소설을 어딜 가나 끼고 다녔다. 조프르와가 아프리카로 떠날 때 그에게 주었던 그 책이 지금 문 앞에, 미지에서 온 메시지처럼 이렇게 있는 것이다. 그녀는 오렐리아 할머니나 로사에겐 아무 말도 하지 않았다. 그녀는 그들이 그 책은 영국인이 아프리카 어딘가에서 죽었음을 의미하는 것이라 말할 게 너무 두려웠다.

개구리 울음 소리, 풀벌레 소리, 강 건너편에서 지칠 줄 모르고 울리는 북소리. 그것은 색다른 어떤 음악이었다. 마우는 자기 손을 들여다보다가 손가락 하나하나 움직여 보았다. 영구대처럼 울긋불긋하게 치장한 묵직한 리부른에서 보았던 피아노를 떠올렸다. 까마득한 옛날 일이다. 밤이면 멀리서 피아노 소리가 들려 올 법도 했다. 오니샤에 도착한 첫주에 그녀는 영국인들이 죽치고 앉아 『나이지리아 가제트』, 『아프리칸 어드바이저』 등 잡지를 읽고 있는 심슨 저택의 커다란 홀 안에서 클럽 피아노를 발견하곤 얼마나 기뻐했던가. 그녀는 의자에 자리잡고 피아노 뚜껑에 들러붙은 붉은 먼지를 훅, 불고는 *짐노페디*나 *그노시엔느*의 몇 소절을 연주했다. 피아노 소리가 정원까지 울려 퍼졌다. 그녀는 고개를 돌려 무표정한 사람들을 보았다. 그 시선, 차가운 침묵을 느꼈던 것이다. 경악한 흑인 하인들이 문턱에 우뚝 서 있었다. 여자가 클럽에 발을 들여놓았을 뿐 아니라 음악까지 연주하다니! 마우는 분노와 수치심에 얼굴이 붉어져 밖으로 나와 빠르게 걷다 간 먼지투성이 거리를 뛰었다. 그녀는 배에서 흑인을 흉내내던 제럴드 심슨의 목소리를 떠올렸다.

"생각해 봐요, 마님. 그자가 깜둥이 친구를 때리고 너무하잖아 하고 비명질러요!"

얼마 후엔가 그녀는 조프르와를 찾으러 클럽 앞까지 간 적이 있었는데, 피아노가 사라져 버린 걸 발견했다. 그 자리엔 테이블과 랠리 부인의 작품인 게 분명한 꽃다발이 놓여 있었다.

밤에 그녀는 흔들리는 램프 불빛을 보지 않기 위해 손바닥으로 얼굴을 가리고 기다렸다. 모든 인간적인 소리가 끊기는 밤이면 끊임없이 이어지는 가벼운 북소리만이 남았고 바다처럼 커다란 강의 소리가 들리는 듯했다. 아니면 그것은 덧문이 빠끔히 열린 산 레모의 방에서 들었던 파도 소리의 기억인지도 모른다. 너무 더워 잠 못 이룰 때의 밤과 바다. 그녀는 조프르와에게 자신이 태어났던 고향, 플로렌스 근처의 나지막한 언덕인 피에솔레를 보여 주고 싶었다. 그곳엔 아무것도 없고 아는 사람도 하나 없을 뿐더러 한 번도 본 적 없는 아버지, 어머니조차도 없으리란 걸 잘 알고 있었다. 조프르와가 그녀를 선택한 건 아마도 자기처럼 그녀도 외톨이이며 거부해야 할 가족을 가져 본 적 없었기 때문이었을 것이다. 리부른, 젠에서의 오렐리아 할머니는 유모였을 따름이고 로사 아줌마는 그녀 형제가 아니라 오렐리아 할머니와 여생을 함께하는 성질 고약한 노처녀일 뿐이었다. 마우가 조프르와를 만난 건 그가 런던에서 공학 공부를 마친 후 여행하던 중 1935년 니스에서였다. 그는 부모와 헤어졌기 때문에 그녀처럼 가족도 돈도 없는 낭만적인 늘씬한 청년이었다. 그녀는 그에게 홀딱 반해서 이태리의 산 레모, 플로렌스까지 따라갔다. 그녀 나이 겨우 열여덟 살이었건만 그녀는 이미 뭐든지 혼자 결정 내리는 일에 익숙해져 있었다. 그녀는 아무에게도 말하지 않은 채 더 이상 홀로 있지 않기 위해 당장 이 아이를 원했다.

밤의 정적 속에서 이 모든 일을 돌이켜 생각하는 게 참 좋았다. 그녀는 그때 그가 얘기했던 모든 것, 이집트, 수단, 그리고 므로에까지 어떤 흔적을 추적하기 위해 떠나고 싶어 안달했던 그의 열정에 대해 얘기했던 모든 걸 회상했다. 그는 오로지 나일의 마지막 왕국, 사막을 지나 아프리카의 심장부까지 갔던 흑인 여왕에 대한 얘기만 했다. 그는 현존하는 이 세계는 전혀 아무런 중요성도 지니지 못한다는 듯, 가시적인 태양보다도 이 전설의 광채가 더욱 눈부시다는 듯 얘기했다.

여름이 끝나갈 무렵 그들은 결혼했고 마우의 뱃속에서는 아이가 자라고 있었다. 아무것도 그녀를 말릴 수 없음을 잘 아는 오렐리아 할머니는 허락을 했다. 그러나 혼처를 찾지 못했던 로사 아줌마는 질투심 때문에 그를 *영국 돼지*라 했다.

조프르와는 곧바로 동부아프리카의 나이지리아 강으로 떠났다. 그는 유나이티드 아프리카 주식 회사에 입사 원서를 냈고 그곳에 고용되었다. 그곳에서 그는 사업을 하고 사고 파는 일을 하면서 그의 꿈의

줄기를 좇아 므로에의 여왕이 새로운 도시를 건설했던 그곳까지 시간을 거슬러 올라갈 수 있었을 것이다.

마우는 모든 편지를 그대로 간직하고 있었다. 그녀는 온몸에 전율을 느끼며 니스의 그녀 방에서 혼자 큰소리로 읽었다.

스페인과 에리트레아에서 전쟁이 일어났고 세계는 광기에 사로잡혔으나 그녀에겐 아무것도 중요치 않았다. 조프르와가 거대한 강가에 있었고 그는 므로에의 마지막 여왕에 대한 비밀을 캐려는 참이었다. 그는 마우의 여행 준비를 해 주고 있었다.

"우리가 오니샤에서 만나면……."

로사 아줌마는 악담을 했다.

"영국 돼지, 그자는 미친 놈이야. 널 돌볼 생각은 안 하고! 애도 곧 태어나는데!"

아이는 3월에 태어났고 마우는 탄생, 그리고 아일랜드를 염두에 두고 지은 아기 이름, 그리고 그들의 미래에 대해 장문의, 거의 소설 같은 편지를 썼다. 그러나 답신은 지체되었다. 우체국은 파업에 들어갔고 모든 게 점점 엉망이 되어 갔다. 돈이 떨어졌다. 사람들은 점점 더 전쟁을 입에 올렸고 니스 거리에선 유태인을 반대하는 데모가 있었고 신문은 증오심으로 가득했다.

이태리가 참전하자 니스를 떠나 생-마르텡의 산중에 피신해야만 했다. 조프르와 때문에 이름을 바꾸고 피신해야만 했던 것이다. 보르고 산 달마조에는 영국인들을 감금하는 포로 수용소가 있다고 했다.

더 이상 미래가 없었다. 역사를 소진하는 일상적 침묵뿐이었다. 마우는 므로에의 검은 여왕, 불가능해진 사막 여행을 생각했다. 왜 조프르와는 여기에 없는가?

모두 아득하고 낯선 얘기이다. 이제 마우는 강을 찾아왔고 마침내 그토록 오랫동안 꿈꾸던 그 나라에 온 것이다. 그리고 모든 게 진부했다. 올리번트, 챈레이, 유나이티드 아프리카, 이런 이름들을 위해 살아왔던 것인가?

아프리카는 비밀처럼, 열병처럼 불타고 있다. 조프르와 알렝은 단 한시도 눈길을 돌리거나 다른 꿈을 꿀 수 없었다. 그것은 *이치*라는 글자가 각인된 얼굴, 가면을 쓴 우문드리족이었다. 그들은 아침에 오니샤의 부둣가에서 미동도 하지 않고 한 발로 몸의 균형을 잡고 서서 지상에 파견된 슈쿠의 전령처럼, 불에 탄 동상처럼 기다리고 있었다.

유나이티드 아프리카 사무실이 그에게 불러일으키는 혐오감에도 불구하고, 클럽이나 랠리 총독과 그 부인, 그리고 소고기 살코기만 먹고 모기장 속에서 자는 그들 개들이 있음에도 불구하고, 조프르와가 이 도시에 남은 것은 바로 그들 때문이었다. 날씨, 와르프의 틀에 박인

생활에도 불구하고, 마우와의 이별, 멀리서 태어난 이 아들, 커 가는 것을 보지도 못했고, 그에게 이방인이 되어 버린 그 아들과의 이별까지 무릅쓰고.

그들은 매일 새벽부터 부두에 서서 뭔가를, 그들을 상류까지 데려다 줄 조각배, 그들에게 신비의 메시지를 전해 줄 뭔가를 기다리고 있었다. 그리곤 그들은 높다란 풀숲을 지나 동쪽으로 아우구, 오웨리로 가는 길로 걸어 흩어져 사라져 버렸다. 조프르와는 그들에게 이보스 말 몇 마디, 요루바 말 몇 문장, 아프리카 영어로 말을 걸어 보려 했지만 그들은 언제나 오만하지 않은 공허한 침묵으로 일관, 아무 말도 없이 재빨리 강을 따라 일렬 종대로, 가뭄으로 누렇게 변한 풀숲으로 사라졌다. 그들은 우문드리족, 느딘즈족, '조상님들', '통과한 자들'. 추쿠의 백성들, 아이들에게 둘러싸인 아버지처럼 후광에 둘러싸인 태양.

그것은 *이치*라는 기호이었다. 조프르와가 처음 오니샤에 도착하여 사람들의 얼굴에서 본 것이 바로 그것이었다. 돌에 새겨 넣은 것처럼 사람들 피부에 각인된 기호. 그에게 파고들어 가슴을 울리며 깊이 흔적을 남긴 그것, 너무나 하얀 그의 얼굴에, 탄생 때부터 그에게 결핍됐던 화상 자국을 남긴 것은 바로 그 기호였다. 그러나 그는 이제 그 화상, 그 비밀을 감지한다. 오니샤의 거리에서 염소떼, 개들을 끌고 아카시아 숲 사이로 난 붉은 먼지 길을 방황하는 우문드리족의 남녀. 그들 중 몇몇만이 얼굴을 느드리 조상의 기호, 태양의 기호를 간직하고 있다.

침묵이 그들 주위를 감싸고 있다. 헌데, 어느 날 아로 추쿠와 그 신탁을 기억하는 모이즈란 늙은 남자가 조프르와에게 아굴레리 지방의 최초 인간, 에드제 느드리에 대해 얘기해 주었다. 당시엔 식량이 없어서 인간은 흙과 풀을 먹어야만 했다고 한다. 하여, 태양신 추쿠는 에리와 나마쿠를 보내셨다. 그러나 느드리는 하늘의 전령이 아니었다. 대지는 늪 지대였던지라 그는 개미집 위에서 기다려야만 했다. 그는 하소연했다. 도대체 왜 내 형제 동포들은 먹어야만 하는가? 추쿠는 대장장이 연장과 풍구, 잉걸불과 함께 아우쿠의 인간을 내려보내셨고 그 인간은 대지를 말릴 수 있었다. 에리와 나마쿠는 추쿠 덕분에 배를 채웠고 그들은 아주 이그웨라는 하늘의 등짝을 먹었다. 그것을 먹는 자는 자지 않았다.

그리곤 에리가 죽자 추쿠는 하늘의 등짝인 아주 이그웨를 더 이상 보내지 않았다. 느드리는 배가 고파서 신음했다. 추쿠는 말했다. 아무 생각도 하지 말고 내 명령을 따르라, 그러면 먹거리를 받으리라. 느드리가 물었다. 제가 무엇을 해야 합니까? 네 큰아들과 큰딸을 죽여

땅에 묻어라. 당신이 요구하는 것은 끔찍합니다. 전 그리할 수 없습니다. 그러자 추쿠는 느드리에게 디오카를 보내셨고 디오카는 선각자의 아버지, 인간 얼굴에 최초로 *이치*를 새겨 넣은 분이셨다. 추쿠가 느드리에게 말했다. 이제 내가 너에게 명령한 대로 하거라. 그리하여 느드리는 그의 아이를 죽여 그들을 위해 땅을 팠다. 석주하고 나흘이 지나자 무덤에서 새싹이 돋았다. 느드리는 큰아들 무덤에서 이구암 열매를 파냈다. 그것을 익혀 먹었더니 맛이 좋았다. 그리곤 그는 깊은 잠에 빠졌는데, 너무 깊이 잠든지라 사람들은 그가 죽었다고 믿었다.

다음날, 그의 딸 무덤에서 느드리는 코코 뿌리를 파내어 먹고 다시 잠에 빠졌다. 그 후로 사람들은 이구암을 느드리의 아들, 코코 뿌리를 느드리의 딸이라 불렀다.

바로 이런 연유로 에드제 느드리족은 죽음으로써 인간에게 먹을 것을 준 최초의 아기를 기리기 위해 큰아들, 큰딸의 얼굴에 *이치*라는 기호를 새겨야 하는 것이다.

조프르와의 가슴속에서 무엇인가가 문을 열었다. 그것은 얼굴을 칼로 새기고 구리 가루를 뿌린 기호였다. 젊은 남자와 젊은 여자를 태양의 아기로 만들어 주는 기호였다.

이마 위에 난 태양과 달의 기호.

빰에 새긴 독수리 날개와 매의 꼬리털.

이를 새긴 자들이 두려움을 모르고 고통을 겁내지 않도록 하기 위한 하늘의 뜻. 이를 새긴 자를 해방시키는 기호. 적들은 그들을 죽일 수 없을 것이며 영국인들은 그들을 쇠사슬에 묶어 노역을 시키지 못하리라. 그들은 추쿠의 피조물, 태양의 아들이다.

갑자기 조프르와는 현기증을 느꼈다. 그가 왜 이곳, 이 도시, 이 강에 왔는지 알 수 있었다. 마치 오래 전부터 어떤 비밀이 그를 뜨겁게 불태웠던 것처럼, 마치 오래 전부터 그가 겪고 꿈꾸던 것은 마지막 아로족의 이마에 새겨진 기호 앞에서는 더 이상 아무런 의미도 없다는 듯.

강바닥을 쩍쩍 가르는 바람의 계절, 붉은 계절이었다. 펭탕은 점점 더 멀리 싸돌아다녔다. 마우와 영어 공부, 산수 공부를 마친 후 그는 풀숲으로 내달려 오메룬 강까지 내려갔다. 맨발에 닿는 땅은 화끈거렸고 짝짝 금이 가 있었고 관목들은 햇살에 까맣게 타 들어갔다. 펭탕은 초원의 정적 속에서 땅바닥에 울려 퍼지는 자신의 발자국 소리를 들었다.

정오엔 동쪽 구릉 위에도 구름 한 점 없어서 하늘은 실오라기 하나 걸치지 않은 알몸이었다. 단지 황혼 무렵 이따금 바다 쪽에서 구름이 뭉게뭉게 부풀었다. 초원은 말라붙은 바다처럼 보였다. 뛰다 보면 단단해진 긴 풀줄기가 얼굴과 손을 채찍처럼 후려쳤다. 땅바닥에 울려 퍼지는 그의 발자국 소리뿐 아니라 그의 가슴속에서 뛰는 심장 박동과 거친 숨소리도 울려 퍼졌다.

이제 펭탕은 지치지 않고 뛰는 법을 익혔다. 지금 그의 발바닥은 처음 신발을 벗어 던졌을 때처럼 창백하고 연약한 피부가 아니었다. 흙바닥 색깔이 된 단단한 각질이었다. 발톱이 깨진 엄지발가락은 대지와 바위와 나무 둥치를 꼭 붙잡을 수 있도록 넓게 벌어져 있었다.

처음엔 보니가 그와 그의 검은 구두를 놀려댔다.

"펭탕, 피크니!"

다른 아이들도 그와 함께 웃었다. 이제 그는 가시덤불, 개미집 위에서조차 다른 아이들처럼 달릴 수 있었다.

보니가 사는 마을은 오메룬 강기슭을 따라 길게 늘어져 있었다. 강물은 투명했고 잔잔하여 하늘이 그대로 반사되었다. 펭탕은 이토록 아름다운 곳을 본 적이 없었다. 마을에는 오니샤 같은 영국인 집이나 함석집은 한 채도 없었다. 선착장은 그냥 단단한 진흙으로 이뤄졌고 움막은 나뭇잎으로 지붕을 덮었다. 조각배가 바짝 마른 채로 뒹구는 강변에서 아이들이 뛰놀고 나이 든 사람들은 어망과 낚싯줄을 다듬었다. 상류에는 자갈 강변이 있어서 여인네들이 빨래를 하고 해질녘엔 목욕을 했다.

펭탕이 그곳에 가자 여인네들은 욕설을 퍼부으며 조그만 돌을 던졌다. 여자들은 깔깔 웃으며 그네들 말로 비웃었다. 그러자 보니가 강변 끝의 갈대 숲 사이로 난 오솔길을 가리켰다.

강물 속의 어린 여자 애들은 너무 예쁘고 늘씬했고 몸에선 물방울이 뚝뚝 떨어졌다. 그중 이방인 여자가 하나 있어서 매번 보니는 펭탕을 갈대 숲 사이로 끌고 와서 그녀 구경을 시켜 주었다. 처음 그녀를 본 때는 펭탕이 도착한 후 얼마 동안처럼 비가 내리던 날이었다. 그녀는 다른 여자들과는 조금 떨어져 강물 속에서 헤엄을 치고 있었다. 그녀 얼굴은 아주 맨들맨들한 동안(童顔)이었지만 몸과 젖가슴은 이미 여인의 그것이었다. 머리는 붉은 스카프로 질끈 묶었고 목에 조개껍질 목걸이를 걸고 있었다. 다른 여자 아이들과 꼬마들은 그녀를 놀리고 조약돌과 과일 씨앗을 던졌다. 그들은 그녀를 두려워하고 있는 것이었다. 어디서 나타났는지 모르는 이 여자는 어느 날 불쑥 남쪽에서 온 카누를 타고 나타나 여기에 남은 것이다. 그녀 이름은 오야였다. 그녀는 신부처럼 푸른 드레스를 입었고 목에 십자가를 걸고 있었다. 사람들은 그녀를 라고스의 창녀였고 감옥에 간 적도 있다고 했다. 또한 강 한가운데에 좌초한 영국 난파선에 자주 들락거린다고도 했다. 그 때문에 여자들이 그녀를 놀리며 과일 씨앗을 던지는 것이었다.

보니와 펭탕은 오야를 엿보기 위해 종종 이 오메룬 해안의 조그만 강변에 왔다. 거기는 두루미, 왜가리 등 새떼가 몰려 다니는 황량한 장소였다. 저녁이 되자 하늘은 노랗게 변하면서 들판도 어둑어둑해졌다. 펭탕은 불안했다. 낮은 목소리로 보니를 불렀다.

"가자, 당장 돌아가자!"

보니는 오야를 엿보고 있었다. 그녀는 강 한가운데서 알몸으로 목욕을 하고 옷을 빨고 있었다. 갈대 숲 사이로 엿보는 동안 펭탕의 가슴은 심하게 동당질쳤다. 보니는 먹이를 노리는 고양이처럼 펭탕 앞에 있었다.

이곳, 물 가운데의 오야는 아이들이 과일 씨를 던질 정도의 미친 여자처럼 보이지 않았다. 그녀는 아름다웠고 몸매는 햇살에 눈부셨으며 젖가슴은 진짜 여자처럼 부풀어 있었다. 그녀는 가느다란 눈, 신선한 얼굴을 그들 쪽으로 돌렸다. 그들이 갈대 숲에 숨어 있는 걸 아는지도 모른다. 그녀는 사막을 건너와 이 강을 지배하는 검은 여왕이었다.

어느 날, 보니는 과감하게 오야에게 접근했다. 강변으로 내려서자 어린 여자 아이는 아무런 두려움도 내보이지 않고 그를 쳐다보았다. 그녀는 그냥 강변에서 젖은 옷을 주워 몸에 걸쳤다. 그리곤 갈대 숲속으로 들어가 마을로 이어진 오솔길로 갔다. 보니는 그녀를 따라갔다.

펭탕은 잠시 강변을 걸었다. 늦은 오후, 햇살이 눈부셨다. 사방이 고요하고 텅 비었고 단지 강물 소리만 들렸고 이따금 짤막한 새 울음만 있었다. 펭탕은 가슴을 조이며 키가 큰 풀 속으로 들어갔다. 갑자기 오야가 보였다. 그녀는 땅바닥에 누워 있었고 보니가 마치 씨름을 하듯 그녀를 껴안고 있었다. 그녀는 얼굴을 뒤로 젖히고 있었고 부릅뜬 눈에는 두려움이 가득했다. 그녀는 비명을 지르진 않았다. 구원을 호소하고자 했으나 목소리가 나오지 않는 사람처럼 거친 숨만 가쁘게 내쉬었다. 펭탕은 자신도 모르게 다짜고짜 보니에게 달려들어 마치 화난 어린아이가 자기보다 큰 아이를 혼내 주려는 듯 주먹질과 발길질을 했다. 보니가 주춤 뒤로 물러났다. 그의 성기가 우뚝 서 있었다. 펭탕이 계속해서 그를 후려치자 그는 손바닥으로 난폭하게 밀쳤다. 보니의 음성은 낮았고 화가 나 있었다.

"멍청한 놈, 바보야!"

오야는 풀 위로 쓰러졌고 그녀 옷은 진흙투성이가 되었으며 얼굴은 증오와 분노를 담고 있었다. 그녀는 펄쩍 뛰어 펭탕에게 달려들어 그의 손목을 깨물었는데 얼마나 세게 물었던지 펭탕은 비명을 질렀다. 그리곤 그녀는 언덕 위로 도망쳤다.

펭탕은 개울가로 내려가 손을 씻었다. 오야의 이빨은 반원을 그리며 깊은 자국을 남겼다. 강물은 금속처럼 반짝거렸고 나무 꼭대기에는 뿌연 안개 장막이 드리워져 있었다. 몸을 돌려 뒤돌아보았을 때는 보니는 이미 사라진 후였다.

펭탕은 입순의 집까지 뛰어서 돌아갔다. 마우가 처마 밑에서 기다리고 있었다. 눈가에 근심이 어려 있었고 창백했다.

"왜 그래요, 마우?"

"너 어디 갔었니?"

"저기, 강가에."

그는 손목의 상처를 감췄다. 엄마가 아는 게 싫었고 부끄러웠다. 그건 비밀이었다. 보니는 입순에 올 수 없는 아이였다.

"너 보기 힘들구나, 항상 싸돌아다니니. 아빠는 네가 그 아이와 어울리는 걸 원치 않는다는 걸 너도 알지. 보니란 애 말이야."

마우는 보니를 알고 있었다. 보니가 그의 아버지를 도와 생선 상자를 나르는 걸 그녀도 부두에서 보았던 것이다. 엘리야도 그를 좋아하지 않았다. 보니는 데게마, 빅토리아 동네 출신인 이방인인 것이다.

펭탕은 자기 방으로 돌아가 그 문제의 노트를 꺼내 **길고 긴 여행**을 이어 써 나갔다. 이제부터 검은 여왕은 오야라고 부를 것이고 에스터가 도착한 강변 마을을 지배하는 사람도 바로 그녀이다. 그녀를 위해 그는 아프리카 영어로 썼으며 새로운 말도 만들어 냈다. 그는 기호로 말했다.

마우는 테라스에 석유등을 켰다. 그녀는 밤을 바라보고 있었다. 그녀는 태풍이 오는 순간을 좋아했다. 그건 일종의 구원이었다. 입순으로 이어진 가파른 언덕을 오르는 V8 자동차 소리를 기다렸다. 펭탕은 소리없이 그녀에게로 갔다. 마치 오니샤에 도착한 바로 다음날과 비슷했다. 어둠 속에 그들만 있는 것이다. 그들은 눈 속에서 번갯불을 가득 담고 하나, 둘, 셋 천천히 시간을 세면서 꼭 껴안았다.

사빈 로즈는 하얗게 칠한 함석과 목재로 된 일종의 성곽에서 살았다. 그의 집은 어부들이 강변에 조각배를 끌어올려 말리는 낡은 선착장이 있는 도시 외곽에 있었다. 펭탕이 처음 그의 집에 들어가 본 것은 이곳에 도착한 지 얼마 되지 않아 마우를 동행한 때였다. 당시 조프르와는 자신의 연구를 위해 그의 책과 지도를 참고하러 거의 매일 그의 집에 갔다. 사빈 로즈는 동부아프리카에 관한 고고학, 인류학 서적과 수집품, 베넹, 나이지리아, 아이보리 코스트의 바우레족의 가면 등을 도서관만큼이나 매우 풍부하게 갖추고 있었다.

마우는 처음엔 로즈를 만나는 걸 재미있어 했다. 그도 마우처럼 오니샤의 상류 계층으로부터 조금은 동떨어진 외톨이였다. 그런데 갑자기 그녀는 펭탕으로선 짐작지 못할 이유로 그를 아주 미워했다. 조프르와가 그의 집을 방문할 때도 함께 가지 않았으며 심지어 누가 그녀 마음에 들지 않을 때 취하는 그 단호하고 짤막한 어투로 아무런 설명도 없이 펭탕에게도 그곳에 가는 걸 금지했다.

조프르와는 여전히 도시 변두리에 있는 그 하얀 집을 드나들었다. 사빈 로즈는 그렇게 인연을 끊기에는 너무 매력적인 남자였다. 펭탕도 마우 몰래 그 커다란 집에 갔다. 그는 대문을 두드리고 정원에 들어섰다. 거기서 오야를 다시 본 것이다.

사빈 로즈는 '해안 영사관'이 있던 시절의 세관 건물인 이 집에서 혼자 살고 있었다. 하루는 펭탕을 들어오라고 하더니 나무 벽에 깊게 남은 총탄 자국을 보여 주었다. '파괴자'라 불렸던 느자호우족이 남긴 흔적이었다. 펭탕은 가슴을 두근거리며 그를 따라갔다. 그 큰 집은 뱃머리처럼 삐꺽거렸다. 좀먹은 대들보는 함석 조각으로 얼기설기 수리되어 있었다. 그들은 커다란 방으로 들어갔다. 덧문은 닫혀 있었고 목재 벽은 크림색 바탕에 초콜릿 줄무늬로 칠해져 있었다. 어둠 속에서 펭탕은 기상천외한 물건들을 보았다. 벽에는 짙은 색깔의 표범 가죽이 걸려 있었고 그 주위로 가죽 끈, 조각된 널빤지, 왕관, 작은 의자, 길쭉한 눈을 지닌 바울레 조각상, 반투족 방패, 팡족 가면, 진주알이 박힌 물잔, 천 조각 등이 있었다. 흑단 의자는 남녀의 나체상으로 장식되었고 다른 하나는 남녀의 성기가 돋을 새김으로 조각, 장식되었다. 러시아 가죽, 향, 백단나무 등 이상한 냄새가 감돌았다.

"아무도 여기에 들어온 사람이 없었지. 이따금 이집트 신을 구경하러 오는 네 아빠를 빼고는. 그리고 오카호도."

오카호는 로즈의 흑인 하인으로 마룻바닥을 맨발로 소리 내지 않고 다니는 말수 적은 남자였다. 어두운 방에 걸려 있는 가면과 흡사한 오카호의 얼굴을 보곤 펭탕은 질겁했었다. 툭 튀어나온 이마, 축 처진 눈매의 길쭉한 얼굴. 뺨과 이마에 보라색 문신이 새겨져 있었다. 발과 다리는 어디서 끝나는지 모를 정도로 길었고 손가락도 가늘었다.

"내 아들이야. 여기 있는 모든 게 이 사람 것이야."

펭탕이 그 앞을 지나자 청년은 몸을 비켜 그림자처럼 사라졌다. 그의 흰자위가 어둠 속에서 번쩍거렸으며 조각상들과 뒤엉켜 구별할 수 없었다.

사빈 로즈는 펭탕이 만났던 사람들 중에서 가장 이상한 사람이었다. 그는 오니샤에서 살고 있는 소수의 유럽인들에게 아마도 가장 미움받는 사람일 것이다. 그에 관한 온갖 소문이 떠돌았다. 사람들은 그가 군 복무 시절 브리스톨의 올드 빅 연예단의 배우였다고 했다. 그가 스파이 짓을 했으며 지금까지도 국방부와 내통한다는 얘기도 있었다. 마흔두 살의 그는 머리카락은 벌써 희끗희끗했지만 소년 같은 몸짓에 호리호리한 몸매를 지녔다. 반듯한 미남형의 얼굴에 잿빛이 감도는 푸른 눈은 날카로웠고 입 주위에 팬 두 개의 주름살 때문에 쾌활하고 농담기가 있어 보였지만 그는 결코 웃는 적이 없었다.

그는 다른 영국인들과는 뭔가 달랐고 그 때문에 조프르와가 그에게 끌렸는지도 모른다. 그는 너그럽고 냉소적이었으며 정열적이며 또한 화를 잘 냈고 거짓말쟁이이기도 했다. 그는 몇 차례 기막힌 장난을 한 적이 있었는데, 한번은 영국 왕자가 나이지리아 강의 증기선을 타고 민정 사찰을 나온다고 하여 총독과 지역관을 골려 준 적도 있다고 했다. 그는 조프르와 덕분에 프랑스에서 가져 온 위스키와 포도주를 마셨다. 독서도 많이 했는데 프랑스 희곡과 독일 시까지도 읽었다. 또한 옷차림도 식민지의 하급 공무원 스타일의 복장을 거부했다. 그는 그들의 너무 짧은 셔츠, 순모 양말, 카운 포어 모자와 단정한 검은 우산을 비웃었다. 그는 구멍 나고 낡디낡은 면바지와 라코스트 셔츠, 가죽 샌들 차림만 고집했고 집에서는 카노의 아우사족처럼 하늘색의 긴 옷을 입었다.

그는 강변족 방언을 대부분 구사할 줄 알았으며 폴어와 아랍어를 알았다. 그의 불어도 어색한 억양이 없었다. 마우와 얘기할 때면 그는 마우가 가장 좋아하는 시인인 것을 미리 알고 있었다는 듯 *만조니*나 *알피에리*의 시 구절을 즐겨 인용했다. 그는 동부아프리카 곳곳을 여행했으며 강 상류 지방과 톰부크까지 갔었으나 그 일을 입에 올리진 않았다. 그는 축음기로 음악을 듣거나 오카호와 함께 강 낚시를 가는 걸 좋아했다.

마우는 펭탕이 사빈 로즈를 만나러 가는 걸 용서치 않았다. 그녀는 조프르와의 주의를 환기시키려 했으나 그는 들은 척도 하지 않았다. 어느 날 펭탕은 괴상한 얘기를 들었다. 마우가 그녀 방에서 조프르와에게 뭔가 얘기하고 있었는데 그녀 목소리는 날카롭고 불안하여 그녀의 이태리 억양이 불쑥 튀어나왔다. 그녀는 위험하다고 했으며 오카호, 오야에 대해 이해할 수 없는 말을 했고 로즈가 그들을 노예로 삼으려 한다고 했다. 심지어 "그자는 악마예요" 하고 악을 써서 조프르와를 웃게 만들었다.

이런 대화가 있은 후 조프르와는 펭탕에게 주의를 주었다. 그는 와르프에 약속이 있어 곧 나가야 했기에 시간에 쫓기고 있었다. 그는 로즈 집에 가지 말라고 했다. 로즈, 그건 별로 좋은 이름이 아니며 우리들과 같은 이름이 아니라 했다. 알겠지? 펭탕은 도무지 무슨 소린지 알 수 없었다.

신나는 일은 사빈 로즈가 강에 나갈 때 카누의 뱃머리에 타는 것이었다. 그는 배 한가운데의 나무 의자에 앉았고 오카호는 비행기 소리를 내는 40마력짜리 에빈러드 모터를 조정했다. 뱃머리에서는 엔진 소리보다 빨리 달렸기 때문에 펭탕에게는 귓가에 울리는 바람 소리와 뱃머리에 부딪히는 물 소리만 들렸다. 로즈는 펭탕에게 나무 둥치가 있는지 살피라고 했다. 파도에 스치게 발을 담그고 뱃머리에 앉은 펭탕은 그의 임무를 진지하게 수행했다. 그는 왼쪽, 오른쪽으로 팔을 휘저으며 암초를 손가락질했다. 물 속에 나무 둥치가 있으면 그가 손가락질을 했고 오카호는 모터축을 들어올렸다.

강 하구는 바다처럼 넓어졌다. 백로가 뱃머리 앞에서 날아올라 검은 금속빛 수면을 스치곤 조금 떨어진 갈대 숲에 앉았다. 이구암 열매와 플랑텡을 가득 실어 곧 가라앉을 것 같아서 쉴새 없이 국자로 물을 퍼내는 다른 배들을 만나기도 했다. 나룻배 사공들은 길다란 장대에 몸을 기대어 물살이 느린 강변을 따라 미끄러지듯 지나갔다. 모터를 단 카누들은 천둥처럼 요란한 소리를 내며 모터 무게 때문에 배 뒷부분을 물에 푹 박은 채 강 한가운데로 운행했다. 사빈 로즈의 배가 지나가면 배를 조정하던 사람들이 손짓을 했다. 그러나 장대로 배를 움직이는 사람들은 무덤덤하게 꼼짝도 하지 않았다. 강에서 사람들은 말을 하지 않았다. 그저 물과 눈부신 하늘 그림자 사이로 미끄러져 나갈 뿐.

그러다간 카누는 강폭이 좁은, 수초에 의해 거의 막혀 버리다시피 한 곳에 이르렀다. 오카호는 엔진을 끄고 뱃머리에 서서 장대를 지그시 눌렀다. 호리호리한 그는 허리를 구부정하게 구부렸고 상처투성이 얼굴이 햇살에 번득였다.

배는 천천히 나무들 사이로 나아갔다. 숲은 성채처럼 물을 감쌌다. 조용한 동굴 안에 들어선 것처럼 펭탕의 가슴이 뛰었다. 심연으로부터 올라오는 차가운 숨결, 매캐하고 강렬한 냄새가 있었다. 이곳이 바로 사빈 로즈가 작살로 낚시를 하거나 악어, 커다란 뱀을 사냥하러 오는 장소였다.

몸을 반쯤 돌리고 펭탕은 한 손에 작살총을 들고 곁에 서 있는 로즈를 보았다. 그의 얼굴에는 어떤 희열, 아니면 잔인성과 같은 이상한 기운이 감돌고 있었다. 오니샤의 영국인과 말할 때 나타나는 냉소적이면서도 나른한 권태로운 모습은 더 이상 찾아볼 수 없었다. 회청색의 그의 눈빛이 차갑게 빛났다.

"저걸 봐!"

그는 나뭇가지 사이로 난 통로를 가리켰다. 배가 천천히 움직였고 오카호는 나뭇가지 사이로 난 궁륭을 지나기 위해 몸을 숙였다. 펭탕은 겁났지만 호기심이 생겨 탁한 물 속을 들여다 보았다. 무엇을 보란 건지 알 수 없었다. 물 속에선 시커먼 물체가 미끄러져 갔고 소용돌이가 일었다. 깊은 물 속에는 괴물이 살고 있다. 나뭇잎 사이로 들어오는 햇살이 뜨거웠다.

사빈 로즈는 왔던 길로 돌아가기로 결정했다. 작살총을 배안에 내려놓았다. 이미 해가 저물어 가고 있었다. 장마철이 돌아온 때였다. 강 하류의 바다 쪽 하늘에 먹장 구름이 뭉게뭉게 피어 올랐다. 갑자기 천둥이 치고 바람이 불기 시작했다. 저지섬 가까이에 이르러 폭풍을 만났다. 그것은 지나가는 길의 풍경을 지워 버리며 강 위로 전진하는 회색 커튼이었다. 그들 머리 위 구름 사이로 번개가 지그재그로 번쩍였다. 강한 바람이 불면서 수면에 파도를 일으켰다. 사빈 로즈가 이보 언어로 소리쳤다.

"오주우! 제 카니라."

오카호는 후미에 서서 한 손으로 모터를 조정하며 떠내려오는 나무 둥치를 살폈다. 펭탕은 로즈가 건네 준 방수 포대를 뒤집어쓰고 배 한가운데 쪼그리고 앉아 있었다. 이미 오니샤의 선착장까지 갈 만한 시간은 남아 있지 않았다. 펭탕은 어둠 속에서 눈을 돌려 멀리 거대한 유체 속에 잠겨 있는 와르프의 불빛을 보았다. 조각배는 저지 섬 쪽으로 가고 있었다. 사빈 로즈는 작은 국자로 물을 퍼냈다.

당장 비가 쏟아진 건 아니었다. 비는 두 팔로 섬을 감싸듯 양쪽으로만 내렸다. 그 틈을 타서 오카호는 배를 강변에 댔고 사빈 로즈는 펭탕을 끌고 초가 움막까지 뛰어갔다. 그러자 나뭇잎을 쓸어 내릴 만큼 강한 비가 쏟아졌다. 바람은 물보라를 일으켰고 움막 안까지 밀고 들어오는 물보라 때문에 숨이 막혔다. 이 세계엔 육지도, 강도 없고 단지 이 구름, 사방천지에 퍼져 몸 안까지 파고드는 이 차가운 먼지들만 존재하는 것 같았다.

이런 상태는 오랫동안 지속되었다. 펭탕은 움막 벽에 기대어 웅크리고 앉았다. 추웠다. 사빈 로즈가 그의 곁에 앉았다. 그가 셔츠를 벗어 펭탕을 감싸 주었다. 아버지 같은 아주 부드러운 행동이었다. 펭탕은 커다란 안도감을 느꼈다.

사빈 로즈는 거의 속삭이듯 말했다. 불쑥불쑥 떠오르는 말을 마구 해댔다. 움막 창으로 보이는 강은 끝없어 보였다. 바다 한가운데 뜬 무인도에 있는 것 같았다.

"넌 알겠지, 내가 눈군지. 넌 남을 미워하지 않으니까 내가 누군지 잘 알지."

펭탕은 그를 쳐다보았다. 얼이 빠진 표정이었고 그의 시선에 안개가 낀 듯, 펭탕이 이해하지 못할 어떤 혼란이 깔린 듯했다. 펭탕은 마우가 뭐라 하든, 그가 악마일지라도 그를 결코 미워할 수 없으리라 생각했다.

"저들은 모두 떠나고 모두 변해. 넌 변하지 마, 꼬마야. 네 주위의 모든 게 허물어질지라도 넌 결코 변하지 마."

갑자기 올 때와 마찬가지로 갈 때도, 언제 그랬냐는 듯 비가 멈췄다. 태양은 다시 나타나고 뜨거운 햇살, 그리고 노란 황혼이 졌다. 강변을 걸으며 펭탕과 사빈 로즈는 강 상류 쪽에서 회색 구름이 스러지는 걸 보았다. 마치 진흙 속에 빠진 거대한 짐승처럼 난파당한 배와 함께 브로크던 섬이 강 위로 솟았다.

"저길 봐, 꼬마야. 저게 *조지 션튼* 호야. 내 배야."

"저게 정말 당신 배예요?"

펭탕이 순진하게 물었다.

"내 것도 되고 오야, 오카호 것도 되지. 그게 뭐 중요하겠니?"

펭탕은 추웠다. 너무 떨려서 다리로 버티고 서 있을 수 없었다. 사빈 로즈는 그를 배까지 업고 갔다. 빗물에 흠뻑 젖은 오카호는 배 안에 우뚝 서서 기다리고 있었다. 그의 얼굴은 야성적 희열로 가득했다. 사빈 로즈는 낡은 스웨터를 뒤집어쓴 펭탕을 나무 의자에 내려놓았다.

제 카니 라! 뱃머리가 오니샤 선착장을 향했다. 선수가 파도에 흔들렸고 모터의 윙윙거리는 소리는 강을 가로질러 시야 가득히 울려 퍼지고 있었다.

여전히 저녁 무렵인 이때는 평화의 순간, 공허의 순간이었다. 펭탕은 낚시터에서 기다리고 서 있었다. 그는 보니가 사슬에 묶인 노예들이 지나가는 먼지투성이 길을 따라 이미 이쪽으로 오고 있는 중임을 알고 있었다.

강물은 일종의 매듭 같은 소용돌이를 치며 조그맣게 젖 빠는 소리를 내며 천천히 흐르고 있었다. 사빈 로즈는 저 강은 태초 이래 모든 인간사를 그 물 안에 담고 있으므로 세상에서 가장 큰 강이라 했다. 그리고 조프르와의 사무실에서도 펭탕은 나일강과 나이지리아 강이 그려진 커다란 그림, 일종의 지도가 벽에 붙어 있는 걸 보았다. 그 그림은 꼭대기에는 프톨레마이스라 씌어 있었고 아몽, 니코네드 호수, 가라만티케, 파락스, 멜라노게툴로이, 게이라, 니게이라, 메트로폴리스 등 온통 낯선 이름들뿐이었다. 강 줄기 사이에 붉은 연필로 표시된 것은 므로에의 여왕이 그녀의 백성을 이끌고 새로운 세계를 찾아서 지나갔던 길이었다.

펭탕은 예전에 *수라바야* 호 갑판에서 아프리카 해안을 보았던 것처럼 비현실적으로 여겨지는 건너편 강둑, 희미한 불빛이 깜박이는 그곳을 바라보았다. 반짝거리는 물 위로 섬들이 떠 있었다. 저지 섬, 브로크던 섬, 그리고 나무 둥치가 걸려 있는 이름 없는 섬들. 브로크던 섬에는 털북숭이 거인의 시체처럼 나뭇가지에 뒤덮인 채 모래 속에 잠긴 난파선 *조지 션트* 호가 있다. 사빈 로즈는 펭탕을 그곳에 데려다 주겠다고 약속했다. 하지만 그건 아무에게도 말해선 안 되는 비밀이다.

그래서 펭탕은 강물을 보러 왔고 조각배가 도착하길 기다렸다. 흘러내려가는 강물의 흐름에는 뭔가 끔찍하면서도 동시에 푸근한, 가슴을 뛰게 하며 양미간을 뜨겁게 하는 뭔가가 있다. 저녁이 되어도 잠을 이룰 수 없을 때면 펭탕은 낡은 노트를 꺼내 **길고 긴 여행**을 계속 썼다. 에스터의 배는 강을 거슬러 올라갔고 그 배는 떠다니는 도시 같아서 므로에의 모든 백성을 태웠다. 에스터는 여왕이었고 백성들은 그녀와 함께 펭탕이 벽에 걸린 지도에서 발견한 가오라는 아름다운 이름을 지닌 나라로 가고 있었다.

흙먼지투성이 길에서 보니가 기다리고 있었다. 매일 저녁 6시가 되어 해가 강 저편으로 저물녘, 죄수들은 심슨 사택을 나와 시내에 있는 형무소로 돌아갔다. 마당을 둘러싼 판장(板墻)에 몸을 반쯤 숨긴 채 보니는 그들이 돌아오는 모습을 엿봤다.

흙먼지투성이 길에는 다른 사람들, 특히 여자들과 아이들도 있었다. 그들은 식량과 담배를 들고 있었다. 그때야말로 옷 보따리나 편지를 건네 주거나, 아니면 단지 죄수 이름을 부를 수 있는 기회이기 때문이었다.

먼저 한 발자국씩 옮길 때마다 쇠사슬 소리가 났고 구령을 외치는 간수의 목소리가 들렸다.

"하나! 하나!"

발을 못 맞추면 왼쪽 발목의 쇠사슬 때문에 쓰러지게 된다.

죄수들이 도착했을 때 펭탕은 길가에 있던 보니에게 다가갔다. 남루한 옷차림의 죄수들은 어깨에 삽이나 곡괭이를 메고 일렬로 빠르게 행진했다. 그들 얼굴은 땀으로 번들거렸고 몸은 뻘건 흙먼지를 뒤집어썼다.

죄수들 좌우로 어깨에 총을 메고 카키색 제복 차림에 카운포어 모자와 투박한 검은 장화를 신은 경찰이 죄수와 발을 맞춰 걸어갔다. 길가의 여인들이 죄수들 이름을 외쳤고 가져 온 옷 보따리를 전해 주기 위해 달려왔으나 경찰이 그들을 밀쳤다.

"꺼져! 멍청한 것들!"

죄수들 한가운데에 지친 얼굴을 한 키다리 남자가 있었다. 지나가다가 그의 시선이 보니, 그리고 펭탕에게서 멈췄다. 공허하면서도 어떤 의미를 담은 듯한 이상한 눈빛이었다. 보니는 오그보라 소리쳤다. 그는 보니의 아저씨였다. 죄수 무리는 규칙적인 걸음걸이로 시내로 향한 흙먼지 길을 행진하며 내려갔다. 지는 햇살이 나무 꼭대기를 비추며 죄수 살갗의 땀을 빛나게 했다. 길다란 쇠사슬이 땅에 끌리면서 뭔가를 땅으로부터 끌어올리는 듯했다. 죄수들은 그들 뒤를 따라가며 이름을 부르는 여인네들과 함께 시내로 들어갔다. 보니는 강으로 돌아갔다. 그는 아무 말도 하지 않았다. 펭탕은 그와 함께 선착장에 가서 유유히 흐르는 물을 바라보았다. 그는 입순으로 돌아가고 싶지 않았다. 그는 카누를 타고, 육지란 건 더 이상 존재하지 않는다고 간주해 버리고 아무 데로나 떠다니고 싶었다.

마우는 어둠 속에서 눈을 커다랗게 뜨고 있었다. 대들보가 삐걱이는 소리, 양철 지붕 위의 먼지를 날려 버리는 바람 소리 등 어둠의 소음에 귀를 기울였다. 사막으로부터 불어오는 바람은 얼굴을 화끈거리게 했다. 실내는 붉은빛이었다. 마우는 모기장을 젖혔다. 푼카 램프가 벽을 비추고 있었고 동그랗게 밝혀진 벽 주위에서 회색 도마뱀이 꼼지락거렸다. 간간이 귀뚜라미 소리가 한층 커지다간 다시 잠잠해지곤 했다. 그리고 사냥하러 다니는 몰리의 조심스런 발자국 소리도 있었고 매일 밤이면 양철 지붕 위에서 몰리를 차지하기 위해 싸움을 벌이는 야생 고양이의 울음 소리도 있었다.

조프르와는 없었다. 몇 시쯤 되었을까? 조이스 캐리의 『마녀』를 읽다가 저녁 식사도 거른 채 잠들어 버린 거다. 펭탕도 여태 돌아오지 않았다. 처마 밑에서 기다리다가 잠자리에 들었다. 그녀 몸에 열이 있었다.

그녀는 갑자기 소스라치며 깨어났다. 강 건너 멀리서 북소리가 숨결처럼 들려 왔다. 온몸에 소름이 돋으면서 무심결에 깬 것은 저 북소리 때문이었다.

시계를 보려 했으나 그녀의 조그만 손목시계는 탁자 위 조그만 램프 옆에 있었다. 책은 바닥에 떨어져 있었다. 책에서 무엇을 읽었는지 기억해 낼 수 없었다. 글자가 뒤엉키면서 자꾸 눈이 감겼던 것만 생각났다. 같은 문장을 여러 번 읽었지만 매번 달랐다.

이제 잠에서 완연히 깼다. 램프 빛이 비치는 방에서 그녀는 구석구석, 조그만 그림자, 물건, 탁자 위, 트렁크 위와 나무 벽, 녹물이 붉게 번진 천장까지도 구별할 수 있었다. 그녀는 마치 무슨 수수께끼를 풀려는 듯 그 지저분한 흔적, 그림자에서 눈길을 뗄 수 없었다.

먼 북소리는 멈췄다간 다시 시작되었다. 호흡처럼. 저 소리 역시 뭔가 뜻이 있는 거다. 그러나 그게 무엇일까? 마우는 그 뜻을 이해할 수 없었다. 그녀는 고독과 밤, 더위, 벌레 울음을 빼고는 그 무엇도 생각할 수 없었다.

일어나 물을 마시러 가고 싶었다. 지금이 몇 시쯤인가에 대해서는 더 이상 관심 없었다. 그녀는 맨발로 방을 지나 주방의 정수기로 갔다. 그리고 주석 잔이 채워질 때까지 기다렸다. 그리곤 맹숭맹숭한 물을 단숨에 들이켰다.

북소리가 침묵했다. 북소리를 들었는지도 확신할 수 없었다. 단지 멀리서 울리는 천둥 소리, 아니면 그녀 동맥을 따라 흐르는 핏소리인지도 모른다. 그녀는 전갈이나 바퀴 벌레가 있는지 살피면서 맨발로 마루 위를 걸었다. 가슴이 동당대고 등줄기를 타고 목까지 소름이 끼치는 걸 느꼈다. 그녀는 집 안 방마다 들어가 보았다. 펭탕의 방은 비어 있었다. 모기장만 제자리에 있었다. 조프르와의 서재로 갔다. 언제부터인가 조프르와는 서재에서 장부를 쓰지 않았다. 책상 위엔 책과 서류가 아무렇게 널려 있었다. 회중전등으로 책상을 비췄다. 불안한 마음을 가다듬기 위해 그녀는 책과 신문, 『아프리칸 어드버타이저』, 『웨스트 아프리카 스타』, 그리고 구세군 잡지인 『워 크라이』 등을 유심히 바라보았다. 벽돌 두 장으로 세운 판자 위에는 법률 서적과 서부해안 상업 항구 연감이 있었다. 그리고 조프르와가 런던에서 구입했으나 습기로 상한 다른 책들도 있었다. 마우는 큰소리로 제목을 읽었다. 그녀가 도착했을 때 읽으라고 주었던 마가렛 미드의 『톨크 보이』, 지그프리드 네이들의 『블랙 비잔티움』, 『오시리스와 이집트 부활』, 『다가오는 힘의 장』, 『페티쉬부터 신까지』 같은 E. A 월리스 버즈의 책들. 그리고 조이스 캐리의 『미스터 존슨』, 『강가의 모래 일꾼』, 러드야드 키플링의 『언덕의 평야 이야기』 등 그녀가 읽기 시작한 소설도 있고 퍼시 애머리 탈보트, C. K 미크의 『기행기』, 싱클레어 고든의 『악마 속에서의 실종』도 있었다.

밖으로 나간 그녀는 밤의 부드러움에 놀랐다. 보름달이 밝게 비추고 있었다. 나뭇잎 사이로 멀리서 바다처럼 반짝이는 강이 보였다.

이토록 아름다운 밤, 푸르스름한 은빛 달, 대지로부터 솟아 그녀 심장 박동과 뒤섞이는 침묵, 이런 것 때문에 그녀는 몸을 부르르 떤 것이었다. 말하고 싶었다. 그녀는 이름을 부르고 싶었다.

"펭탕! 어딨니?"

그런데 목이 콱 잠겼다. 아무런 소리도 낼 수 없었다.

집으로 다시 들어가 문을 닫았다. 조프르와 서재의 램프를 켜자 나방과 날개 달린 개미들이 날아와 소리를 내며 타 죽었다. 거실에 와 다른 램프도 켰다. 붉은 나무로 된 의자가 흉칙하게 보였다. 커다란 책상, 잔과 사기 접시가 있는 유리 선반, 사방 천지가 공허했다.

"펭탕! 어디 있니?"

마우는 이 방 저 방 돌아다니며 하나하나 램프를 켰다. 그러자 모든 방은 축제가 벌어진 것처럼 환했다. 램프 열에 공기가 달아올랐고 석유 냄새 때문에 숨을 쉴 수 없었다. 마우는 등을 옆에 내려놓고 처마 밑 땅바닥에 주저앉았다. 불꽃이 신선한 공기에 떨렸다. 어둠 속에서 벌레들이 달려들어 벽에 부딪혔는데 불꽃 주위를 돌고 있는 벌레들의 소용돌이는 광기를 연상케 했다. 면 셔츠가 달라붙고 차가운 땀으로 겨드랑이가 따끔거렸다.

그녀는 갑자기 걷기 시작했다. 있는 힘을 다해 시내로 이어진 황톳길을 맨발로 걸었다. 달빛이 환하게 비추는 길을 따라 강 쪽으로 뛰었다. 자신의 심장 박동 소리, 아니면 저 강 건너편에 숨어 있는 북소리가 들렸다. 바람이 불어 셔츠가 배에 가슴에 들러붙었고 그녀의 발 밑으로 단단하고 신선한 땅, 살아 있는 피부처럼 진동하는 땅을 느꼈다.

시내에 도착했다. 병원 옆 세관 건물 정면에서 전깃불이 빛났다. 와르프에는 가로등이 있었다. 사람들이 그녀를 피해 갔다. 비명 소리,

휘파람 소리가 들렸다. 그녀가 지나가면 개들이 짖었다. 울긋불긋한 색상의 긴 옷을 입은 여인네들이 집 문턱에 앉아 날카로운 소리로 웃었다.

마우는 자기가 어디로 가는지 잘 알 수 없었다. 회사 창고가 눈에 띄었으나 문 위의 램프를 제외하곤 모든 게 캄캄했고 굳게 잠겨 있었다. 조금 위로 철책이 쳐진 정원 한가운데에 랠리 총독의 저택이 있었다. 마우는 관저와 클럽까지 걸어갔다. 거기에 이른 마우는 숨도 돌리지 않고 단숨에 문을 두드리며 사람을 불렀다. 클럽 뒤쪽으로는 흙탕물만 가득한 수영장이 있었다. 전깃불이 비추고 있어서 뭔가 떠 있는 게 보였는데 똥이나 쥐 시체 같았다.

문과 창이 열리고 클럽 회원이 한 손에 술잔을 들고 눈물이 날 정도로 웃어 주고 싶은, 밀가루를 뒤집어쓴 것 같은 허연 얼굴을 내밀기도 전에 마우는 어떤 난쟁이가 숨어 있다가 그녀 발을 낚아챈 것처럼 다리가 휘청거리는 걸 느꼈다. 그녀는 머리부터 발끝까지 떨며 손으로 가슴을 감싸 호흡을 가다듬으며 제풀에 허물어지고 있었다.

"마리아 루이자, 마리아 루이자……."

조프르와가 그녀를 껴안아 어린아이인 양 번쩍 들어 차로 데려갔다.

"웬일이야? 아픈 거야? 말 좀 해봐."

그의 목소리는 조금 쉰 듯하여 이상했다. 술 냄새가 풍겼다. 마우는 랠리의 가느다란 목소리, 빈정거리는 듯한 제럴드 심슨의 목소리도 들었다. 랠리는 "제가 뭐 도와드릴 게 있으면……"라고 같은 말을 되풀이했다. 헤드라이트로 어둠을 뚫으며 달리는 차 안에서 마우는 그녀 가슴속의 모든 게 허물어지는 걸 느꼈다.

"펭탕이 집에 없어요. 겁나요……."

동시에 그녀는 조프르와는 화가 날 때마다 지팡이로 펭탕을 때리니까 이 말을 하지 말았어야 했다는 생각이 들었다.

"너무 더워서 산책 나갔나 봐요. 그렇지요. 집에 저 혼자만 있었어요."

환하게 불이 켜진 집 앞에 엘리야가 있었다. 조프르와는 마우를 그녀 방까지 데리고 가 모기장이 쳐진 침대에 눕혔다.

"자, 마리아 루이자, 펭탕은 돌아왔어."

"때리지 않을 거죠?"

조프로와가 나갔다. 고함 소리가 들려 왔다. 그러더니 다시 조용해졌다. 조프로와가 상체를 모기장에 들이밀고 침대 가에 걸터앉았다.

"선착장에 있었대. 엘리야가 데려갔었던 거야."

마우는 웃음이 났다. 동시에 눈에 가득히 눈물이 고였다. 조프르와는 등을 하나하나 껐다. 그러고는 침대로 돌아와 누웠다. 마우는 추웠다. 팔로 조프르와의 몸을 감쌌다.

그녀는 그 옛날 조프르와가 했던 모든 말을 다시 듣고 싶었다. 오래전 결혼하기 이전 일이다. 전쟁도 없었고 생-마르텡의 빈민굴도, 산을 넘어 산타 안나까지 피난 가야 했던 일도 없었던 시절. 그때는 모든 게 그토록 젊고 순수했다. 산 레모에서의 오후 한나절, 녹색 덧문이 달린 조그만 방, 정원의 풀벌레 소리, 그리고 눈부신 바다. 그들은 사랑을 나눴고 그것은 길고 부드럽고 태양의 화상(火傷)처럼 찬란했다. 그때는 말이 필요 없었으나 가끔 조프르와는 한밤중 그녀를 깨워 영어로 몇 마디 이야기했다.

"마리루, 네가 참 좋아."

이 말은 그들의 주제가가 되었다. 그는 그녀가 이태리어로 말하고 노래해 주길 원했지만 그녀가 아는 노래라곤 오렐리아가 부르던 동요뿐이었다.

니나 나나 니나-오!
케스토 빔보 아 치 로 도?
로 다로 알라 베파나
체 로 티에네 우나 세티마나
로 다로 알루오모 네로
체 로 티에네 운 메세 인테로!

저녁이면 그들은 호수처럼 잔잔한 미지근한 바다, 보랏빛 성게가 박혀 있는 바위 사이에서 수영을 했다. 그들은 꽃밭에 불을 지피고는 언덕 위로 지는 석양을 보기 위해 천천히, 아주 천천히 헤엄쳐 나갔다. 바다는 감촉도 없이, 비현실적으로, 하늘 색깔로 변했다. 어느 날,

그는 아프리카로 떠나야 했기에 이렇게 말했다.

"거기 사람들은 아기가 수태된 날이 바로 그의 생일이고 그가 수태된 땅이 그 아이의 고향이라고 믿고 있지."

이 말에 몸을 떨었던 게 생각난다. 그녀는 이미 여름이 시작되었던 때부터 아기를 기다리고 있었기 때문이었다. 하지만 그에겐 아무 말도 하지 않았다. 그가 불안해 하거나 여행을 포기하는 걸 원치 않았다. 여름이 끝나갈 무렵 그들은 결혼했고 그리고 그는 곧장 아프리카로 가는 배를 탔다. 펭탕은 36년 3월 니스의 허름한 병원에서 태어났다. 그러자 마우는 조프르와에게 긴 편지를 썼으며 거기에 모든 걸 얘기했으나 답장은 파업 때문에 석 달 후에나 받았다. 시간은 빨리 흘렀다. 펭탕은 너무 어렸으니 오렐리아 할머니가 그토록 먼 곳에 그토록 오랫동안 그를 떠나 보낼 턱이 없었다. 조프르와는 1939년 여름에 돌아왔다. 그들은 마치 변함없이 그 여름, 반짝이는 바다로 향한, 초록색 덧창이 굳게 잠긴 똑같은 밤이리라 생각하고 기차를 타고 산 레모까지 갔다. 펭탕은 그들 곁 조그만 침대에서 잤다. 그들은 아프리카에서의 또 다른 삶을 꿈꿨다. 마우는 캐나다, 그곳의 밴쿠버를 원했을 거다. 그리곤 조프르와는 전쟁이 터지기 며칠 전 다시 떠나 버렸다. 그것은 이미 때늦은 것이었고 그 후로 아무런 편지도 없었다. 1940년 6월 이태리가 선전포고를 하자 오렐리아, 로사와 함께 도망쳐 생-마르텡 근처 산에 숨고 가짜 신분증, 가짜 이름을 가져야만 했다. 이제는 모두 까마득한 옛날 일이다. 마우는 눈물의 뒷맛, 길고 길었던 쓸쓸한 하루하루를 회상했다.

조프르와의 입김이 목덜미를 후끈 달구었고 그의 심장 박동을 느낄 수 있었다. 아니면 그것은 강 저편으로 울리는 한밤의 북소리인지도 모른다. 하지만 그녀는 두렵지 않았다.

"사랑해."

그녀는 그의 음성과 숨소리를 들었다.

"당신을 너무 좋아해, 마리루."

그가 그녀를 포옹했고 그녀는 모든 게 새롭기만 했던 그 시절처럼 가슴에 파도가 밀려오는 걸 느꼈다.

"아무 일도 없었던 거야. 나는 당신 곁을 떠난 적이 없었어."

가슴 속의 물결이 커지면서 조프르와의 육체까지 흘러 넘친다. 나지막하고 지속적인 북소리가 파도와 합쳐져서 예전 이태리 바다에서처럼 그들을 강 위로 몰고 갔으며 그것은 고통을 잠재우는 마취적 소리, 건너편 강변에 이르러서야 사그러드는 폭풍의 소리였다.

건조한 열풍이 불었다. 뜨거운 바람은 하늘과 땅을 말려 버렸고 강변 개펄에는 늙은 짐승의 가죽처럼 주름이 생겼다. 강은 짙은 하늘색이었고 커다란 강가엔 새떼가 가득했다. 증기선은 이제 더 이상 오니샤까지 올라오지 않고 드제마에서 멈춰 짐을 부렸다. 브로크던 섬 끝에는 *조지 션튼* 호가 바다 괴물의 형체처럼 강변에 누워 있었다.

조프르와는 낮에는 와르프에 가지 않았다. 유나이티드 아프리카 사무실은 양철 지붕이라 영락없는 찜통이었다. 그는 저녁에야 사무실에 내려가 우편물을 찾고 회계 장부와 화물 거래를 확인했다. 그리곤 클럽에 갔지만 점점 그 분위기를 견디지 못했다. 심슨은 한 손에 잔을 들고 그 끝도 없는 사냥 얘기를 늘어놓았다. 마우 사건이 있은 후부터 그는 무례하고 냉소적이며 고약하게 대했다. 그의 수영장 공사는 진척되지 않았다. 기초가 튼튼치 못해 한쪽 구석이 주저앉으면서 죄수들이 다쳤다.

조프르와는 화가 잔뜩 나서 돌아왔다.

"나쁜 자식, 일하게 하려면 사슬을 풀어 줘야지!"

마우도 울음이 나왔다.

"그 양반을 안 보고 그 집에 안 갈 순 없잖아요!"

"그렇지만 총독에게 말해야겠어. 이렇게 계속할 순 없어."

그리곤 조프르와는 모두 잊었다. 그는 책상 위에 커다란 프톨레마이오스 지도가 핀으로 꽂혀 있는 자기 방에 틀어박혔다. 그는 읽고 메모하고 지도를 들여다보았다.

어느 날 오후 펭탕은 그의 문지방에 서 있었다. 쭈뼛쭈뼛 그를 쳐다보자 조프르와가 펭탕을 불렀다. 그는 흥분한 것 같았고 잿빛 머리가 마구 흩어져 있어서 정수리 부분이 조금 벗겨진 게 보였다. 펭탕은 그를 아버지로 생각하려고 노력했다. 쉽지 않은 일이었다.

"문제의 열쇠를 찾은 거 같아, 꼬마야."

흥분한 말투였다.

그는 벽에 걸린 지도를 가리켰다.

"프톨레마이오스가 모든 걸 설명하지. 주피터 아몽의 오아시스가 너무 북쪽에 있는데 그건 불가능한 일이야. 통로는 바로 이디오피아 산악 지대의 쿠프라 길인 거야. 그리고 기르기리 때문에 남쪽으로 내려와서 칠로니드 늪 지대까지 갔거나 아니면 누바족의 나라가 있는 남쪽으로 갔던 거야. 누바족은 므로에족의 마지막 백성들의 동맹국이었거든. 거기부터 지하수를 따라가다가 어느 날 밤 가느다란 수맥을 찾아 그들과 그들 가축이 필요로 하는 물을 발견한 거지. 그리고 몇 년이 지난 후 어느 날 커다란 강, 새로운 나일 강을 만나게 된 거야.”

그는 방안을 서성이며 안경을 벗었다 썼다 하며 이야기를 했다. 펭탕은 조금 겁이 났지만 그 토막난 기상천외한 이야기, 산 이름, 사막 속의 샘터 이름에 귀기울였다.

“므로에, 검은 여왕의 나라, 오시리스의 마지막 백성, 파라옹의 마지막 후손. 케미트, 검은 나라. 350년, 악숨의 에자나 왕에게 므로에가 약탈당했다. 그는 누바 나라 용병과 그의 부대를 끌고 도시로 진입했고, 역사가, 학자, 건축가 등 므로에의 모든 백성은 가축과 보물을 가지고 떠난 거야. 그들은 새로운 세계를 찾아 여왕을 따라간 거지…….”

그는 마치 그게 자기 자신의 얘기인 양, 오랜 여행 끝에 게르 강변의 신비한 도시, 므로에의 새로운 국가에 도착한 사람이 바로 자기인 양, 오니샤 앞을 흐르는 커다란 강이 바로 세계의 저편, 서방의 꼭지인 에페리우 케라스, 신들의 전차인 테옹 오케마, 숲의 수호자인 백성들에 이르는 통로에 대해 얘기했다.

펭탕은 이 이름들, 그의 아버지인 이 남자의 목소리를 듣고 있자니까 왠지 모르게 눈물이 흐르는 걸 느꼈다. 그것은 그에게 말하는 것도 아니고 그저 혼자 얘기하고 있는 그의 음성 때문인지도, 아니면 그가 말하는 그 내용, 먼 곳에서 시작된 그 꿈, 혹은 빨리 말하지 않으면 모든 게 사라지기라도 하는 듯 허둥지둥 나열하는 가라만트, 투메리타, 파나그라, 타이야마, 그리고 세계가 다시 시작된 사막과 정글의 경계,

강이 만나는 검은 여왕의 나라, 그곳에 붉은 대문자로 쓴 나이지리아 메트로폴리스 등, 지도에 적힌 알 수 없는 언어의 이름들 때문인지도 모른다.

너무 더웠다. 날개 달린 개미들이 램프 주위를 날아다녔고 회색 도마뱀은 눈동자를 모기떼 중심부에 고정시키고 램프 빛이 비추는 한구석에 매달려 있었다.

펭탕은 여전히 문턱에 서 있었다. 그는 지도 앞에서 서성이고 있는 이 열에 들뜬 사나이를 쳐다보았고 그의 목소리에 귀기울였다. 그리고 시간이 멈춘 그 신비로운 나라, 강 한복판에 있는 그 나라를 상상해 보려고 애썼다. 그러나 그의 눈에 보이는 것은 먼지투성이 길, 녹슨 양철 지붕 집, 선착장, 유나이티드 아프리카 건물, 사빈 로즈의 집, 제럴드 심슨 집 마당에 커다랗게 뚫린 구멍 등, 강변에서 부동의 자세로 움직이지 않는 오니샤뿐이었다. 아, 이미 너무 늦어 버렸는지도 모른다.

"꺼져, 혼자 있겠어."

조프르와는 서류들이 널브러진 책상 앞에 앉았다. 그는 지쳐 보였다. 펭탕은 조용히 뒷걸음질 쳤다.

"문 닫아."

그는 '문' 을 '먼' 이라 발음하는 습관이 있는데 펭탕은 그의 난폭하고 고약한 성질에도 불구하고 그를 좋아할 수 있을 것 같다고 생각했다. 그는 잠을 깨우지 않으려고 조심하는 사람처럼 문을 닫고 문고리를 천천히 놓았다. 그리고 금세 목이 메고 눈물이 솟구치는 걸 느꼈다. 그는 방으로 마우를 찾아가 품에 안겼다. 그는 앞으로 일어날 일이 두려웠고 이곳 오니샤에 오지 말았어야 했다고 생각했다.

"엄마 나라 말로 얘기해 줘요."

그녀는 예전처럼 그에게 동요를 불러 주었다.

문신의 첫번째 줄은 태양의 상징, 혹은 에드제느드리의 후손이자 우문드리의 시조, 에리의 아들들인 이치느그웨리였다. 비아프라 해안 지방의 모든 언어를 할 줄 아는 무와즈가 조프르와에게 이르길,

"아그바야 사람들은 젊은 남자 뺨에 새긴 문신을 '오고', 그러니까 매의 꼬리털, 날개라 부른다. 그러나 모든 이들은 신을 '추쿠', 즉 태양이라 부른다."

그는 비와 수확거리를 주는 신에 대해 얘기했다.

"그는 어디에나 편재하는 존재이며 하늘의 정령이다."

조프르와는 이 말을 글로 썼고 이집트 *사자의 서*(死者의 書)에 씌어 있는 말을 되뇌였다.

나는 슈우 신이며 내 자리는 아버지의 눈동자 속 이다.

무와즈는 '치'에 대해, 영혼에 대해 애기했으며 그는 인간들이 피를 공양하는 태양의 신 안양우에 대해서도 얘기했다. 무와즈는 "내가 어렸을 적에는 아우카의 사람들을 태양의 아들이라 불렀는데 이는 그들이 우리 신에게 충실했기 때문이다"라 했다.

그는 "베누에 강변에 사는 주쿤족은 태양을 아누라 부른다"라 했다.

이 이름을 듣고 조프르와는 소스라쳤다. *사자의 서*의 한 구절, 태양이란 뜻의 엘리오폴리스의 왕 이름인 '이우누'가 떠올랐기 때문이었다.

그건 현기증이었다. 진리는 뜨겁고 찬란하다. 세계는 창조의 가장 오래 된 이름들이 스치고 지나가는 베일, 덧없는 그림자에 불과하다. 북쪽의 아다마와 사람들은 태양을 안야라, 라의 아들이라 불렀다. 남쪽의 이보스족은 성경에서 온이라 부른 아누의 눈을 아니아누라 불렀다.

*사자의 서*의 말씀이 집요하게 울려 퍼졌고 그것은 이곳 강변 마을 오니샤에서도 생생하게 살아 있었다.

아누의 나라는 오시리스, 신 그 자체와 같다.

아누는 그처럼 신이다. 아누는 그 자체로 신,

'라' 이다.

있는 그대로의 아누는 바로 '라' 이다. 그의 어머

니는 아누,

그의 아버지도 아누, 그 자신도 아누 속에서 태어

난 아누이다.

지혜는 무한한 것. 강은 똑같은 강변 사이로 흐르길 그친 적 없다. 그 물로 항상 그대로인 것. 이제 조프르와는 인간의 피를 묵직하게 싣고 흘러가는 물, 땅의 창자를 파헤치고 숲을 삼키는 강을 본다.

그는 황량한 건물 앞 둑을 따라 걷는다. 햇살이 강 수면 위로 부서진다. *이치* 문신을 새긴 사람을 찾는다. 카누가 수면으로 미끄러지고 짐승발처럼 물 속에 가지를 늘어뜨린 나무 둥치가 표류한다.

무와즈가 말한다.

"예전 베넹족의 추장은 오바를 시기하여 기누와란 이름을 가진 그의 독생자에게 복수하기로 마음먹었다. 자신이 죽으면 아들이 추장에게 살해당하리란 것을 안 오바는 커다란 상자를 만들게 했다. 그는 족장들 가족의 아들 72명을 그 상자에 태우고 그의 아들도 식량과 마술 지팡이를 주어 그 안에 타게 했다. 그리곤 바다로 나가게 하기 위해 강 하구에 상자를 띄웠다. 상자는 며칠 동안 떠다니다가 사플레라 불리는 도시 근처에 있는 우가르지란 도시에 이르렀다. 그곳에서 상자가 열리고 기누와가 72명의 아이들과 함께 내렸다."

오로지 단 하나의 전설, 단 하나의 강만 있을 뿐이다. 적은 72명의 공범들과 공모하여 오시리스를 그의 형상을 닮은 상자에 가둬 납으로 상자를 봉했다. 그리고 하구로 흘러 바다로 나가도록 나일 강에 던졌다. 그때 오시리스는 죽은 자들 속에서 일어나 신이 되었다.

조프르와는 현기증이 날 때까지 강을 바라본다. 저녁이 되어 우문드리족이 길다란 카누를 타고 돌아오자 그는 가까이 다가가 기누와가 했던 옛날 언어로 정중한 인사를 했다.

"*카 치 소, 카 치 소*……태양이 다시 뜰 때까지……."

그도 *치*를 수여받고 싶었고 그들을 닮고 싶었으며 영원한 지혜, 가장 오래 된 세계의 길에 이르고 싶었다. 강, 하늘, 아니아누, 이누, 이그웨, 알레의 아버지, 대지, 아모디 오아의 아버지, 번개와 하나가 되고 싶었으며 그의 살갗에 영원의 기호를 구리 가루로 새긴 얼굴을 하고 싶었다. 옹그와, 달, 아니아누, 태양, 그리고 양쪽으로 벌어진 매의 날개와 꼬리를 뺨 위에 새겨 넣고 싶었다. 이렇게 말이다.

조프르와는 끝없는 길을 걷는다.

꿈속에서 그는 검은 여왕, 악숨의 부대에게 약탈당하고 폐허가 된 왕국을 도망친 므로에의 마지막 여왕, 바로 그녀를 본다. 그녀는 고관 대작, 학자, 건축가뿐 아니라 농부, 어부, 대장장이, 양탄자 짜는 사람, 도공 등 그녀의 백성에게 둘러싸여 있다. 식량 바구니를 든 어린 백성에 둘러싸여 염소떼, 칠현금처럼 굽은 뿔에 태양 모양의 원판을 얹은 커다란 눈의 젖소를 몰고 간다.

백성을 이끌고 혼자 앞장선 그녀는 그녀만이 갈 길을 알고 있다. 북쪽 사람들에게 내몰려 지상에서 가장 위대한 모험의 길로 들어선 그녀, 므로에의 마지막 여왕의 이름은 무엇일까?

지금 그가 만나고 싶은 므로에의 검은 여왕, 남정네처럼 시저군에 대항하여 부대를 이끌고 엘레팡틴 섬을 공략했던 애꾸눈의 강인한 캉다스가 바로 그녀이다. 스트라봉은 그녀 이름이 캉다스라 했으나 진짜 이름은 아마니레나스였다.

그 후 400년이 지나고 젊은 여왕은 자신이 다시는 그 거대한 강을 보지 못할 것이며 카슈타, 사바코, 쉐비쿠, 타하르카, 안라마너, 카르카마니 등 역대 므로에 왕들의 무덤 위로 태양이 뜨지 않으리란 걸 알았다. 그리고 바타르, 사낙닥케트, 라키데아마니 같은 여왕들의 이름을 써넣을 족보도 없을 것이다. 그의 아들은 제벨 케리에서 이집트 군을 물리친 왕의 이름을 따서 샤르카레라 불릴 것이다.

그러나 그가 만난 여자는 제사장과 악사로 둘러싸여 가마를 탄 화려한 치장의 여왕이 아니었다. 굶주린 백성들 사이에서 맨발에 하얀 베일을 쓴 가냘픈 여인이다. 머리카락은 어깨 위로 흩어져 내렸고 강렬한 햇살이 그녀 얼굴과 팔과 가슴에 뜨겁게 쏟아졌다. 이마에는 변함없이 오시리스의 황금 고리, 켄티 아멘티, 아비도스와 부시리스 신의 문신을 하고 있었고, 태양과 달, 매의 날개 깃이 새겨진 왕관을 쓰고 있었다. 목에는 신들의 아버지 마아트의 머리, 그리고 갑충의 더듬이 모양의 숫양 뿔 사이로 삶의 섭리, 힘의 주문 우스르가 이렇게 그려져 있는 목걸이를 걸고 있었다.

그녀는 이미 며칠 동안 백성과 함께 걸으며, 매일 저녁 태양이 사라지는 곳 아테브, 천상의 강 좌안에 이르는 터널의 입구로 가는 길을 열며 전진했다. 그녀는 백성과 함께 가장 뜨거운 바람이 부는 사막, 지평선은 불의 호수이며 전갈과 독사만 사는 곳, 밤이면 텐트 주위로 열병과 죽음의 신이 어슬렁거리다가 늙은이와 아이의 숨을 앗아 가는 이 세상에서 가장 혹독한 사막길을 걸었다.

출발의 날이 되자 검은 여왕은 히미아르 군사들이 불을 질러 아직도 연기가 피어 오르는 폐허의 신전 앞 카수 광장에 백성을 모이게 했다. 위대한 제사장들은 조의를 표하기 위해 머리를 깎고 맨발인 채로 광장에 엎드려 있었다. 그들은 권세와 천계의 영원한 힘의 상징, 청동 거울과 신석(神石)을 받쳐 들고 있다. 나무 상자 속에는 사자의 서, 생명의 서, 부활과 심판의 서가 담겨 있다. 하늘이 땅보다 시커면 새벽녘이다.

그리고 뗏목이 준비된 강변과 강을 밝히며 태양이 솟아오르자 므로에에서의 마지막 기도문이 울려 퍼지고 모든 남녀, 모든 백성들은 보이지 않는 신 앙크에 의해 떠밀려 올라오는 밝은 태양을 향해 몸을 돌렸다.

"오! 태양이여, 지상의 주인, 하늘과 땅의 모든 존재를 만드신 분, 세계와 바다의 심연을 만드신 분, 남자와 여자를 존재로 이끄신 분, 오 태양, 생명과 힘, 아름다움, 당신을 경배하나이다!"

적막한 폐허를 웅웅 울리던 사제들의 기도 소리가 뚝 그쳤다. 그리곤 가축을 불러모으는 여인의 목소리, 아이들 울음 소리, 강 중앙으로 갈대 뗏목을 밀어내는 남자들의 외침과 함께 느릿느릿 출발의 소리가 나기 시작했다.

마지막 태양의 사제와 아톤의 자손, 카수의 마지막 백성에게 복수의 칼을 가는 적들이 사방에서 그들을 기다리고 있다. 남쪽에서 동쪽까지 이디오피아의 붉은 전사들, 멀리 악숨 나라에서 온 아가네스의 병사들이 널려 있다.

므로에의 남자들과 여자들은 더 나은 땅을 찾아 강줄기를 거슬러 남쪽으로 떠난 뒤였다. 한 줄기가 남쪽 달의 산으로 흐르고 다른 한 줄기는 동쪽으로 갈라지는 곳까지 갔던 그들은 동쪽 줄기를 타고 알바라 불리는 곳에 갔다는 말이 있다. 그들이 이제 어떻게 되었는지 누가 알랴?

그러나 지금은 너무 늦었다. 악숨의 전사들이 남쪽 강으로 가는 길목을 막고 있으며 이디오피아인들은 우측 강변을 지키고 있다. 하여, 어느 날 밤 검은 여왕은 꿈을 꾸었다. 꿈속에서 그녀는 다른 땅, 다른 왕국을 보았는데 너무 멀어서 누구도 살아 생전에는 도착하지 못하고 오로지 그 자식들만이 보게 될 그런 나라였다. 사막과 산 저편에 있는 나라, 태양이 그 운행을 끝마치는 곳, 인간 세계의 밑에 있는 투아트의 영역까지 심연을 통과하여 뚫린 터널의 입구가 있는, 세계의 뿌리와 아주 가까이 있는 나라.

그녀는 이것을 아주 또렷이 보았는데 그것은 영원한 생명의 신 '라'가 계시한 꿈이었기 때문이다. 이 다른 세계, 사막의 저편에는 나일 강과 비슷한 남쪽으로 흐르는 강이 있다. 강 옆으로는 난폭한 짐승이 우글거리는 광대한 숲이 펼쳐져 있다. 그리고 비옥한 평야, 들소와 코끼리가 떠돌고 사자가 우짖는 초원이 시작된다. 저기엔 끝없는 바다 같은 강, 백사장, 섬, 새떼와 악어가 사는 갈대 숲이 있다. 검은 여왕은 강 한가운데 있는 섬을 그녀의 새로운 왕국, 아톤의 자손이자 카수의 마지막 므로에 사람인 그들 백성이 정착할 새 도시라 생각했다. 강 복판에 있는 이름 없는 섬에서 그녀의 신전, 그녀의 집, 생기가 도는 광장을 보는 것 같았다. 그리하여 그녀는 므로에의 백성을 이끌고 그곳으로 가기로 결심했다.

한밤중에 그들은 폐허와 무덤 앞에 모여 부지런히 최후의 일전을 준비했다. 가축은 돌로 쌓은 원형 마당에 가뒀다. 남자들은 천막과 밀가루 자루를 챙기고 무기와 연장을 준비했다. 끌고 갈 수 없는 가축은 죽여서 여인들이 밤새도록 훈제를 했다. 남자들은 모든 걸 초토화하여 적에게 남겨 주지 않기 위해 그들의 집을 태웠다. 그날 밤은 아무도 자지 않았다.

새벽에 그들은 카수 광장에서 기도를 올리고 하늘의 강을 따라 운행을 시작한 아톤의 축복을 받았다. 갈대 뗏목이 소리없이 차례로 강둑을 떠난다. 뗏목이 너무 많아 강 위로 움직이는 길이 생길 정도였다.

뗏목은 아흐레 동안 해지는 쪽을 향해 흘러갔고, 강이 북쪽으로 물길을 돌리는 커다란 회류(回流) 지역까지 갔다. 백성들은 그들의 가축, 식량을 챙겨 절벽 아래에 모였다.

두 번째 날 새벽, 그들은 날개 달린 태양의 축복을 받았다. 여인들은 채롱을 어깨에 메고 아이들은 가축을 몰며 매일 저녁 태양이 귀가한다는 마누 산을 향해 끝

없는 행진을 시작했다.

강변을 떠나 바위 계곡으로 접어들기 직전, 여왕은 마지막으로 뒤를 돌아본다. 그러나 그녀 눈엔 더 이상 눈물이 고이지 않았다. 가슴 한구석이 공허했다. 다시는 강을 보지 못할 것이며 자신의 딸, 그 딸의 딸도 강을 보지 못하리란 걸 알기 때문이었다. 날개 달린 원판이 천천히 하늘로 올라간다. 강렬한 그의 시선이 세계를 밝힌다. 여왕은 뜨거운 땅을 맨발로 걷기 시작했고 백성들이 보이지 않는 그녀 꿈의 길을 좇아 묵묵히 그 뒤를 따랐다.

"꼬마야, 저걸 봐. *조지 션튼*을 소개하지."

사빈 로즈의 카누는 브로크던 섬 한구석 개펄에 나자빠진 폐선으로 다가갔다. 파도가 뱃머리에 부서진다. 뒤쪽에 오카호가 엔진 손잡이를 한 발로 누르고 서 있다. 그의 얼굴의 상처 자국이 번들거린다. 그 곁에 오야가 있다. 막 카누가 떠나려던 참에 그녀가 부교(浮橋)에 나타났고 사빈 로즈는 타라는 신호를 했다. 그녀는 무심히 앞만 보고 있다.

그러나 사빈 로즈의 얼굴에는 이상한 희열이 감돌았다. 연극적 어조로 크게 떠들었다.

"*조지 션튼*이야, 꼬마야. 지금은 썩어 빠진 해골이지만 원래부터 이랬던 건 아니야. 전쟁 전에는 이 강에서 제일 큰 배였지. 대영제국의 자존심이었지. 전함처럼 철갑을 두르고 외륜물바퀴를 단 이 배는 북쪽으로 거슬러 올라가 욜가, 보가와, 부사, 강가와까지 다녔었거든."

그는 이런 지명들을 펭탕이 영원히 기억해 주길 바라는 것인 양 느릿느릿 발음했다. 그의 흰 머리카락이 바람에 흩날렸고 얼굴의 주름살, 무척이나 푸른 눈에 햇살이 가득했다. 그의 눈빛에서 적의는 사라지고 장난기만 남아 있었다.

카누는 곧장 뱃머리로 갔다. 엔진 소리가 강을 가득 매워 갈대 숲에 숨어 있던 왜가리를 놀라게 했다. 펭탕은 폐선의 갑판과 채광창으로 나무들이 뿌리를 내리고 있는 걸 똑똑히 볼 수 있었다.

"꼬마야, 저 *조지 션튼* 호를 봐라. 자동 기관총을 장착(裝着)한, 이 강에서 가장 막강한 대영제국의 배야. 저 배가 강을 따라 올라가면 토인들과 무당들이 이 무시무시한 괴물이 바다로 돌아가길 바라며 춤을 추었단다!"

그는 배의 중앙에 서서 미사여구를 늘어놓았다. 수면이 낮아졌기 때문에 오카호가 엔진을 껐다. 밑바닥이 닿을 정도로 가까워졌고 조개 껍질이 더덕더덕 붙어 있는 우람한 선체 그늘 속의 갈대를 헤치며 계속 미끄러져 갔다.

"저걸 봐! 프레드릭 러가드 경이 커다란 깃털 모자를 쓰고 승선했을 때 저 선체 위에서 영국 장교들이 차렷 자세로 도열을 했지! 경의 뒤를 이어 칼라바, 오웨리, 카바, 오니샤, 이로린의 왕들이 부인과 노예를 이끌고 올라갔지. 우디의 슈쿠아니……느나위의 오누라……오톨로의 오비까지도. 표범 가죽을 걸친 늙은 누오수……오하피아의 전사들……그리고 베넹의 사절단도 있었고 영국에 오랫동안 대항했던 오포보의 늙은 여우 자자까지 왔었지. 그들은 평화 조약을 체결하기 위해 *조지 션튼* 호에 올라갔던 거야."

카누는 조금 비스듬히 갈대 숲 사이로 미끄러져 갔다. 흐르는 물 소리, 백로 울음 소리, 그리고 멀리서 강변 진흙 더미를 긁어 내리는 파도 소리만 들렸다. 거무튀튀하고 녹이 슨 거대한 폐선이 덩굴에 뒤엉켜 그들 눈앞에 비스듬히 누워 있었다. 불안을 감추기 위해 사빈 로즈는 이 말 저 말 끊임없이 늘어놓았고 카누는 선체를 따라 미끄러져 갔다.

"저걸 봐, 이 강에서 가장 멋진 배야. 식량과 무기, 노던펠트 대포뿐 아니라 장교, 의사, 주민까지 싣고 다니던 배야. 여기 강 한가운데에 닻을 내리면 조그만 배가 강변까지 왕복하면서 짐을 부렸지…… 강의 영사관이라 불렀었지. 그런데 봐라, 지금은 나무 뿌리가 안쪽까지 뻗었고……."

카누 뱃머리가 여기저기 부딪치며 커다란 텅 빈 선체를 웅웅 울렸다. 녹슨 선체에 물이 찰랑찰랑 부딪혔다. 모기가 떼를 지어 다녔다. 예전에 상부구조물이 있던 곳엔 그것이 마치 섬인 양 그 위로 나무가 우뚝 솟았다.

오야도 검은 돌로 된 석상처럼 서 있었다. 수녀복이 땀에 젖어 몸에 바짝 달라붙었다. 펭탕은 매끈한 그녀 얼굴, 비웃는 듯한 입가, 관자놀이 쪽으로 찢어진 가느다란 눈을 바라보았다. 가슴 위에서 십자가가 반짝거렸다. 그는 조프르와가 이름을 떠올리려 했던 옛 왕국의 공주가 바로 저 여자라 생각했다. 그녀는 자신의 백성을 굴복시킨 자의 허물어진 모습을 구경하기 위해 이 강에 다시 나타난 것이다.

펭탕은 처음으로 오카호와 오야가 이 강과 맺은 인연을 마음속 깊이 절감했다. 그의 가슴이 불안과 초조로 격렬하게 뛰기 시작했다. 사빈 로즈의 말은 더 이상 귀에 들어오지 않았다. 그는 뱃머리에 서서 물과 선체의 그늘과 양쪽으로 갈라지는 갈대 숲을 바라보았다.

조각배는 선체 옆구리 부분에서 멈췄다. 그곳에는 반쯤 부서진 철제 사다리가 있었다. 오야가 제일 먼저 올라갔고 그 뒤를 오카호가 닻을 내린 후 따라 올라갔다. 펭탕은 선교에 매달렸다간 몸을 당겨 사다리로 올랐다.

철제 사다리가 흔들거렸고 그것은 조용한 폐선에 이상한 소리를 내며 울려 퍼졌다. 오야는 이미 사다리 꼭대기에 올라가 잡초가 무성한 갑판을 뛰어가고 있었다. 길을 잘 알고 있는 것 같았다.

펭탕은 사다리 난간을 꼭 잡고 갑판에 그대로 있었다. 오카호도 폐선 안으로 사라져 버렸다. 갑판은 널빤지로 되어 있는데 대개는 부서지고 썩어 있었다. 너무 삐걱거려서 펭탕은 네 발로 기어가야만 했다.

폐선은 웅장했고 텅 비어 있었다. 선미 갑판, 선수 갑판실이 보였고 여기저기 흩어진 돛대 조각들이 눈에 띄었다. 선미 갑판실은 함석 조각만 남았고 나뭇가지가 창을 꿰뚫었다.

괴상한 스타일의 계단 쪽 선체가 커다랗게 뚫려 있었다. 사빈 로즈는 오야와 오카호의 뒤를 따라 내부로 내려갔다. 펭탕도 선체 안으로 들어갔다.

몸을 숙이고 들여다보려 했지만 동굴 입구에 들어선 것처럼 눈이 어둠에 익지 않았다. 계단은 나선식으로 내려가 칡넝쿨과 고사목이 가득 찬 홀까지 이어졌다. 공기가 탁했고 곤충들이 윙윙거렸다. 펭탕은 움직여 볼 엄두조차 내지 못한 채 바라보기만 했다. 언뜻 금속빛을 발하는 뱀을 본 것 같았다. 소름이 끼쳤다.

그들이 가쁘게 내쉬는 숨소리가 홀 안을 가득 채웠다. 햇살이 들어오는 창문 곁에서 펭탕은 부서진 벽, 녹색 욕조가 있는 목욕실을 발견했다. 벽에 걸린 커다란 타원형 거울이 창문처럼 빛을 발했다. 거기서 그는 보았다. 오야와 오카호가 욕실 바닥에 누워 있었다. 격렬하게 내뿜는 그들 숨소리만이 가득했다. 오야는 바닥에 누워 있었고 오카호는 그녀에게 어떤 해코지를 하려는 사람처럼 그녀를 껴안고 있었다. 어둠 속에서 펭탕은 공허하고 이상한 표정의 오야 얼굴을 보았다. 그녀 눈은 허옇게 흰자위만 남았다.

펭탕은 몸을 떨었다. 사빈 로즈도 어둠 속에 몸을 숨긴 채 거기 있었다. 그의 눈길은 도무지 시선을 돌릴 수 없다는 듯 그들 남녀에게 고정되었고 입은 뭔가 이해할 수 없는 말을 중얼거리고 있었다. 펭탕은 뒷걸음질 치며 도망치기 위해 계단을 찾았다. 가슴이 쿵쾅거렸고 공포심이 치밀었다.

갑자기 천둥 소리 같은 격렬한 굉음이 있었다. 뒤를 돌아보니 나체의 오카호가 한 손에 흉기를 들고 서 있었다. 그가 파이프 조각으로 커다란 거울을 깬 것이었다. 오야는 그의 곁에서 벽에 몸을 기댄 채 서 있었다. 그녀 얼굴에는 미소가 감돌았다. 그녀는 야만적인 투사 같았다. 그녀가 쉰 목소리로 내지른 이상한 비명이 선체 안에 윙윙 울려 퍼졌다. 사빈 로즈는 펭탕을 껴안고 뒷걸음질 쳤다.

"이리 와, 꼬마야. 쳐다보지 마. 미친 여자야."

그들은 계단을 올라갔다. 오카호는 여자와 함께 아래쪽에 그대로 있었다. 한참 지난 후에야 그가 올라왔다. 상처투성이의 그의 얼굴은 가면 같아서 어떤 의미도 읽을 수 없었다. 오카호도 투사 같았다.

모두 카누에 오르자 오카호는 배를 묶었던 줄을 풀었다. 오야는 잡초가 무성한 갑판에 서 있었다. 카누는 그녀를 버리고 떠나겠다는 듯 천천히 선체를 따라 미끄러져 갔다. 그녀는 짐승처럼 날렵하게 칡넝쿨을 잡고 따라오다가 오카호가 닻을 올리는 순간 배로 건너뛰었다. 엔진 소리가 강가에 울리면서 텅빈 폐선 속으로 메아리 쳤다.

스크루 주위에서 물이 부글부글 끓는 것 같았다. 갈대가 부러져 나갔다. 그들은 단숨에 강 한가운데에 있었다. 뱃머리 양편으로 물살이 튀었고 귓가에 바람이 가득 찼다. 오야는 팔을 조금 벌린 채 뱃머리에 서 있었다. 그녀 몸에서 물방울이 반짝거렸고 여왕 같은 얼굴은 강물 깊은 쪽으로 돌려져 있었다.

그들은 해가 떨어질 무렵 오니샤에 도착했다.

모든 게 조프르와가 한밤중 깊은 잠에 빠진 마우 곁에서 꾼 꿈일 뿐이다. 도시는 세계의 오랜 기억이 흐르는 강물 위의 뗏목이다. 지금 그가 보고픈 곳이 바로 그 도시이다. 그가 그곳에 도달하기만 한다면 이 비인간적인 움직임, 죽음을 향해 미끄러지는 세계의 움직임 속에서 뭔가가 멈출 것만 같았다. 인간들의 음모에 의해 그 움직임이 멈추고 잃어버린 문명의 잔해가 땅속으로부터 솟아나와 그 비밀, 그 위력을 발하며 영원한 광명을 이룰 것 같았다.

이 움직임, 지는 해를 향한 므로에 백성들의 느릿느릿한 움직임, 해를 거듭하여 계속되는 대지의 길다란 균열, 물을 찾아 야자수 잎을 흔드는 바람의 소리를 찾아, 그리고 반짝거리는 강의 육체를 찾아 헤매는 이 움직임.

이제 그는 본다. 청녹증에 걸려서 더 이상 발바닥으로 대지를 디딜 수 없게 된 여위고 휘청거리는 늙은 여인을, 그래서 어린아이가 긴 지팡이 끝에 초라해진 왕권의 상징인 양 찢어진 헝겊 조각을 달아 해를 가려 주는 그늘 밑에서 들것에 실려 가는 그녀를.

예전엔 그토록 아름답던 아먼드 모양의 그녀 눈은 이제 하얀 막이 끼어 낮과 밤의 교차만을 겨우 구별할 수 있다. 그러했기에 늙은 여왕은 태양이 중천에 떠야지만 죽은 자들 세계의 입구를 향한 행진의 출발 신호를 명하는 것이다.

백성들은 보이지 않는 길을 따라간다. 가끔 제사장들은 슬픔과 죽음의 노래를 불렀지만 그녀는 이미 그녀와 산 자들 사이에 커다란 벽이 가로막혀 있는 것처럼 그들 노래를 들을 수 없었다. 검은 여왕은 그녀 전사들 어깨의 리듬에 따라 출렁거리는 들것에 몸을 기대고 있다. 허연 막이 낀 눈을 통해 그녀는 영원히 도달할 수 없는 광원이 멀리서 반짝이는 걸 본다. 그녀 뒤로는 황량한 대지 위에 맨발의 발자국, 고통과 죽음의 흔적이 길게 늘어져 있다. 늙은이와 어린아이들의 뼈들, 그 시신이 이 대지 위에, 바위 틈이나 독사가 우글대는 계곡 여기저기에 심겨 있다. 찝찌름한 샘물 주위로 그들 백성들이 아카시아나무 가시에 걸린 걸레처럼 들러붙었다. 더 이상 걸을 수 없는 자들은 걸으려 하지 않았다. 그들은 더 이상 꿈을 믿지 않았다. 그리고 매일 해가 중천에 뜰 때면 그들 여왕이 해지는 곳을 향한 행진을 다시 시작했음을 므로에 백성에게 알리는 제사장의 목소리가 사막에 울려 퍼졌다.

그러던 어느 날 여왕은 사관과 예언자들을 불러모았다. 그녀는 자신의 마지막 유언을 받아쓰게 했다. 그들은 두루마리 종이에 그녀의 환상, 거대한 뗏목처럼 강에 누워 있는 그 평화의 나라에 대해 기록했다. 시력을 잃으면서도 가슴속에 간직했던 그 꿈, 지는 해가 그녀 얼굴에 비치는 순간에야 그 환한 길을 드러내며 분명히 모습을 보여 주는 그 나라. 자신은 결코 그 꿈에 이르지 못하리란 걸 그녀는 잘 알고 있다. 그 강은 낯선 이방의 강으로 남을 것이다. 이제 자신은 태양이 뜨지 않는 차갑고 헐벗은 다른 세계로 들어가리란 것을 그녀는 잘 알고 있다. 그녀는 그녀 딸 아르시노에에게 자신의 환상에 대해 얘기했다. 아직은 어리지만 그녀가 므로에 백성을 위한 새 여왕이 된 것이다. 오시리스의 제사장들은 신성한 천막 안에서 검은 돌 같은 그녀 이마에 날개 달린 태양, 그 신성한 표식을 해 주었다. 그리고 그들은 그녀가 고통을 통해 영원히 태양의 신부가 될 수 있도록 그녀에게 할례를 행했다.

므로에 백성들은 행진을 계속했고 이제 그들 앞에 나선 사람은 젊은 여왕 아르시노에이다. 그들은 뼈와 살의 강처럼 붉은 대지, 절벽, 말라붙은 계곡 사이로 흘러갔다. 커다란 붉은 태양이 동쪽에서 떠올랐고 대지 위로 붉은 모래 안개가 일었다.

므로에 백성들은 커다란 강물처럼 나뭇가지와 천으로 만든 은신처 앞을 지나 아마니레나스가 군림하는 곳, 죽은 자의 왕국 입구 속으로 흘러 들어갔다. 그녀는 백성들이 지나가는 소리를 듣지 못했다. 아녀자들의 울음 소리, 아이들의 비명, 가축을 부르는 소리도 듣지 못했다. 그녀 곁에는 그녀처럼 장님이 된 제사장, 그녀의 영원한 동반자만이 남았다. 그는 백성들이 지나가는 걸 기다리며 약간의 물과 대추알을 지니고 있었다. 아마니레나스는 그의 기도를 듣지 않았다. 그녀는 자신의 육체에서 발현되는 마지막 박동이 사막으로 울려 퍼지는 걸 느꼈다. 사관은 움막 입구의 길다란 돌에 그녀 이름을 새겨 넣었다. 전사들은 표범이 들어가지 못하도록 무덤 주위에 돌벽을 쌓았다. 그들은 나뭇가지의 가시에 마술의 헝겊 조각을 걸었다. 인간의 강은 천천히 동쪽으로 흘러갔고 태양이 중천을 지나 지평선으로 내려갈 무렵 정적이 찾아왔다. 아마니레나스는 그의 심장 박동이 느려지고 있음을 느꼈고 그녀는 꺼져 가는 불처럼 그의 눈에서 안광이 사그러드는 걸 보았다. 이미 바람이 그녀 얼굴을 흙먼지로 덮었다. 늙은 제사장은 그녀 눈을 감겨 주고 그녀 손 안에 권세의 상징을 쥐어 주고 사자의 서를 넣은 함 속에 그녀 발목을 넣었다. 아마니레나스는 이제 거대한 공허 속으로 사라진 모래 언덕, 흔적에 불과하다.

아로 추쿠

소문은 슬금슬금 퍼져 나갔다. 마우는 사람들에게 알려지기 훨씬 전부터 모든 내막을 짐작했다. 어느 날 새벽, 그녀는 잠이 깼다. 조프르와가 웃통을 벗은 채 조그만 땀방울에 뒤덮여 그녀 곁에서 자고 있었다. 이미 희미한 여명이 덧창으로 새어 들어와 모기장 안을 밝히고 있었다. 조프르와는 벌렁 누워 자고 있었고 그녀는 생각했다.

(우린 여기를 떠날 거야. 더 이상 머물 순 없어…….)

그것은 어느 순간 자신의 존재를 상기시키는 썩은 이빨처럼 고통을 주는 생각, 분명한 사실이었다.

(난 떠나야 해. 너무 늦기 전에 펭탕을 데려가야 해.)

어째서 너무 늦는다는 건지 그녀도 잘 몰랐다.

마우는 일어나 정수된 물을 마시러 서재로 갔다. 바깥 처마 밑은 공기가 신선했고 하늘은 진줏빛이었다. 벌써부터 새들이 정원 가득히 날아와 함석 지붕 위를 총총 뛰어다니고 나무 사이를 날며 재잘거렸다. 비탈길의 집집마다 여인들이 마 열매를 요리하고 있음을 알리는 희뿌연 연기가 피어났다. 마우는 거의 고통스럽게 느껴질 정도로 정신을 집중하여 닭 우는 소리, 개 짖는 소리, 장작 패는 소리, 어선의 엔진 소리, 에구누 길을 달리는 트럭 소리 등, 일상적 삶의 소리에 귀 기울였다. 그녀는 강 건너편 제재소의 전기톱을 돌리는 발전기 소리가 덜덜거리며 울리길 기다렸다.

그녀는 이런 소리를 더 이상 듣지 못하리란 걸 아는 사람인 양 모든 소리에 귀기울였다. 자신은 아주 멀리 떠날 것이고 그녀가 사랑했던 사람과 사물, 전쟁과 잔혹함으로부터 동떨어진 이 도시, 그리고 전에는 한 번도 느껴 본 적 없었던 감정이지만 친근감을 느꼈던 이 사람들부터 떨어진다는 사실.

오니샤에 처음 도착했을 때 그녀는 호기심의 대상이었다. 흙먼지가 뽀얗게 이는 길에서 아이들은 그녀를 졸졸 따라다니며 놀리고 아프리카 영어로 그녀를 부르며 웃어대곤 했다. 깊게 팬 푸른 드레스를 입고 *수라바야* 선상 파티에 갔다가 모자도 잊은 채 뛰쳐나왔던 일이 생각났다. 그리고 이틀 동안 사라졌던 고양이 몰리를 찾아 헤맸는데 엘리야는 와르프 근처 길거리에서 보았다고 했다. 마우는 사람들에게 다가가 아프리카 영어로 물었다.

"제 고양이를 봤나요?"

소문은 금방 퍼졌다.

"노 벤 시 다 니암!"

니암, 그것은 그녀가 배운 첫 단어였다. 그리고 고양이는 배가 불러 돌아왔다. 그렇지만 단어는 남아 있어서 그녀가 지나갈 때마다 그녀는 귓가에 마치 그것이 자기 이름인 양 울리는 소리를 들었다.

"니암!"

그녀는 이들만큼 사람을 사랑해 본 적이 없었다. 이들은 너무 유순했고 빛나는 눈빛, 순수하고 우아한 몸짓을 지녔다. 와르프에 가려고 동네 거리를 걸을 때면 아이들은 거리낌없이 그녀에게 다가와 팔을 만졌고 여인들은 손목을 잡아 끌며 음악처럼 잔잔한 그들 언어로 말을 건넸다.

처음엔 그들의 빛나는 눈빛, 그녀를 만지고 몸을 감싸는 그들 손에 조금은 겁이 났었다. 익숙해지지 않은 탓이다. 선상에서 플로리젤이 했던 말이 떠올랐다. 클럽에서도 그들은 끔찍한 얘기를 했다. 사람들이 사라지기도 하고 아이들이 유괴된다는 둥. 그리고 인신 공양인 롱주주. 그리고 깊은 정글 속 시장에서는 소금에 절인 인육을 판다는 얘기도 들었다. 심슨은 그녀에게 겁을 주며 재미있어 했다.

"여기서 50마일 떨어진 오웨리 근처에 동부 지역 마술의 중심지인 아로 추쿠 사원이 있지요. 거기서 대영제국에 대항한 신성한 전쟁을 선동해요! 해골이 산처럼 쌓였고 피로 뒤범벅된 제단도 있어요. 밤이면 북소리가 들리지요. 당신이 잠들었을 때면 울리는 그게 무슨 의미인지 알아요?"

제럴드 심슨은 마우가 시내를 누비고 다니며 어부 부인네들, 시장판 사람들과 친하게 지내는 걸 비웃었다. 그리고 수영장 공사를 하던 죄수들을 옹호하고 나선 후부터 그는 마우를 경멸하고 악심을 품고 있었다. 마우는 가든 파티에서 그늘 아래에 몸을 숨기고 하인들의 부산한 움직임을 구경하는 관리 부인다운 처신을 하지 않았다. 클럽에서 조프르와는 심슨의 빈정거리는 듯한 시선과 신랄한 언사를 감수해야 했다. 총독 보고서가 있고 나서부터 유나이티드 아프리카 지사의 위치는 점점 위태로워지고 있음을 누구나 알고 있었다. '각자 분수대로 살 것' 이 심슨의 좌우명이었다. 그는 식민지 사회란 각자 자기 역할을 충분히 수행하는 엄격한 계급 사회라고 생각한 것이다. 지역관과 검사와 더불어 가장 중요한 역할을 자기 몫으로 간주하는 것은 두말할 나위도 없다. 모든 것의 중심점이었다. "풍향계라고나 할까!" 하고 조프르와가 달리 표현했다. 제럴드 심슨은 마우의 독자성과 상상력을 용서하지 않았다. 실은 그녀의 비판적 눈길이 두려웠던 것이다. 그는 조프르와와 마우가 오니샤를 떠나야 한다고 단정 지었다.

클럽에서의 관계는 더욱 팽팽하게 긴장되었다. 아마도 조프르와가 결심을 하고 이 침입자를, 그녀가 그토록 무례할 정도로 고집하는 억양과 행동양식, 심지어 아무런 광택도 나지 않는 피부 색깔까지도 그대로 간직한 라틴 계통의 그 나라로 쫓아 버리길 바라는지도 모른다. 랠리 총독은 조프르와에게 경고까지 하려고 했다. 그 역시 심슨과 마우의 관계를 알고 있었던 것이다.

"런던에 쌓여 있는 당신에 관한 자료가 얼마나 두툼한지 알기나 하오?"

그가 잘 알고 있기 때문에 그는 이에 주석을 달았다.

"염두에 두고 살아야지……심슨은 일주일마다 보고서를 쓴단 말이오. 당장 전근 신청을 해야 할 것이오."

조프르와는 그 부당한 처사에 숨이 막혔다. 그는 풀이 죽어 돌아왔다.

"별 도리 없어. 내 생각엔 그 사람이 내게 최후의 통첩을 하는 역할을 맡은 것 같아."

장마가 시작되던 시기였다. 커다란 강은 구름 아래에서 납빛을 띠고 있었고 바람은 난폭하게 나무 꼭대기를 흔들었다. 마우는 오후에는 더 이상 외출을 하지 않았다. 처마 밑에서 그녀는 멀리 오메룬 수원지 쪽에서 일고 있는 폭풍 소리에 귀기울였다. 비가 오기 전의 붉은 땅이 더위에 갈라졌다. 함석 지붕 위로 바람이 춤을 췄다. 앉아 있는 자리에서는 강과 섬들이 보였다. 읽거나 쓰고 싶은 마음도 일지 않았다. 이제 시간은 더 이상 아무 중요성도 지니지 않는다는 듯 그저 바라보고 듣고 싶은 마음뿐이었다.

문득 그녀는 오니샤에 와서 그녀가 터득한 것, 다른 곳이라면 결코 깨닫지 못했을 것이 무엇인지 알게 되었다. 느릿느릿함, 바로 그것이었다. 바다로 흘러가는 강물처럼 아주 길고 규칙적인 움직임, 구름 같은, 햇살이 집 안을 가득 채우고 함석지붕이 냄비처럼 뜨거운, 오후의 묵직함 같은 느릿느릿함. 인생이 멈추고 시간이 묵직해진다. 모든 게 애매 모호해지고 수많은 지류, 샘, 정글에 파묻힌 물길을 형성하며 흐르는 저 유체 덩어리, 강물만이 있을 뿐이다.

처음엔 무척 조바심을 냈었던 게 생각났다. 그녀는 태양에 짓눌린 이 조그만 식민지 도시, 흙탕물 앞에서 잠든 이 도시에서는 도무지 그 어떤 것도 증오할 수 없다고 믿었다. *수라바야* 선상에서 그녀는 초원, 잡초 속을 뛰노는 영양들, 원숭이와 새소리가 울려 퍼지는 정글을 상상했다. 전쟁에 임하기 위해 화장을 한 나체의 야만인을 상상했다. 모험, 선교사, 열대병에 시달리는 의사, 영웅적인 국민학교 여선생. 그리고 그녀는 오니샤에서 보았다. 우스꽝스럽게 차려 입고 모자를 뒤집어쓰고 브리지 게임을 하고 술 마시고 염탐이나 하며 소일하는 편견에 빠진 한심한 관료들, 편협한 원리 원칙에 빠져 돈을 세고 하녀들을 박대하고 영국으로 귀환할 배표나 기다리는 그들 부인들의 사회. 그녀는 먼지투성이의 길, 아이들이 넘쳐 흐르는 움막 같은 집이 즐비한 가난한 동네, 무덤덤한 시선과 짧은 표현만을 구사하는 이 사람들, 제럴드 심슨과 클럽 신사들을 웃게 만드는 아프리카 영어, 언덕에 공동 묘지 같은 구멍을 파는 죄수들, 그녀는 이런 것들을 영원히 증오하리라 생각했다. 아무도 그녀 눈빛의 아름다움에 주목하지 않았다. 닥터 샤롱이나 랠리 총독, 그리고 버르장머리 없는 아이처럼 성질 고약한 강아지를 끌고 다니는 친절하고 창백한 얼굴의 그 부인조차도.

하여, 그녀는 하루 종일 신경질적으로 집 안을 서성이고 정원을 가꾸고 펭탕에게 공부를 시키면서 조프르와가 퇴근하길 기다리며 살아갔다. 조프르와가 유나이티드 아프리카 사무실에서 돌아오면 그녀는 조프르와로서는 답변할 수 없는 질문을 퍼부었다. 그녀는 조프르와가 잠든 뒤에도 한참 후 아주 늦게서야 하얀 모기장 안으로 들어가 잠을 잤다. 잠든 그를 바라보며 그녀는 앞날을 설계하던 산 레모의 밤을 생각했다. 사랑의 달콤함과 새벽녘의 한기를 회상했다. 지금은 모든 게 너무 아득하게 멀어졌다. 전쟁이 모든 걸 지워 버렸다. 조프르와는 딴 사람, 낯선 사람이 되어, 펭탕이 이렇게까지 묻게 만들었다.

"왜 저런 사람과 결혼했어?"

그는 얼빠진 사람이 되었다. 그의 탐험이나 므로에 얘기를 더 이상 입에 올리지 않았다. 그것은 자기만을 위해 간직한 그의 비밀이었다.

마우는 그것을 얘기하고 이해하려고 노력했다.

"그녀 때문이죠? 그렇죠?"

"그 여자라니?"

조프르와는 마우를 쳐다보았다.

"그래요, 검은 여왕 말이에요. 예전에 말했잖아요. 당신 인생에 뛰어든 그 여자. 그래서 내 자리는 하나도 없게 되었죠."

"바보 같은 소리!"

"아녜요, 틀림없어요. 전 펭탕을 데리고 떠났어야 했어요. 당신만의 생각에 빠져 살도록 내버려두고요. 제가 방해가 되는 거죠. 이곳에선 전 모든 사람에게 방해만 되죠."

그는 멍하니 그녀를 바라보며 무슨 말을 해야 할지 몰랐다. 이 여자는 정말 미쳤는지도 모른다.

마우는 떠나지 않았고 조금씩 똑같은 꿈속으로 빠져 들며 딴사람으로 변해 갔다. 오니샤에 오기 이전에 그녀가 겪었던 모든 것, 니스, 생-마르탱, 전쟁, 마르세유에서의 기다림, 이 모든 게 마치 다른 사람이 겪었던 일처럼 낯설고 아득해진 것이다.

이제는 그녀도 이 강과 이 도시의 일부가 되었다. 거리 하나하나,

집 하나하나까지 알게 되었고 나무와 새들을 알아보고 하늘을 읽고 바람을 예측하고 밤의 조그만 소리까지 들을 줄 알게 되었다. 또한 사람들도 그들 성과 아프리카 영어식의 이름까지 알게 되었다.

그리고 엘리야의 부인인 마리마가 있다. 그녀가 처음 왔을 때는 새 옷을 차려 입은 연약하고 거친 성격의 어린아이에 불과했다. 그녀는 엘리야 집 그늘에 숨어 감히 나서지 못했다. "겁이 나나 봐요" 하고 엘리야가 말했다. 그리곤 조금씩 길이 들었다. 마우는 엘리야 집 앞의 벤치 대용으로 쓰이는 나무 등걸에 그녀를 앉혔다. 그녀는 아프리카 영어를 할 줄 몰랐다. 마우는 잡지나 신문을 보여 주었다. 그녀는 사진이나 옷 그림을 보며 재미있어 했고 다른 것도 보여 달라고 했다. 그녀는 잡지를 조금 비스듬히 세우고 읽었다. 그녀는 잘 웃었다.

마우는 그들 언어를 익혔다. 집은 *울로*이고 물은 *므미리*, 아이는 *우무*, 개는 *아자*였다. *오델루에드*는 부드럽다란 뜻이다. *제 누오*는 마시다, *오페*는 그게 좋다란 거고 *쏘*는 말해이다. *테카테카*는 세월이 흐른다였다……. 그녀는 시작 노트에 단어를 적어 큰소리로 읽었고 마리마는 웃음을 터뜨렸다.

오야도 다가왔다. 처음엔 쭈뼛쭈뼛 입순 입구의 바위 위에 앉아 정원을 바라보고 있었다. 마우가 다가가자 달아나 버렸다. 오야는 야성적이며 동시에 천진한 뭔가를 지니고 있는데 그것이 엘리야에게 두려움을 불러일으켜서 그는 오야를 마녀 보듯 했다. 그는 돌을 던져 쫓아 버리고 욕설을 퍼부었다.

어느 날, 마우는 그녀에게 접근할 수 있었고 손을 덥석 잡고는 정원으로 데리고 가려 했다. 오야는 집에 들어가지 않으려고 했다. 그녀는 고야브나무 그늘 아래 계단에 기대어 땅바닥에 주저앉았다. 손은 푸른 드레스 위에 모으고 책상다리를 하고 앉았다. 마우는 마리마에게 했던 것처럼 잡지를 보여 주려고 했지만 그녀의 흥미를 끌지 못했다. 오야의 눈빛은 미지의 광채가 가득한 흑요석처럼 이상야릇하고 차가웠다. 눈꺼풀은 관자놀이 쪽으로 치켜 올라가 가느다란 선을 그렸는데 마우는 그것이 이집트 가면과 똑같은 스타일이란 생각을 했다. 궁륭 모양의 눈썹, 높은 이마, 가볍게 미소 띤 입술, 마우는 이토록 깨끗한 얼굴 생김새를 본 적이 없었다. 그리고 무엇보다도 아먼드 모양의 저 눈, 잠자리, 아니 매미의 눈 같은 저 눈. 오야의 시선이 마우에게 와 닿을 때면 마우는 그 시선 속에 꿈의 영상, 아득하고도 명징한 어떤 사고가 배어 있는 듯해서 몸서리를 쳤다.

마우는 수화로 말하려고 했다. 그녀는 몇몇 몸짓을 기억하고 있다. 어렸을 때 피에솔레에서 그녀는 고아원의 농아들과 마주쳐 넋을 놓고 바라본 적이 있었다. 여자를 의미하려면 머리카락을 가리키고 남자는 턱을 가리킨다. 아기는 손으로 조그맣게 아기의 머리통 모양을 만든다. 그리고 다른 단어들은 그녀가 아무렇게나 만들었다. 강은 손으로 물 흐르는 모습을 흉내냈고 숲은 얼굴 앞으로 손가락을 쫙 펴 보였다. 오야는 처음에는 덤덤하게 쳐다보았다. 그러더니 그녀도 말하기 시작했다. 이런 놀이는 몇 시간씩이나 계속되었다. 비가 쏟아지기 직전 오후 계단에 앉아 있는 건 참으로 좋았다. 오야는 즐거움과 두려움, 그리고 의문 사항을 얘기하기 위해 온갖 몸짓을 해 보였다. 그녀 얼굴에 생기가 돌고 눈이 반짝거렸다. 그녀는 이상하게 얼굴을 찡그리며 사람들 표정과 몸짓을 흉내냈다. 그녀는 늙은 엘리야가 젊은 여자를 데리고 산다며 엘리야를 조롱했다. 오야는 희디흰 이빨을 드러내고 가느다랗게 찢어진 상처 같은 눈을 가늘게 뜨며 소리를 내지 않는 아주 특이한 웃음을 지었다. 또한 우울할 때는 눈이 뿌옇게 변하면서 고개를 숙이고 손으로 목을 감싸 몸을 동그랗게 웅크렸다.

이제 마우는 거의 전부를 이해한지라 오야와 대화할 수 있었다. 비 오기 전 그 오후는 기막힌 시간이었고 마우는 다른 세계로 들어간 느낌이 들었다. 그러나 오야는 사람들을 두려워했다. 펭탕이 돌아오자 그녀는 고개를 돌리고 아무런 말도 하려 들지 않았다. 엘리야는 그녀를 좋아하지 않았다. 성질이 고약하고 액운을 가져다 준다는 것이다. 마우는 그녀가 미워하는 남자, 사빈 로즈의 집에서 오야가 살고 있다는 걸 알고는 그 집에서 나오도록 백방으로 애를 썼다. 그녀는 활달한 성격의 아일랜드 출신 수녀 원장에게 이 일을 얘기했다. 그러나 사빈 로즈는 윤리와 예의 범절 같은 것과는 무관한 사람이었다. 마우가 얻은 것이라곤 그의 집요한 원한뿐이었다. 마우는 오야를 만나지 않고, 잊고 사는 게 최선이라 생각했다. 이상하게도 그건 고통이었다. 그런 느낌은 한 번도 가져 본 적이 없었다. 오야는 매일, 아니 거의 매일 찾아왔다. 그녀는 소리없이 찾아와 계단에 앉아 고양이를 쓰다듬으며 햇빛을 받아 긴장되고 번들거리는 얼굴로 기다리는 것이다. 그녀는 어린아이 같았다.

마우를 끌어당기는 것은 바로 그녀가 풍기는 자유스러움이었다. 오야는 아무런 구속도 없이 새처럼 맑은 눈, 혹은 아이 같은 눈으로 있는 그대로의 세계를 바라보는 것이다. 마우의 가슴을 뛰게 하고 혼란하게 만드는 것이 바로 그 시선이었다.

가끔 몸짓 대화에 싫증이 나면 오야는 마우의 어깨에 머리를 기댔다. 그리고 손가락으로 천천히 마우 팔을 간지르다간 팔의 털을 거슬러 세우는 장난을 했다. 마우는 누군가 이 모습을 보고 터무니없는 소문을 퍼뜨릴까 몸이 굳어졌지만 이런 애무에 익숙해져 갔다. 입순의 오후 끝 무렵은 모든 게 적막했고 비오기 전의 햇살은 부드럽고 따스했다. 그것은 꿈속에 있는 것 같아서 마우는 아주 오래 전 일, 그녀가 어렸을 때 피에솔레의 여름, 뜨거운 풀잎, 벌레 소리, 그리고 그녀 어깨 맨살을 쓰다듬던 친구 엘레나의 부드러운 손가락, 그 살과 땀 냄새 같은 아주 오래 전 일들을 생각했다. 오야의 냄새는 그녀를 혼란에 빠뜨렸고 고개를 돌려 바라보면 얼굴이 만드는 음영 속에서 오야의 눈은 살아 있는 보석처럼 광채를 발했다.

이런 식으로 어느 날 오야는 마우가 뱃속에 품었었던 아기를 기억 속에 떠오르게 했다. 오야는 마우의 손을 잡아 그녀 치마의 벌어진 틈으로 끌고 가 살갗 속에서 아주 가늘게 한 줄기 신경세포인 양 전율하는 그녀 태아가 있는 곳까지 마우 손을 인도했다. 마우는 어찌할 엄두도 내지 못한 채 오랫동안 배 위에 손을 얹고 있었다. 오야는 부드럽고 뜨거웠으며 그녀에게 기댄 채 잠든 것 같았다. 그러다간 갑자기 아무런 이유도 없이 벌떡 일어나 먼지투성이 길로 뛰어 사라져 버렸다.

마우가 비를 사랑하는 법을 배운 것은 아마도 오야 때문일 것이다. 강 상류로부터 바람 같은 속도로 다가와 은혜로운 그늘을 드리우며 대지를 뒤덮는 비, 하늘의 수도 꼭지 오주우를 튼 것이 마치 자기 자신인 것처럼 손바닥을 펴서 얼굴 위로 뻗치는 것이다.

오후마다 오야가 가 버린 뒤 그녀는 비가 도착하길 기다렸고 그것은 장관이었다. 둔탁한 천둥 소리가 있고 고원 지대의 하늘은 먹물 색깔이었다. 초를 셀 필요도 없었다. 펭탕은 처마 밑 그녀 곁에 앉았다. 마우는 뜨겁게 달아오른 그의 얼굴과 헝클어진 머리를 보았다. 이마는 영락없이 마우와 똑같았고 밥그릇 모양으로 자른 머리 스타일은 아메리칸 인디언 같은 형색이었다. 그는 더 이상 하코트 부두에 처음 발을 내디뎠을 때의 연약하고 폐쇄적인 꼬마가 아니었다. 그의 얼굴과 몸은 단단해졌고 발바닥도 오니샤의 꼬마들처럼 넓적하고 탄탄해졌다. 특히 그의 태도에 뭔가 달라진 것이 있었다. 인생의 대모험, 성인으로 진입하는 과정이 시작되었음을 보여 주는 무엇인가가 그의 눈빛과 몸짓에 있었다. 그것은 끔찍한 일이다. 마우는 생각하고 싶지 않았다. 불쑥 그녀는 마치 장난인 양 그를 품안에 꼭 껴안았다. 그는 몸부림치며 깔깔 웃었다. 얼마 동안은 아직도 어린애였다.

"다리가 상처투성이구나. 어딜 뛰어다녔니?"

"저기, 오메룬 강."

"너 아직도 조시프하고 다니니? 보니 말이야."

그는 시선을 돌렸다. 펭탕은 자기가 보니와 같이 다니는 걸 마우가 겁내고 있음을 알고 있었다.

"너무 멀리 가지 마라. 위험해. 아빠는 그렇지 않아도 걱정거리가 많다는 걸 너도 알잖아."

"그 사람? 그 사람은 아무것도 몰라."

"그런 소리 하지 마. 아빠가 널 사랑하는 거 너무 알잖아."

"그 사람은 나쁜 사람이야. 난 그 사람이 싫어."

그는 어깨 밑에 생긴 푸른 멍을 보여 주었다.

"이걸 봐. 몽둥이로 이렇게 한 게 바로 그 사람이야."

"말을 잘 들어야지. 아빠는 네가 밤에 나가는 걸 싫어하시잖아."

펭탕은 분을 풀지 않았다.

"아무튼 내가 그 몽둥이를 부러뜨렸으니까 다른 걸 구하러 가야 할걸."

"너 뱀에 물리면 어쩌려고?"

"난 뱀이 무섭지 않아. 보니는 뱀에게 말할 줄 알아. 뱀의 치를 말할 줄 알거든. 뱀의 비밀을 알고 있지."

"그 비밀이 뭔데?"

"말할 수 없어."

빗방울이 함석 지붕에 요란한 소리를 내며 흘러내렸다. 강바람이 불면서 갑자기 한기가 돌았다. 물 소리가 너무 시끄러워 큰소리로 말해야만 했다. 땅 위로 붉은 물줄기가 누비고 다녔다.

저녁 시간은 펭탕에게 공부시키기 위해 책과 공책을 들어야 할 때였다. 수학과 지리, 영문법, 불어를 공부해야 했다. 그녀는 등나무 의자에 앉았고 펭탕은 처마 밑 땅바닥에 앉았다. 빗줄기가 약해졌지만 공부하긴 어려웠다. 펭탕은 빗줄기를 바라보며 물방울 소리, 함석 지붕 홈으로 폭포처럼 떨어지는 물 소리에 귀기울였다. 공부가 끝나자 그는 가서 좋아하는 책을 찾아 가지고 왔다. 조프르와의 서재에서 발견한 조그만 옛날 책이었다. 『어린이를 위한 지식 안내서』였다. 질문과 답변으로만 이뤄진 책이었다. 펭탕은 그것을 마우에게 주어 번역해 달라고 했다. 거기엔 모든 질문에 대한 답이 있었다.

"망원경이란 무엇입니까?"

"먼 곳에 있는 물체를 우리 시야에 가깝게 끌어당기는 여러 개의 렌즈로 구성된 광학 도구입니다."

"누가 발명했지요?"

"안경 제조업자인 젤란드의 미들부르 출신 네덜란드인 자카리 젠슨입니다."

"어떻게 발명했지요?"

"아주 우연히 발명했습니다. 안경 두 알을 일정한 거리로 떼어놓고 보니 두 렌즈가 물체를 현저하게 확대시킴을 알게 되었습니다."

"어떻게 만들었지요?"

"이런 원리에 따라 그는 렌즈를 고정시켰고 1590년 12인치짜리 망원경을 최초로 제작했습니다."

"그것을 누가 개선했습니까?"

"플로렌스 태생의 이태리인 갈릴레이입니다."

"그는 그의 연구 때문에, 그리고 지속적인 렌즈 사용으로 고생했습니까?"

"네, 그는 장님이 되었습니다."

마우가 책을 덮자 펭탕은 부탁했다.

"마우, 엄마 나라 말로 얘기해 줘."

햇살이 나지막이 비추고 밤이 가까워졌다. 마우는 흔들의자에서 몸을 흔들며 처음에는 부드럽게 그리곤 강하게 필라스트로슈, 니넨나네를 흥얼거렸다. 셍-마르텡 시절처럼 물 소리와 뒤섞이는 부드러운 이 이태리 노래는 묘하게 들렸다.

그녀는 이곳에 도착하고 나서 총독 관저 파티에 펭탕을 데려갔던 일을 생각했다. 정원에는 차와 과자가 있었다. 펭탕은 오솔길을 뛰어다녔고 조그만 개들이 짖어댔다. 마우는 펭탕을 이태리어로 불렀다.

랠리 부인이 다가와 조그맣게 화난 목소리로 말했다.

"실례합니다만 어떤 유의 말을 하시는 겁니까?"

나중에 조프르와는 마우를 꾸짖었다. 그는 자신의 생각이 틀렸다는 걸 아는지, 아니면 자기가 언성을 높이는 사람이 아니란 걸 보이기 위한 건지 낮은 목소리로 말했다.

"앞으로는 펭탕에게 이태리말을 하지 마. 특히 총독 관저에서는."

아마도 그날부터 모든 게 변했을 것이다.

밤이면 V8 엔진 소리가 들렸다. 요란한 폭우 소리에도 불구하고 폭풍을 뚫고 멀리서 날아온 비행기처럼 웅웅 울려 퍼졌다. 펭탕은 모기장 안으로 들어갔다. 그가 여태 깨어 있는 걸 조프르와가 보면 잔소리를 했을 것이다.

마우는 처마 밑에서 기다렸다. 정원에서 발자국 소리, 나무계단이 삐걱이는 소리가 들렸다. 조프르와는 창백했고 지쳐 보였다. 셔츠가 비에 흠뻑 젖고 머리가 들러붙어 정수리의 대머리 면적이 넓어졌다.

"오늘 오후에 도착했어."

그는 비에 젖은 서류 한 장을 내밀었다. 해고장이었고 이제 조프르와는 더 이상 유나이티드 아프리카 회사에서 근무하지 못하게 된 것이다. 더 이상 고용 계약을 갱신치 않겠다는 이사진의 통고 몇 줄이 전부였다. 아무런 근거도 없는, 따라서 항의할 여지가 없는 통고. 마우는 가슴이 후련해지는 것 같았고 동시에 울고 싶어졌다. 이제는 떠나야만 한다.

흥분을 가라앉히기 위해 그녀는 물었다.

"어떻게 하죠?"

"떠나야 할 거야."

그리곤 그는 화를 냈다.

"런던에 전보를 쳤지. 아무 말도 하지 않고 그냥 당할 순 없잖아."

그는 그의 탐험, 므로에의 길, 강 한가운데 섬에 세운 새로운 왕국을 생각했다. 시간이 모자랄 것이다.

그는 처마 밑에 앉아 마치 여태 다 읽지 못한 편지인 양 램프 빛으로 다시 읽었다.

"떠나지 않을 거야. 얼마간은 머무를 권리가 있어."

"얼마나요? 당신이 있는 걸 아무도 원치 않는다면?"

"누가 그런 결정을 내려?"

조프르와가 말을 끊었다.

"난 북쪽의 '조스' 나 '카노' 같은 다른 고장으로 갈 거야."

그러나 그건 불가능하다는 걸 자신도 잘 알고 있었다. 그는 소파에 앉아 떨어지는 비를 바라보았다. 불빛 한 점 없고, 강도 보이지 않았다.

침대 속의 펭탕은 자고 있지 않았다. 그는 처마 밑을 지나 덧문 틈 사이로 들어와 천장에 비친 한 줄기 빛에 시선을 고정시키고 누워 있었다.

"이리 와."

보니가 말했다.

그는 펭탕이 언젠가는 떠나리란 걸, 그리고 다시 보지 못하리란 것을 알고 있었다. 그가 아무 말도 하지 않아도 펭탕은 그의 시선, 그리고 허둥지둥 서두르는 모습을 통해 알 수 있었다. 그들은 넓은 초원을 가로질러 뛰어가 오메룬 강까지 내려갔다. 나뭇가지엔 아직껏 새벽의 어슴푸레함이 걸려 있었고 집에서는 연기가 피어 올랐다. 새들이 풀숲에서 뛰쳐 올라 날카로운 괴성을 지르며 하늘을 선회했다. 펭탕은 이렇게 강까지 뛰어내려오는 걸 좋아했다. 하늘은 무한히 커 보였다.

보니는 자기 키보다 큰 풀숲 속을 앞질러 뛰어갔다. 이따금 그의 시커먼 그림자가 어른거리는 게 보였다. 그들은 서로의 이름을 부르지 않았다. 단지 정적 속으로 울려 퍼지는 숨소리, 조금 거친 휘파람 소리만 있었다. 보니가 시야에서 사라지자 그는 쓰러진 풀을 따라 그를 추적하며 친구의 냄새를 맡았다. 이제 펭탕은 그런 걸 할 줄도 알았다. 가시나 개미를 두려워하지 않고 맨발로 걷고 냄새로 추적하고 어둠 속에서도 사냥할 수 있었다. 풀 속에 숨은 짐승이나 나무 밑에 웅크리고 있는 뿔닭, 재빠르게 움직이는 뱀, 그리고 종종 야생 고양이의 매캐한 냄새까지도 직감적으로 알아냈다.

오늘 보니는 오메룬 쪽으로 가지 않았다. 그는 구름이 시작되는 느크월레 언덕이 있는 동쪽으로 걸었다. 갑자기 태양이 웅장하게 빛을 발하며 대지 위로 나타났다. 보니는 잠시 걸음을 멈췄다. 납작한 바위에 엎드리더니 가야 할 길을 기억해 내려는 사람처럼 목 뒤로 손을 모으고 풀 사이로 전방을 주시했다. 펭탕도 다가가 바위에 앉았다. 이미 찌는 듯한 태양의 열기로 땀방울이 송글송글 솟았다.

"어디로 갈 거지?"

펭탕이 물었다.

보니는 마밭 너머 언덕을 가리켰다.

"저기야. 오늘 밤은 저기서 잘 거야."

그는 사투리가 섞이지 않은 영어로 말했다.

"저기 뭐가 있는데?"

번들거리는 보니 얼굴은 무표정했다. 갑자기 펭탕은 그가 오카호와 닮았다는 생각이 들었다.

"저기는 *므비암*이야."

보니는 이미 몇 번인가 이 이름을 입에 올린 적이 있었다. 그건 비밀이었다. "너는 언젠가는 나와 함께 *므비암*에 갈 거야"라 했었다. 펭탕은 오니샤를 떠나야 하기 때문에 그날이 당도했음을 깨달았다. 그의 가슴이 더욱 빨리 뛰었다. 그는 눈물을 흘리는 마우와 화를 내는 조프르와를 생각했다. 그러나 이건 비밀이고 더 이상 물러설 수 없었다.

이제 그들은 일렬로 서서 다시 걷기 시작했다. 바위들이 아무렇게나 널려진 곳을 지나 가시덤불 속으로 들어갔다. 펭탕은 조금도 피곤한 기색 없이 보니를 따라갔다. 가시에 찔려 옷가지가 찢어졌다. 다리에서 피가 났다.

정오경 그들은 언덕에 도착했다. 여기저기 인가가 널려 있고 개들이 짖었다. 보니는 밟으면 얇은 켜가 일어나면서 부서지는 짙은 회색빛 바위를 타고 올라갔다. 바위 꼭대기에 오르니 마을과 경작지 그리고 나무들 사이로 반짝이며 흐르는 강이 거의 비현실적으로 보이면서 고원지대 전부가 한눈에 들어왔다. 그러나 무엇보다도 눈길을 끄는 것은 붉은 흙이 상처처럼 번득이는 커다란 절벽이었다.

펭탕은 풍경을 구석구석 세밀히 바라보았다. 이곳에는 편무암을 스치는 바람 소리와 희미하게 메아리 치는 개 짖는 소리 외에는 장중한 침묵이 있을 뿐이었다. 펭탕은 감히 입을 열 수 없었다. 보니도 평원과 붉은 절벽을 바라보고 있었다. 그곳은 모든 걸 잊을 수 있는, 이 세계와 등을 진 신비로운 장소였다.

"여긴 그 사람이 와 봐야 했어."

펭탕은 조프르와를 생각하며 이렇게 중얼거렸다. 그리고 동시에 아무런 원한도 느끼지 못하고 있는 자기 자신에게 놀랐다. 이곳은 태양의 화상, 독풀에 찔린 것, 허기와 갈증도 잊게 하는, 모든 걸 지워 버리는 곳이었다. 심지어 몽둥이 매질까지도.

"저 아래가 *므비암*이야" 하고 보니가 말했다.

그들은 비탈길을 따라 북쪽으로 내려갔다. 길은 험했다. 그들은 바위 위를 뛰어넘고 가시덤불과 돌 틈을 피해 갔다. 곧바로 시내가 흐르는 좁은 협곡에 도착했다. 나뭇가지들이 축축하고 어두운 궁륭을 형성하고 있었다. 공중엔 모기가 가득했다. 호리호리한 보니가 앞장서서 나뭇가지 사이로 누비고 가는 게 보였다. 한 순간 겁이 나 숨이 막혔다. 보니가 사라졌다. 그의 심장 박동 소리만 들렸다. 펭탕은 나뭇가지를 헤치고 시냇물을 따라 달리며 소리쳤다.

"보니! 보니!……."

계곡 밑바닥 바위 위로 조그만 물줄기가 흐르고 있었다. 펭탕은 꿇어앉아 들짐승처럼 얼굴을 물에 대고 오랫동안 물을 마셨다. 뒤쪽의 어떤 소리에 깜짝 놀라 돌아봤다. 보니였다. 그는 위험에 처한 사람처럼 이상한 몸짓을 하며 천천히 걸어왔다.

보니는 펭탕을 데리고 조금 상류 쪽으로 갔다. 나무 하나를 돌아서자 갑자기 *므비암*이 나타났다. *므비암*은 높다란 나무와 칡넝쿨로 둘러싸인 깊은 샘터였다. 샘 한가운데에는 조그만 수원지, 나뭇잎 사이로 솟아오르는 작은 분수 같은 게 있었다.

쾌적한 신선함이 느껴졌다. 보니도 샘터 앞에 서서 미동도 없이 물을 바라보았다. 그의 얼굴엔 신비스런 희열이 감돌았다. 그는 천천히 샘물 속으로 들어가 얼굴과 몸을 씻었다. 그리고 펭탕을 돌아보았다.

"이리 와!"

그는 손에 물을 가득 담아 펭탕 얼굴에 끼얹어 주었다. 피부를 타고 흘러내린 차가운 물이 그의 몸 안으로 파고들어 피곤과 두려움을 씻어 주는 듯했다. 졸음을 짓누르는 듯 마음이 평온해졌다.

나무들은 거대한 모습으로 침묵하고 있었다. 매끈한 샘물 수면은 어둠침침했다. 해지기 전에 항상 그러하듯 하늘이 아주 맑아졌다. 보니는 샘물 앞 조그만 모래밭에 자리를 잡았다. 밤을 새기 위해 나뭇가지와 잎으로 움집을 만들었다. 그들은 조용한 물 곁에서 잠을 자고, 새벽녘 오니샤로 돌아갔다.

어둠 속에서 조프르와가 눈을 크게 뜨고 있다.

그는 꿈의 빛을 본다. 바로 이 빛을 통해 초원 한가운데에서 커다란 금속의 용 같은 강이 므로에 백성들에게 모습을 드러냈던 것이다. 겨울이었고 붉은 하늘에 바람이 불어대고 백성들에게 둘러싸인 여왕처럼 태양 주위에 해무리가 졌다.

이른 새벽, 갑자기 술렁술렁 시끄러워졌다. 매일밤 선발대로 나갔던 젊은이들이 황급히 돌아왔다. 그들은 자고 사냥을 하러 배 위에 올라갔다가 하늘빛에 반사되는 커다란 강을 발견한 얘기를 한다. 그리하여 모래 폭풍을 피해 천막을 세웠던 므로에 백성들은 다시 걷기 시작한다. 남자와 아이들이 먼저 서둘러 떠났고 제사장들은 여왕의 침구를 짊어졌다. 그들은 식량과 가재 도구 등 모든 걸 남겨 두었고 늙은 여자들은 가축과 함께 남았다. 모래를 밟을 때마다 뽀드득거리는 발자국 소리, 숨소리가 가득하다. 그들은 하루 종일 쉴 새 없이 걷는다.

절벽 끝에 도착한 그들은 걸음을 멈추고 경악하며 몸이 굳어진다. 곧 목소리가 커지면서 노래처럼 증폭된다. 강이다! 므로에인들은 되풀이하여 소리친다. 강이다! 저길 봐, 강이야! 그들은 오랜 시간, 수많은 죽음 이후 마침내 여행의 끝에 이르러 하늘 강의 뿌리가 있는 곳, 아테브에 도착한 것이다.

아르시노에도 제사장에 둘러싸여 석양에 반짝이는 강을 본다. 얼마 동안 핏빛의 거대한 원판이 지평선 위에 걸려 있었다. 시간이 멈춘 듯, 이젠 아무것도 변하지 않으며 더 이상 죽음도 없다는 듯.

이 순간, 므로에 백성들은 출발의 날로 되돌아온다. 신과 아톤의 사제에 둘러싸인 아마니레나스가 저편의 세계, 투아트의 문, 태양이 땅속으로 처박히는 곳을 향한 여행의 시작을 예언했던 바로 그날. 그날과 똑같은 전율, 웅성거림, 노래가 있다. 아르시노에는 기억한다. 그녀는 아직 어린애였고 어머니는 힘이 충만한 젊은 여인이었다. 세계의 양쪽을 잇는 길은 거울의 양면인 양

무척 가깝다. 강들이 하늘에서 만나고 에메랄드 빛의 위대한 신 하피는 영원히 북쪽으로 흐르며 진흙과 광명의 신은 초원의 누런 풀을 자르며 천천히 남쪽으로 미끄러진다.

그들이 처음 강을 발견한 벼랑 끝에 므로에 제사장들은 지는 해를 마주하는 제단을 세웠다. 그리고 세계의 주인, 땅과 동굴의 창조주인 호루스의 이름을 바위에다 가위로 파서 새겨 넣었다. 지는 태양이 그토록 오랫동안 운행을 멈추었던 서쪽 방향에 그들은 날개 달린 태양인 테무의 기호를 새겼다. 이렇게 해서 므로에 백성이 강에 도착한 날을 기리기 위해 태어나는 모든 아이가 문신해야 하는 신성한 문양이 생긴 것이다.

젊은 여왕 아르시노에가 첫번째로 오시리스와 호루스의 문신을 새겼다. 마지막 대사제는 이미 오래 전에 죽어 사막의 아마니레나스 무덤에 묻혔다. 태양과 달을 상징하는 하늘새의 두 눈알을 이마에 새기고 매의 날개깃과 꼬리털을 뺨에 사선으로 새기는 일은 알와의 누바족인 제베라투라는 사람이 했다. 그는 제사용 칼로 여왕의 얼굴을 찢고 그 상처에 구리 가루를 뿌렸다. 그날 밤 태어난 모든 아기에게는 신께서 므로에 백성을 위해 그 운행을 멈추시고 거대한 강을 밝게 비추어 주신 그 순간을 잊지 않기 위해 같은 문신을 새겼다.

그러나 그들 여행이 끝난 건 아니었다. 므로에 백성들은 새로운 도시를 건설할 섬을 찾아 갈대 뗏목을 타고 강줄기를 내려가기 시작했던 것이다. 건장한 남녀는 여왕의 뗏목을 호위하며 먼저 떠났다. 가축떼는 노인과 아이들에게 이끌려 강변을 따라 느릿느릿 내려왔다. 제베라투는 미래의 신전을 뿌리내리게 할 돌기둥 조각을 가져 갔다. 새벽녘, 반짝이는 물 위로 십여 척의 뗏목이 진흙 물바닥에 긴 장대를 찔러 넣으며 천천히 내려갔다.

날이 갈수록 강은 더욱 넓어지고 강변의 나무들로 한층 울창해져 갔다. 아르시노에는 나뭇잎으로 만든 닫집 끝에 앉아 새로운 세계를 바라보며 운명의 징후를 감지하려 했다. 가끔 물 위로 뗏목처럼 납작하고 커다란 섬이 나타났다. "조금 더 내려가야 합니다" 하고 제베라투가 말했다. 해질 무렵, 므로에인들은 백사장에 내려서 호루스, 오시리스 그리고 천상의 매의 눈알을 지닌 토트, 동녘 지평선의 신이자 투아트의 수문장 등, 그들의 신에게 기도를 한다. 제베라투는 잉걸불을 지피고 향을 피워 연기 속에서 미래를 읽는다. 누바 악사들의 북소리에 맞춰 그는 주문을 읊조리고 조개 껍질 목걸이를 짤랑거리며 몸을 흔들었다. 눈이 허옇게 뒤집히고 몸이 활처럼 휜다. 그는 하늘의 신, 구름, 비, 별에게 얘기한다. 향이 다 타자 제베라투는 그 재를 모아 이마, 눈썹,

배꼽, 발가락에 표시를 한다. 아르시노에는 기다렸으나 제베라투는 여전히 그 여행의 끝을 보지 못한다. 므로에 백성은 지쳤다.

"여기서 멈춥시다. 더 이상 걸을 수 없습니다. 가축들도 뒤에 처져 있어요. 우린 눈에 잘 안 보여요."

매일 새벽, 아마니레나스 시절처럼 아르시노에는 출발 신호를 했고 므로에 백성은 뗏목 위로 오른다. 선두 뗏목에는 제베라투가 여왕의 닫집 앞 뱃머리에 우뚝 서 있다. 검고 호리호리한 몸에 표범 가죽을 걸치고 한 손엔 마법의 상징인 긴 작살창을 들고 있다. 므로에 백성들은 젊은 여왕이 그의 마법에 걸려 있으며 몸까지도 사로잡혔다고 수군거린다. 나뭇잎 그늘에 앉은 여왕 얼굴은 끝없이 이어진 강변을 향하고 있다. 그녀는 탄식하며 묻는다.

"우리는 언제 도착하나요?"

제베라투는 "우리는 하르포크라테스의 뗏목을 타고 있고 너의 양쪽에는 신성갑충이 있고 염소머리를 한 신의 아버지가 뱃머리에서 배를 인도한다. 십이간지 신께서 너를 영생의 장소로 밀어준다. 너의 뗏목이 천공의 섬에 닿아야만 도착한 것이다"라 대꾸한다.

조프르와가 잠들면, 그의 몸 안에는 강이 흐른다. 므로에 백성들이 그의 몸 속을 지나가고 그는 나뭇가지로 그늘진 강변을 바라보는 그들 시선을 느낀다. 그들 눈 앞에서 따오기가 날아간다. 매일 저녁 때면 조금 더 멀리 와 있다. 매일 저녁, 황홀경에 빠져 경직된 무당이 주문을 외우고 어둠 속으로 향이 피어 오른다. 별에서, 울창한 숲에서 계시를 찾는다. 새소리를 듣고 강변 개펄에 남은 뱀 흔적을 보며.

어느 날 정오, 강 한가운데에 갈대로 뒤덮여 흡사 뗏목과도 같은 섬이 나타난다. 그 순간 므로에 백성들은 그들이 도착했음을 안다. 그들이 굽이치는 강에서 찾던 곳이 바로 여기이다. 여행의 끝이다. 더 이상 여력도, 희망도 없고 단지 엄청난 피곤만 쌓여 있다. 이 야생의 섬에 가옥과 신전이 있는 새로운 므로에가 건설되었다. 그로부터 사막에서 죽은 선조의 이름을 따 칸다스라고도 불리는 아마니레나스라는 딸이 아르시노에와 제사장 제베라투 사이에서 태어났다. 조프르와는 지금 므로에의 마지막 여왕과 제사장 제베라투의 결합의 열매인 그 딸을 꿈속에서 보고 있는 거다. 그는 그녀의 얼굴과 몸, 그녀의 마술, 그리고 모든 게 새로 시작한 세계를 바라보는 그녀의 눈길을 꿈에서 보는 거다.

검은 돌로 만든 것처럼 매끈하고 순수한 그녀 얼굴, 갸름한 머리통, 환상적으로 예쁜 옆모습, 미소 띤 입술, 코에서부터 활처럼 구부러져 나와 활짝 날개를 편 눈

섭, 천상의 해처럼 가늘고 긴 눈매.

그녀, 아마니레나스, 제1대 강의 여왕이요, 이집트 왕국의 계승자, 숲과 사막의 모든 백성을 하늘의 법에 따라 하나로 모으기 위해, 섬을 새로운 나라의 수도로 만들기 위해 태어난 그녀. 그러나 그녀 이름은 사막을 지나면서 불타고 훼손된 이 고대 언어 속에도 남아 있지 않다. 그녀 이름은 강의 나라 언어에만 있으니, 그녀의 이름은 오야이며 그녀 자체가 바로 강의 육체요, 샹고의 배우자인 것이다. 그녀는 물의 원동력이며 오바탈라 시부와 오두두아 오시리스의 딸인 예모자이다. 오시미리의 검은 종족이 므로에 백성에게 합류했다. 그들은 씨앗과 과일, 생선과 희귀한 목재, 천연 꿀, 표범 가죽, 코끼리 이빨을 가져 왔다. 므로에인들은 그들에게 마법과 과학을 전수했다. 제철 비법, 도자기 기술과 의학, 점성술을 가르쳐 주었다. 그들은 죽은 사람들의 세계에 관한 비밀도 가르쳐 주었다. 그리고 태양과 달, 매의 날개 깃과 꼬리털이 신생아에게 문신되었다.

그는 본다. 그녀 때문에 잠을 설친다. 천칭 형상으로 양손에 장대를 든 오야가 길다란 카누 뱃머리 쪽으로 미끄러져 온다. 이제서야 그는 얼굴을 알아본다. 바로 그녀이다. 쉴 곳을 찾아 강변을 헤매는 미친 벙어리 여자. 남자들이 갈대 사이로 훔쳐보는 그녀, 영혼을 강 속으로 끌어 간다며 아이들이 돌을 던지는 바로 그녀.

조프르와 알렝은 후닥닥 잠에서 깼다. 온몸이 땀에 젖었다. 오야란 이름이 화인(火印)처럼 그의 영혼 속에서 타고 있다. 그는 소리없이 모기장 밖으로 나와 처마 밑을 걷는다. 끝이 보이지 않는 비탈길 아래에서 오야의 몸이 강물과 뒤섞여 어둠 속에서 반짝거리고 있었다.

조프르와는 클럽에 가지 않았다. 와르프에서 일하는 늙은 모이즈를 통해 사우스암턴발 다음 배편으로 오는 후임자의 이름이 소문으로 떠도는 걸 알고 있었다. 그의 이름은 삭슨이고 콘힐의 질레트사, 사뮤엘 몬테규사에서 근무했던 사람이었다. 그런 세세한 것까지 알려진 것은 사빈 로즈 덕분이다. 오니샤의 영국인 사회에는 한 번도 발을 들여놓지 않은 사람치곤 그는 대단한 정보통이었다.

바로 그때, 절망에 빠진 마우는 이런 미친 짓을 저지른 것이다. 어느 오후 조프르와가 유나이티드 아프리카 사무실에 있는 동안 그녀는 펭탕을 데리고 도시 끝 선착장 위쪽에 있는 사빈 로즈 집을 찾았다. 말뚝으로 방책을 하고 흔들이 문이 달려 있는 꼭 군대 막사 같은 집이었다. 마우는 펭탕의 손을 잡고 문 앞에 섰다. 흔들이 문의 왼쪽 문짝이 열리며 거의 벌거벗다시피 한 오카호가 상처 난 얼굴을 햇살에 내

밀며 나타났다. 그는 무척이나 성가시다는 표정을 지으며 마우를 바라보았다.

"로즈 씨를 뵐 수 있을까요?" 하고 마우가 물었다.

오카호는 아무 대꾸도 하지 않고 고양이처럼 유연하게 조용히 사라졌다.

그는 다시 돌아와, 항상 덧문이 닫혀 있는 수집품을 전시한 커다란 방으로 안내했다. 아프리카 가면과 가구의 그늘 속에서 진주가 박힌 유리 도자기가 이상한 빛을 발했다. 마우는 덜덜거리며 돌아가는 선풍기를 앞에 두고 긴 의자에 앉아 있는 사빈 로즈를 발견했다. 그는 푸르스름한 원주민 드레스를 입고 시가를 피우고 있었다.

마우는 오니샤에 도착한 직후 딱 한 번 그를 보았다. 방안의 어둠 속에서 더욱 두드러지는 노란 밀납 같은 피부색, 거의 푸른빛을 띠는 오카호의 검은 피부와 대조되는 그 피부색에 놀랐다.

마우와 펭탕이 들어서자 그는 일어서서 의자 두 개를 내밀었다.

"앉으시죠, 알렝 부인."

마우는 그의 가장된 예의에 짐짓 놀랐다.

"펭탕, 정원에 나가서 기다려라" 하고 마우는 말했다.

"오카호가 어제 저녁에 갓 태어난 고양이 새끼를 보여 줄 거야" 하고 로즈가 말했다.

그의 음성은 부드러웠으나 마우는 그의 눈길에 악의가 담겨 있음을 금세 알아차렸다. 그는 그녀의 방문 목적을 잘 알고 있었다.

정원에는 해가 눈부셨다. 펭탕은 오카호를 따라 커다란 집 주위를 돌아갔다. 뒷마당의 풀장 옆에서 오야가 나무 그늘에 앉아 있었다. *조지 섣튼 호*에 갔을 적에 입었던 푸른 수녀복을 입고 있었다. 그녀는 헝겊을 깐 상자 속에서 삼색 고양이가 새끼들에게 젖을 주는 모습을 뚫어져라 쳐다보고 있었다. 펭탕이 가까이 가도 눈길을 돌리지 않았다. 옷 속에 그녀 배와 젖이 부풀어 있었다. 펭탕은 아무 말 없이 그녀 앞에 우뚝 섰다. 오야가 고개를 돌렸다. 양쪽 관자놀이까지 치켜 올라간 엄청나게 큰 그녀의 눈을 바라보았다. 짙은 구릿빛 피부는 매끈하게 반짝거렸다. 머리는 항상 붉은 스카프로 동여맸고 목에 조개 껍질 목걸이를 걸고 있었다. 오야는 잠시 동안 현기증을 일으키는 광기 어린 눈길로 펭탕을 바라보았다. 그러더니 다시 고양이와 새끼를 보는 것이다.

수집품이 전시된 방에서 마우는 마음을 졸였다. 사빈 로즈는 그녀에게 가장 견디기 힘든 모욕을 가하고 있었다. "시뇨리나"라고 하면서 그는 마우처럼 R자 발음을 굴리면서 이태리어와 불어를 섞어 가며 말하는 것이었다. 그의 말은 혐오감을 일으켰다. 다른 사람들보다 한 술 더 뜬다고 생각했다. 조프르와가 유나이티드 아프리카에서 해고당한 게 이자의 음모라는 확신을 굳히게 되었다.

"시뇨리나, 자신이 모든 걸 개혁할 거라고 믿는 당신 남편 같은 부류의 사람들을 우리는 이곳에서 매일 봅니다. 그들이나 부인이 틀렸다고 하진 않겠으나 우선 현실적이어야 하죠. 사물을 자신이 원하는 대로가 아니라 있는 그대로 직시해야 한다는 거죠. 우린 자선 사업가가 아니라 식민주의자들입니다. 부인이 노골적으로 경멸하는 영국이 대포와 총을 거둔다면 무슨 일이 벌어질지 생각해 봤나요? 이 나라는 불과 피로 뒤덮일 거고 너그러운 당신 생각이나 그 원칙, 시장 여인네들과의 우정에 찬 대화에도 불구하고 그 첫 목표는 당신이란 생각을 해 봤나요?"

마우는 무진 애를 쓰며 이해하지 못한 척했다.

"한 치의 가능성이나 기회가 남아 있진 않나요?"

그녀는 "뭔가 손을 써 주세요. 그를 위해 한 마디라도 해 주세요. 그가 살고 싶어하는 곳은 바로 이곳이고 이 나라를 떠나길 원치 않아요"라고 말하고 싶었다. 사빈 로즈는 어깨를 으쓱 하고는 시가를 뽑았다. 그는 대뜸 귀찮아 했다.

"오카호, 홍차는?"

이 여인의 감정, 그 어두운 눈빛, 이태리 억양, 자신의 고통을 내보이지 않으려고 애쓰는 모습 등이 그를 불편하게 했다. 너무 감동적이었다. 그는 이제 화제를 다른 데로 돌려 조프르와의 탐험, 이집트에 대한 그의 집요한 강박 관념을 들먹였다.

"아실지 모르지만 그에게, 서부아프리카에 미친 이집트의 영향이나 요루바 신화와 베넹 신화의 유사성을 말해 준 사람은 바로 납니다. 아로 추쿠 해안 크로스 강변에서 제가 본 입석에 대해 얘기해 주었죠. 그가 이곳에 왔을 때 『아모리 탈보트』, 『레오 프로베니우스』, 『내취갈』, 『바르트』, 일명 레오 아프리카누스라 불리는 『핫산 이븐 모하메드 알 왓산 알 파시』 등의 책을 읽게 한 것도 나였죠. 마지막으로 남은 오시리스 신전이 있는 아로 추쿠에 대해 얘기해 준 것도 나였습니다.

그런 말 하던가요? 아로 추쿠의 사람들이 누군지 얘기하던가요? 그들을 보러 가겠다고 하던가요?"

그는 어떤 흥분에 사로잡힌 듯했으며 긴 의자에 누워서 "오카호, 우아!" 하더니, 낭랑하게 바뀐 음성으로 "당장 오야를 찾아와!"라 했다.

오야가 방으로 들어왔고 펭탕이 따라 들어왔다. 해를 등진 그녀는 한층 커 보였고 임신으로 잔뜩 부푼 배가 그녀를 거인처럼 보이게 했다. 그녀는 문턱에 섰다. 사빈 로즈가 다가가 마우에게 데려왔다.

"시뇨리나 알렝, 이 아이를 보십시오. 당신 남편을 홀리는 게 바로 이 아이죠. 강의 여신, 마지막 므로에 여왕! 물론 이 아이는 아무것도 모릅니다. 벙어리인 데다가 미쳤지요. 어느 날 어디에서 온지 모르는 이 아이가 여기 왔습니다. 강가를 따라 떠돌아다니고 이 마을 저 마을로 돌아다니며, 약간의 음식과 조개 껍질 목걸이를 위해 몸을 팔기도 했죠. 그러다가 *조지 션튼* 호 선체에서 살게 된 겁니다. 잘 보세요. 여왕 같지 않습니까?"

사빈 로즈는 자리에서 일어나 아이의 손을 잡고 마우 곁까지 끌고 왔다. 저만치 문의 그늘 속에서 오카호가 바라보고 있었다. 마우는 격분했다.

"가만히 내버려두세요. 저 여자는 여왕도, 미친 여자도 아녜요. 모든 사람들이 이용해 먹는 불쌍한 귀머거리, 벙어리일 뿐이에요. 저 애를 노예처럼 취급할 권리가 당신에겐 없어요!"

"이제 저 애는 오카호 마누라입니다. 내가 줬지요."

사빈 로즈는 소파로 돌아가 앉았다. 오야는 문까지 천천히 뒷걸음질 쳤다. 그녀는 밖으로 나가 안의 광경을 보고 있던 펭탕 앞을 지나갔다.

"물론 당신 남편에게 줄 수도 있었지요!"

그는 그 푸른 눈으로 마우를 살피면서 뻔뻔스레 덧붙였다.

"저 뱃속에 있는 애가 누구 아이인지 누가 압니까?"

마우의 얼굴이 분노로 뜨겁게 달아올랐다.

"어떻게 그런 말을! 당신은……아무런 예의도 없나요?"

"예의라고!"

그는 마우처럼 R자를 굴리며 되받았다.

"예의라!"

그는 이제 더 이상 권태로워 보이지 않았다. 그는 예의 그 일장 연설을 늘어놓았다. 그는 벌떡 일어나 소매가 아래로 처지도록 팔을 치켜 올렸다.

"예의라! 시뇨리나! 당신 꼴을 돌아보쇼. 누구에게나 시간은 흐르는 거요. 누구에게나 말이오! 선한 사람이건 나쁜 사람이건, 예의 바른 사람이나 나 같은 사람도 마찬가지요! 대영제국은 끝났소이다, 시뇨리나. 제국의 거대한 함선은 명예롭게 침몰했소! 당신, 당신은 자비를 논하고 당신 남편은 신기루 속에서 살고 있지만 그러는 사이에 모든 게 허물어졌단 말이오! 나는 떠나지 않을 거요. 모든 걸 목도하기 위해 난 남을 거고 그게 내 임무, 내 소명이오. 가라앉는 배를 보는 거 말이오!"

마우는 펭탕의 손목을 잡았다.

"당신은 미쳤어요."

그게 사빈 로즈 집에서 한 마지막 말이었다. 그녀는 재빨리 문 쪽으로 갔다. 정원에서는 오야가 상자 속의 고양이 앞에 돌아와 앉아 있었다.

조프르와가 그간에 생긴 일이며, 마우가 한 일을 알고는 격노했다. 그의 목소리가 텅 빈 집에 울려 퍼지면서 폭우 소리와 뒤섞였다. 펭탕은 집 한구석에 있는 시멘트 방에 숨었다. 그는 차갑고 악의에 찬 조프르와의 목소리를 들었다.

"모든 게 당신 잘못이야. 당신이 원했던 거지. 이곳을 어쩔 수 없이 떠나게 하려고 당신이 그렇게 만든 거야."

마우의 심장이 요란하게 뛰었고, 분노, 흥분에 목소리가 막혔다. 그녀는 그건 사실이 아니라고, 그건 너무 고약한 소리라 하고는 울음을 터뜨렸다.

펭탕은 눈을 감았다. 지붕 위로 비가 떨어졌다. 무엇보다도 신선한 시멘트 냄새가 강하게 느껴졌다. 그는 생각했다. 내일, 보니의 할머니 집이 있는 오메룬으로 갈 거야. 절대 돌아오지 않을 테야, 영국엔 결코 가지 않을 거야. 그는 돌을 주워 시멘트 벽에 *영국 돼지*라 썼다.

불은 더욱 강렬하게, 더욱 명료하게 타올라서 이제는 아무것도 그를 보호하지 않으며 그와 꿈 사이에는 아무것도 강요되지 않는다. 조프르와는 조각배를 타고 진흙과 부러진 나뭇가지를 쓸고 내려오는 불어난 강물과 싸우며 크로스 강을 천천히 거슬러 올라간다. 오늘 아침 언덕에 내린 비는 강물을 핏빛으로 물들이며 크로스 강을 불어 넘치게 했다. 오카호가 뱃머리에 앉아 있다. 그는 이따금 손으로 물을 퍼 마시거나 얼굴에 물을 끼얹을 뿐 거의 움직이지 않는다. 그는 아로 추쿠까지 조프르와의 길잡이를 하기로 수락했다. 조금도 망설이지 않았다. 사빈 로즈에겐 아무 말도 하지 않았다. 그는 아침에 선착장에 와 오웨리로 가는 포드 V8에 올라탔다. 아무런 짐 보따리도 가져 오지 않았다. 노상 입고 다니는 카키색 반바지와 찢어진 셔츠 차림이었다.

이제 조각배는 그들을 태우고 느비디, 아피코, 아보이니아 아카라의 연광산을 향해 크로스 강을 거슬러 올라간다. 여자와 아이들은 짐을 지고 남자들은 기름, 석유, 쌀, 콘비프 통조림, 농축 우유 등, 화물을 지고 간다. 조프르와는 자신이 진리를 향해, 심장을 향해 가고 있음을 안다. 배는 아로 추쿠로 가는 길을 따라 강을 올라가고, 시간을 거슬러 올라간다.

1901년 12월, 아로 지역 영국군 지휘관 몬타나로 소령도 87명의 영국군 장교와 1,550명의 흑인 병사, 2,100명의 짐꾼을 태운 증기선을 타고 이 강을 올라갔다. 그리곤 초원에 이르러 군대는 4개 부대로 갈라져 오구타, 아크위트, 운후다, 이투로부터 아로 추쿠까지 행진하기 시작한다. 스탠리 시절처럼 외과의사, 지리학자, 문관, 심지어 성공회 신부까지 낀 진짜 원정 부대였다. 그들은 대영제국의 위력의 담지자로서 무슨 수를 써서라도 아로 추쿠의 반란군을 궤멸하고 롱 주주의 신탁을 파괴하기 위해 전진하라는 명령을 받았다. 몬타나로 소령은 수년 간을 아프리카의 태양 아래에서 보냈음에도 창백하고 비척 마른 남자이다. 명령은 확고부동하다. 아로 추쿠를 파괴하고 반란군의 마을을, 그 신전,

제물, 제단과 함께 재로 만들어라. 그 저주받은 곳에 아무것도 남아 있어서는 안 된다. 늙은이, 열 살이 넘은 남자 아이까지 포함하여 모든 남자는 죽여야 한다. 이 저주받은 곳에는 어느 것도 남아선 안 된다! 그는 아로 백성에 대해, 영국인의 파멸을 선동한 신탁에 대한 전쟁 명령을 되씹고 있는 걸까? 4개 부대는 칼라바, 드제마, 오니샤, 라고스에서 온 척후병의 안내를 받아 초원을 가로질러 전진한다.

조프르와가 찾고자 했던 것이 눈앞에 닥친 대영제국의 종말, 아니 자신의 아프리카 탐험의 종말이란 말인가? 조프르와는 그가 처음 이 나라에 도착해서 시간을 거슬러 올라갔던 때를 생각한다. 말을 타고 오부두의 우거진 정글을 지나 고릴라가 사는 컴컴한 산속을 헤쳐 나갔고, 상칼라, 우마지, 엥코, 올룸, 우라를 지나 숲속에 버려진 신전, 하늘을 향해 치솟은 거대한 성기 형상의 입석, 상형 문자가 새겨진 계단을 발견했다. 그는 므로에로 가는 길의 끝, 아르시노에의 백성이 남긴 표식들을 발견했다고 마우에게 긴 편지를 썼었다. 그런 다음 전쟁이 일어났고 그 통로는 다시 막혀 버렸다. 길을 찾을 수 있을까? 조각배가 강을 올라가는 동안 조프르와는 옛길을 알아 볼 만한 단서를 찾는다. 아로 추쿠는 진리, 박동을 멈추지 않는 심장이다. 밝은 빛이 조프르와를 감싸고 조각배 주위에서 소용돌이친다. 오카호 얼굴에서 땀이 반짝이고 그의 상처가 벌어진 것처럼 보인다.

오후가 끝나갈 무렵, 그들은 크로스 강이 급격히 물길을 꺾는 지점의 모래밭에 내렸다. 오카호는 아로 추쿠로 가는 길이 여기서 시작된다고 했다. 강 건너 어디엔가 입석들이 숲에 숨겨져 있다. 조프르와는 야영 준비를 했고 배는 사람과 짐을 싣고 상류로 다시 떠내려갔다. 오카호는 바위에 앉아 아무 말 없이 강만 바라보고 있다. 그의 얼굴은 반짝이는 검은 돌에 조각되었다. 그의 시선은 묵직한 눈꺼풀에 가려져 있고 입술은 어중간한 미소를 띠고 활 모양으로 휘었다. 이마와 뺨 위의 *이치* 표식은 새로 구리 가루를 뿌린 듯 생생한 빛을 발한다. 이마 위의 해와 달, 천상조의 눈. 뺨 위의 매 날개와 꼬리. 밤이 되자 조프르와는 모기를 피해 담요로 몸을 감싼다. 모래밭 위로 강물 소리가 울린다. 그는 중심에 아주 가까이, 이 모든 여행을 하게 한 원인에 아주 가까이 와 있음을 안다. 그는 잠을 이룰 수 없다.

7월의 폭우와 회오리 바람이 지나가고 8월이 되자 '작은 건조기' 라 불리는 휴지기가 있었다.

이 틈을 이용하여 조프르와는 동쪽 여행을 감행했다. 펭탕은 아침에 일어나 강 위쪽 하늘에 걸린 구름을 보았다. 붉은 땅은 벌써부터 쩍쩍 갈라지고 덩어리가 졌지만, 강에는 걸쭉하고 칙칙한 보라색 물 위로 베누에 강변에서 뽑혀진 나무 등걸이 엉켜 내려오고 있었다.

펭탕은 이 짧은 계절이 그에게 이토록 큰 기쁨을 주리라곤 상상치 못했다. 오메룬이나 마을 분위기, 강 때문인지도 모른다. 마우는 방안에서 덧문을 닫고 휴식을 취했고 펭탕은 맨발로 초원을 달려 보니가 기다리고 있는 큰 나무까지 갔다. 약속장소에 이르기 전에 풀벌레 소리에 뒤섞인 산자(원주민 악기의 일종) 소리가 들려 왔다. 그건 비를 부르는 음악 같았다.

아글루, 낭카와 마무 강이 있는 큰 절벽 위로 구름이 뭉쳐지면서 커다란 산맥 모양을 형성했다. 마을의 농가에서는 연기가 피어 올랐다. 개 짖는 소리, 밭끝에서 건너편 밭끝에 있는 사람을 부르는 소리가 멀리서 들려 왔다. 나무 쪽으로 걸어가면서 펭탕은 마치 이것이 이제 마지막이나 되는 것처럼 열심히 듣고 보았다.

조프르와는 오웨리로 떠나고 없었다. 신임자가 입순의 집을 차지할 것이기 때문에 다른 집을 찾으러 간 걸까? 하지만 그는 이상한 장소, 초원 한가운데 있는 신비롭고 마술적인 도시 아로 추쿠를 입에 올렸었다. V8에 올라타기 전 그의 행동이 이상했다. 그는 펭탕을 꼭 껴안으며 손으로 머리를 쓰다듬었다.

그리고는 아주 빠르게 나지막이 속삭였다.

“미안하다, 꼬마야. 화내지 말았어야 했는데. 난 너무 지쳤어. 이해하겠니?”

펭탕의 심장은 너무 세게 뛰었고 무슨 생각이 드는지 자신도 모르게 되었는데 그건 마치 울고 싶어질 때의 느낌이었다. 다시 조프르와는 속삭였다.

“잘 있거라. 엄마를 부탁한다.”

그리고는 커다란 몸집을 핸들 뒤에 꾸겨 넣으며 자동차에 올라탔다. 그는 하코트 항구에 일보러 갈 때처럼 손가방을 옆 자리에 놓았다. “저 사람 이제 아주 떠나는 거야?” 하고 펭탕은 물었다. 그러나 그는 이미 질문한 걸 후회하고 있었다.

마우는 오웨리, 아바칼리키, 오고자, 그리고 조프르와가 만날 사람들, 그가 찾을 집 등에 대해 얘기했다. 그리고 처음으로 그녀는 "네 아빠"란 말을 했다. 더 이상 이곳에 머무르지 못하고 또한 마르세유에도 돌아가지 못할지도 모른다. V8은 붉은 흙먼지를 일으키며 달리다가 언덕을 내려가 오니샤 거리 속으로 사라졌다.

큰 나무는 오메룬 계곡이 내려다보이는 언덕 꼭대기에 있었다. 보니는 뿌리 등걸에 앉아 먼 곳을 바라보며 산자를 연주하고 있었다. 그의 형이 죄수가 된 뒤부터 그는 달라졌다. 조프르와 집에도 오지 않고 펭탕을 시내에서 만나도 다른 길로 갔다.

그는 조프르와가 떠난 걸 알고 있었다. 오웨리, 아로 *추쿠*란 말을 했다. 펭탕은 놀라지 않았다. 사람들이 말하는 걸 먼 발치에서 들을 수 있었기 때문이었다.

펭탕은 그에게 조프르와에 대해선 한 마디도 하지 않았다. *므비암* 호수 근처에서 밤을 새웠을 때 조프르와는 그를 허리띠로 때렸었다. 펭탕은 다리와 등에 난 자국을 그에게 보여 주었다. 펭탕이 *영국 돼지*라 하자 그도 재밌다는 듯 *영국 돼지*라고 되풀이했다.

펭탕은 오메룬을 사랑했다. 보니 할머니의 집이 강변에 있었다. 할머니는 그들에게 푸푸, 구운 마, 재 속에서 구운 고구마 등 먹을 걸 주었다. 그녀는 키가 작고 뚱뚱했는데 이름은 이에 어울리지 않게 하늘을 나는 육식 새인 매나 독수리란 뜻의 *우고*였다. 그녀는 펭탕을 그녀의 손자인 양 *우무*라 불렀다.

펭탕은 가끔 그들이 진짜 자기 가족이고 자기 피부가 보니처럼 검고 매끈하다고 생각했다.

마우는 아직까지도 덧문을 반쯤 열어 놓고 모기장 안에서 자고 있었다. 펭탕은 깨우지 않으려고 숨을 죽이고 맨발로 다가가 들여다보았다. 그는 뺨에 머리카락이 엉키고 어깨에 새벽 여명을 받으며 잠든 그녀 모습을 가장 좋아했다. 셍-마르텡에서처럼, *수라바야* 호 선실에 둘만 있었을 때처럼.

조프르와가 크로스 강의 오웨리로 떠난 뒤로 모든 게 변했다. 집에는 기막힌 평화가 찾아왔고 펭탕은 밖에 나가고 싶은 마음이 없어져 버렸다. 세계가 마우와 같이 멈춰 버렸고 이런 연유에선지 비까지도 멈춰 버렸다. 모든 걸 잊을 수 있었다. 클럽도, 와르프도 없고 유나이티드 아프리카 창고도 닫혔다. 마우도 시내로 내려가고픈 마음이 없었다. 테라스에서 강을 내려다보거나 펭탕의 숙제를 함께하고 구구단, 영어 불규칙 동사를 복습시켰다. 심지어 공책에 시를 다시 쓰기 시작했고 강과 시장, 불꽃, 생선 튀긴 냄새, 마, 무르익은 과일 냄새 등을 얘기했다. 그녀는 하고픈 말이 너무 많아 어디서부터 시작해야 할지 몰랐다. 그것은 마르세유를 떠나기 전 며칠 간 그랬듯 어떤 초조함, 서두름이었기에 조금 쓸쓸한 일이기도 했다. 이제 어디로 떠나야 할 것인가?

보니는 더 이상 나무 밑 약속 장소에 오지 않았다. 마 열매 축제 때문이었다. 오메룬은 태양의 눈을 지녔고 하늘에 사는 신 에제 에누가 지배한다. 그는 하얀 새처럼 하늘을 나는 자란 뜻으로 *추쿠 아비아 아마*라고도 불렸다. 보니는 날아가는 새처럼 팔을 벌리며 말했다. 구름이 갈라질 때, 바로 그 순간에 에제 에누에게 먹을 걸 드리는 거야. 사람들은 땅 위에 하얀 헝겊을 깔고 첫 수확한 뽀얀 마를 놓는다. 헝겊 위에 하얀 독수리 깃, 하얀 뿔닭 털, 그리고 물거품처럼 하얀 마 열매를 놓는다.

그날 밤에 축제가 시작되었다. 마리마는 마우에게 '달놀이'를 보러 오메룬에 가자고 했다. 그건 이상한 일이었다. 그녀나 마우는 한 번도 거기에 가 본 적이 없었던 것이다.

펭탕은 목재로 된 낡은 선착장 위에 자리잡고 강 위를 움직이는 배의 모습을 지켜 보았다. 기름통을 실은 바지선은 파도에 흔들리면서 길다랗고 유연한 장대로 속력을 줄여 가며 천천히 내려갔다. 이따금 긴 배가 미친 사람이 팔을 휘젓듯 강물에 길다란 모터축을 박고 사나운 엔진 소리를 내며 물을 가르고 지나갔다. 상류에서는 섬들이 물살을 거슬러 헤엄치는 것 같았다. 브로크던 섬, *조지 션튼*, 그리고 오메룬 하류, 검은 숲에 뒤덮인 커다란 저지 섬, 펭탕은 폐선에 길게 누운 오야, 그녀를 생각했다. 오카호가 그녀 위로 올라탔을 때 허옇게 뒤집혀진 그녀 눈, 화를 내는 오카호, 천둥 소리를 내며 오카호가 깬 거울. 백사장 갈대발에서 보니가 그녀를 억지로 껴안던 일, 그리고 불에 덴 것처럼 뜨겁게 치밀었던 그의 분노, 오야가 그에게 남긴 이빨 자국을 생각했다.

이런 모든 일 때문에, 펭탕은 오니샤를 떠나 유럽으로 돌아간다는 것이 믿기지 않았다. 자기는 바로 이 강, 이 하늘 아래에서 태어나 늘 이렇게 살아왔던 것처럼 느껴졌다. 그것은 완만한 강의 힘, 영원히 흐르는 물, 나뭇가지를 쓸고 내려가는 검붉은 물, 육체와 같은 물, 임신으로 부풀어 번들거리는 오야의 육체 같은 저 물 때문이었다. 강을 바라보면 가슴이 뛰고 가슴 어디에선가 마술적 힘, 행복감이 느껴지는 것이다. 이제 다시는 이방인이 되지 않으리라. *조지 션튼* 호에서 일어난 일로 인해 어떤 계약, 은밀한 계약이 체결되었다. 오메룬 백사장에서 처음으로 물 속에 있는 나체의 어린 여자를 보았던 때가 떠올랐다.

"오야!"

보니는 나지막이 그녀의 이름을 말해 주었다. 깊은 물 색깔의 그녀, 매끈한 몸매, 젖가슴, 이집트 여자 같은 눈매의 그녀는 강에서 태어난 사람 같았다. 그들은 짐승을 사냥하듯 갈대숲 사이에 숨어 배 바닥에 엎드려 있었다. 펭탕은 목이 탔다.

보니는 돌처럼 굳어진 그의 얼굴을 거의 고통스럽게 느껴지리만큼 집요하게 바라보았다.

그는 저 느리고 묵직한 강과는 영원히 헤어질 수 없으리라.

펭탕은 해가 강 건너편으로 질 때까지, 아니아누의 눈이 이 세계를 둘로 나눌 때까지 꼼짝하지 않고 선착장에 남아 있었다.

달이 검은 하늘에 높다랗게 떴다. 마우는 마리마와 함께 오메룬으로 가는 길을 걷고 있다. 펭탕과 보니는 약간 뒤처져 걸었다. 풀숲에서 두꺼비들이 소리를 냈다. 풀은 검은빛이었으나 나뭇잎은 금속광을 내며 반짝거렸고 길은 달빛에 빛났다.

마우는 걸음을 멈추고 펭탕의 손을 잡았다.

"저것 좀 봐. 얼마나 아름답니!"

언덕 위에 오르자 그녀는 뒤돌아서서 강을 보았다. 강변과 섬들이 선명하게 드러났다.

다른 사람들도 오메룬으로 가는 길을 걸으며 축제에 참가하기 위해 걸음을 재촉했다. 그들은 오니샤, 혹은 강 건너편의 아사바, 아남바라에서 온 사람들이었다. 종을 딸랑거리며 지그재그로 달리는 자전거도 있었다. 가끔 트럭이 매캐한 연기를 내뿜으며 헤드라이트로 어둠을 헤치며 달려갔다. 마우는 북쪽 지방 여인네처럼 베일로 몸을 감쌌다. 어둠 속에서 발자국 소리가 커져 간다. 마을 쪽이 화재가 난 것처럼 환했다. 마우는 더럭 겁이 나 펭탕에게 "돌아가자"라고 말하고 싶었지만 마리마의 손이 그녀를 잡아 끌고 있었다.

"우와, 걸어요!"

그녀는 무엇이 그녀에게 두려움을 일으켰는지 깨달았다. 남쪽 어디에선가 번개를 동반한 나지막한 폭풍 소리에 섞여 북소리가 울리기 시작한 것이었다. 그러나 길을 걷고 있는 이 사람들과 함께 있으니 더 이상 두렵지 않았다. 그것은 숲의 초입까지, 강가를 따라 늘어선 마을의 불빛처럼 마음을 편안하게 하는 소리, 인간적 소리, 어둠의 깊숙한 곳으로부터 나오는 친근한 소리였다. 마우는 오야와 이 강변에서 태어날 그녀 아기를 생각했다. 더 이상 고독하지 않았다. 그녀는 세계의 부름을 받지 않기 위해 백인들이 숨어 버린 식민지의 집, 그 담 밖으로 마침내 빠져 나온 듯 느껴졌다.

그녀는 초원 사람들의 잰 걸음에 맞춰 빨리 걸었다. 그녀는 달빛을 보기 위해 회중 전등을 켰다. 그녀는 조프르와를 생각했고 그도 그녀처럼 북소리 리듬에 따라 가슴 두근거리며 이 길에 함께 있기를 바랐다. 이제 결심했다. 조프르와가 돌아오면 그들은 오니샤를 떠날 것이다. 오야와 그녀 아기를 로즈로부터 멀리 데려갈 거고 아무에게도 작별 인사를 하지 않고 떠날 것이다. 그들이 소유했던 모든 것을 마리마에게 주고 북쪽으로 떠날 것이다. 무엇보다도 슬픈 것은 마리마의 앳된 얼굴을 이제 보지 못하리란 것, *제 누오 오페에 울로*, *우무*, *아자*를 발음하며 이보어를 배우거나 부뚜막에서 푸푸, 녹말 가루 과자 이수

시세, 삶은 마, 땅콩 수프를 만들며 야외에서 먹는 음식 조리법을 배울 때 깔깔거리던 그녀 웃음을 듣지 못하게 되리란 것이 슬펐다.

마우는 펭탕의 손을 꼭 쥐었다. 그녀는 조프르와가 돌아오면 못된 사람들, 그들을 내쫓으려 했고 파산시키려 했던 잔인하고 몰인정한 사람들로부터 멀리 떠나 다른 마을로 이주할 것이라고 펭탕에게 당장 말해 주고 싶었다.

"마우, 어디로 갈 거지?"

마우는 펭탕의 손을 꼭 잡고 명랑하고 걱정 없는 음성으로 말했다.

"두고 보자. 오고자일지도 몰라. 강을 따라 올라가 사막까지 갈지도 몰라. 가능한 한 먼 곳으로."

그녀는 걸으면서 꿈속에 잠겼다. 한결 새로워진 달빛이 반짝이며 정신을 몽롱하게 했다.

마을에 이르자 광장은 사람들로 붐볐다. 맥주집엔 불이 켜져 있었고 뜨거운 기름 냄새, 마 튀기는 냄새가 났다. 어둠 속을 뛰어다니는 아이들의 악쓰는 소리, 사람들 음성이 들려 왔고 북소리가 아주 가까워졌다. 가느다란 산자 소리가 점점 멀어져 가고…….

마리마가 마우를 군중 속으로 안내했다. 그러다가 어느덧 그들은 축제 한가운데 있게 되었다. 단단해진 흙바닥 공터에서 남자들이 모닥불에 땀을 번들거리며 춤을 추었다. 너덜너덜한 카키색 반바지만 입은 호리호리한 어린아이들이었다. 눈알이 튀어나온 것 같은 그들은 팔을 벌리고 발바닥으로 땅바닥을 굴러댔다. 마리마는 마우와 펭탕을 춤판에서 멀리 끌고 갔다. 보니는 사람들 속으로 사라졌다.

마우와 펭당은 집 담벼락에 기대어 춤꾼들을 바라보았다. 현기증이 나도록 머리를 휘돌리며 춤추는 여자들도 있었다. 마리마가 마우 팔을 잡아 끌었다. "겁먹지 말아요" 하고 소리쳤다. 마우는 어깻죽지 사이로 목을 파묻고 담장 그늘 속으로 몸을 숨겼다. 동시에 불꽃 속에서 춤을 추는 모습에 눈을 뗄 수 없었다. 그녀 시선은 광장 한가운데에 말뚝을 세우고 있는 남자에게로 끌렸다. 두 말뚝 사이에 길다란 끈이 묶여 있었다. 말뚝 중 하나는 갈고리 모양이었다.

북소리는 멈추지 않았지만 군중들의 소음이 조금씩 가라앉으면서 지친 춤꾼들은 바닥에 드러누웠다. 마우는 뭔가 말하고 싶었지만 까닭을 알 수 없는 불안으로 목이 콱 막혔다. 그녀는 펭탕의 손을 아주 꼭 잡았다. 그녀는 기대고 있는 흙 담벼락에서 아직도 따스하게 남아 있는 태양의 온기를 느꼈다. 양쪽 말뚝에 각각 두 사람을 매달아 올리는 게 보였고 그녀는 처음에는 커다란 헝겊 인형이라 생각했다. 그러다가 두 인형이 움직이고 밧줄 위에서 춤을 추기 시작하자 그게 사람이라는 걸 깨달았다. 그중 한 사람은 여자 옷을 입고 머리에 깃털을 꽂고 있었다. 또 한 사람은 알몸에 노란 줄무늬에 흰 점을 칠하고 얼굴엔 길다란 새 주둥이 모양의 나무 가면을 쓰고 있었다. 줄에 매달려 균형을 잡고 긴 다리를 허공에 늘어뜨린 채 그들은 북소리에 맞춰 몸을 비틀었다. 그들 밑에 사람들이 모여들었고 괴성과 환호를 질러댔다. 두 남자는 괴상한 새 같았다. 목을 뒤로 젖히고 두 팔을 날개인 양 펼쳤다. 수컷 새가 주둥이를 들이대자 암컷이 몸을 틀고 도망쳤다간 되돌아왔고 폭소와 괴성이 터졌다.

마우의 시선을 새인간 구경으로 잡아 끄는 것에는 위력적인 뭔가가 있었다. 북소리는 이제 그녀 가슴 깊숙이 울리면서 현기증을 자아냈다. 그녀는 지금 오니샤에 왔을 때부터 들리던 그 신비로운 북소리에 빠져 있는 것이다.

그로테스크한 새들은 지금 달빛 속에서 가느다란 눈매의 마스크를 흔들어대며 그녀 눈앞에서 줄에 대롱대롱 매달려 춤을 추고 있다. 그들은 나른한 몸짓을 하다간 갑자기 싸움을 벌이는 듯했다. 그녀 주위의 구경꾼들도 춤을 췄다. 그녀는 번쩍이는 눈, 불멸의 단단한 육체를 보았다. 광장 한가운데에서 불꽃이 너울댔고 남자와 아이들은 소리를 지르며 불꽃을 뛰어넘었다.

마우는 너무 무서운 나머지 숨이 다 막혔다. 그녀는 눈으로 펭탕과 마리마를 찾으며 더듬더듬 집 담벼락으로 돌아갔다. 북소리는 더욱 힘차게 울려 퍼졌다. 괴상한 새인간은 줄 위에서 만나 기형적으로 긴 다리를 늘어뜨리면서 그로테스크한 한 쌍을 이루었다. 그리곤 천천히 하강하여 군중들에게 안겼다.

누군가 그녀 손을 잡는 바람에 마우는 소스라쳤다. 마리마였다. 펭탕이 그녀와 함께 있었다. 마우는 울고 싶었고 너무 피곤했다. 마리마가 "이리 와"라 했다. 그녀는 마우를 마을 초입 쪽 높다란 풀 사이로 올라간 길로 데려갔다. "그들이 죽었을까?" 하고 마우가 물었다. 마리마는 대답하지 않았다. 마우 자신도 왜 그게 중요한지 몰랐다. 그건 달빛 아래서 즐기는 놀이일 따름이었다. 그녀는 조프르와를 생각했다. 몸에서 신열이 나고 있음을 느꼈다.

조프르와는 생명의 호수 바로 곁에 있다. 그는 크로스 강변 풀숲에 신처럼 우뚝 선 아카완시 입석들을 보았다. 그는 오카호와 함께 그 현무암 덩어리로 다가갔다. 돌은 하늘에서 뚝 떨어져 강변의 붉은 진흙 바닥에 꽂힌 듯했다. 오카호는 아로 추쿠의 마술사들이 마법으로 카메룬에서 가져 온 것이라고 했다. 그중 하나는 오벨리스크만큼이나 커서 30피트 정도 될 것 같았다. 조프르와는 그 서쪽 면에서 매의 날개에 실린 우스-이리의 퉁그러진 눈두덩, 아누의 눈알, 아니아누의 기호를 알아보았다. 그것은 므로에의 기호, 이마에 달과 해의 문신을 한 이집트의 젊은 신, 쿤수를 기리기 위해 남자들 얼굴에 새겨 넣은 마지막 기호이다. 조프르와는 왈리스 벗지가 번역한 *사자의 서* 중 한 구절이 떠올랐다. 그는 기도문처럼, 미동도 하지 않는 공기 속에서의 떨림처럼 큰소리로 암송할 수 있다.

아누의 나라는 아누처럼 오시리스, 신이다.
아누는 그 자신처럼 신이다. 아누 그 자체가
라이다.
아누는 그 자체가 라이다. 그의 어머니는
아누,
그의 아버지는 아누, 그 자신도 아누로부터 태
어난 아누이다.

검은 돌은 발기한 신 멩의 가장 오래 된 이미지이다. 검은 표면 위에서 느드리의 기호가, 지는 해를 받아 힘차게 반짝인다. 신들을 둘러싸고 생명이 소용돌이친다. 공중에 벌레들이 떠 있고 붉은 땅바닥이 짝짝 갈라진다. 조프르와는 수첩에 므로에 여왕의 신성한 상징, *옹그와*(달), *아니아누*(해), *오두두에그베*(매의 날개와 꼬리털)를 그린다. 기호의 둘레로 우문드리의 후광, 태양을 둘러싼 아기들이 56개의 점으로 바위 위에 새겨져 있다.

오카호는 바위 옆에 서 있다. 그의 얼굴에도 같은 기호가 반짝인다.

그리고 밤이 되었다. 오카호는 비를 피해 움막을 급조한다.

별들이 검은 돌 주위를 느릿느릿 돈다.

새벽이 되자 그들은 강을 따라 다시 걷는다. 고기잡이 배가 그들을 입석보다 상류 쪽의 크로스강 우안(右岸)까지 데려다 준다. 지난번 홍수에 밀려온 나무로 반쯤 막힌 개울이 하나 있다.

"이테 브리니앙."

오카호가 말했다. 이곳이 생명의 호수가 있는 아타블리 이니앙이다. 조프르와는 허리까지 물 속에 잠겨 정글 칼로 나뭇가지를 자르며 길을 트는 오카호의 뒤를 따라간다. 차갑기까지 한 검은 물에 잠겨 나아간다. 해가 중천에 떴고 오카호는 나뭇가지에 걸리는 옷을 벗어 버렸다. 검은 몸통이 금속처럼 번들거린다. 그는 앞으로 펄쩍 뛰어 통로를 낸다. 조프르와는 간신히 그의 뒤를 따라간다. 그의 거친 숨소리가 숲의 정적 속에 울려 퍼진다. 언제 그랬냐는 듯 태양이 그의 몸 안에서 탄다. 태양이, 그 초월자의 시선이 그의 몸 중심에서 타고 있다.

무엇을 찾아 왔던가? 조프르와는 생각해 보았지만 답을 찾지 못한다. 그의 몸 깊은 곳에서 이글거리는 태양과 피곤 때문에 모든 이성적 사고가 흐려졌다. 중요한 것은 앞으로 나아가는 것, 이 미로 속에서 오카호를 따라가는 것이다.

해가 지기 조금 전, 조프르와와 오카호는 이테브리니앙에 도착한다. 어떤 때는 숲속으로 난 좁은 오솔길에 불과한 조그만 강에서 하루 종일 나뭇가지를 쳐 내고 바위 틈을 비집고 가다 보면 동굴이 거대한 지하 광장으로 변하듯 갑자기 눈앞이 탁 트인다. 그들은 하늘이 비치는 호수 앞에 서 있다.

오카호가 바위 위에 멈춰 선다. 그의 얼굴이 조프르와가 그 어떤 얼굴에서도 보지 못한 표정이 된다. 가면, 혹은 초인적이고 냉혹한 뭔가가 있는 표정. 눈 주위에 가느다란 선으로 그림을 그려 넣은 그의 눈이 공허해지고 눈꺼풀이 부풀어 있다.

물 속이나 호수를 둘러싼 숲에도 생명의 조짐은 전혀 없다. 너무 조용해서 조프르와는 동맥 속을 흐르는 피 소리까지 들리는 것 같았다.

오카호가 천천히 검은 물 속으로 들어간다. 호수 건너편은 나무가 철벽을 형성하고 있다. 어떤 나무는 어찌나 큰지 햇살이 꼭대기에만 걸려 있다.

이제 조프르와는 물 소리를 듣는다. 나무 사이, 돌 사이에서 나는 신음 소리. 오카호를 따라 조프르와도 호수로 들어가 물이 솟는 곳을 향해 천천히 걷는다. 검은 사암 덩어리 가운데에 폭포수가 떨어진다.

"이게 이테 브리니앙, 생명의 호수야."

오카호가 나지막이 말한다. 아니면 조프르와가 그런 말을 들었다고 착각했는지도 모른다. 그는 세계 창조의 첫 순간처럼 솟고 있는 물 앞에서 전율한다. 서늘하다. 숲으로부터 숨결, 호흡이 밀려온다.

오카호는 손바닥에 물을 담아 얼굴을 씻는다. 조프르와는 호수를 가로질러 바위 위로 올라간다. 물에 젖은 옷 무게 때문에 강 언덕으로 올라갈 수 없다. 오카호가 손을 내밀어 샘을 둘러찬 바위 위로 올라가도록 도와준다. 거기서 조프르와는 얼굴을 씻고 오랫동안 물을 마신다. 차가운 물이 그의 몸 중앙에서 타고 있던 불을 끈다. 그는 세례를 떠올렸고 이제는 결코 같은 사람일 수 없으리라 생각한다.

밤이 된다. 샘물 소리만 정적을 깰 뿐, 너무 조용하다. 조프르와는 태양의 잔열로 아직껏 뜨거운 바위에 눕는다. 수많은 시련과 피곤을 겪은 뒤 마침내 그의 여행의 목적지에 도착한 거라고 생각한다. 잠들기 전에 마우와 펭탕을 생각한다. 배신에서 벗어나고 오니샤에서 도망치기 위해 그들이 와야 할 곳이 바로 이곳이다. 여기에서 그는 책도 쓸 수 있고 연구를 완성할 수 있을 것이다. 므로에의 여왕처럼 그는 마침내 영생의 장소를 찾은 것이다.

해가 솟자 조프르와는 나무를 발견한다. 밤에는 어두워서 보지 못한 것 같았다. 그늘 속에 있어서 몰랐던 것이다. 나무는 거대했고 등걸이 둘로 갈라져 나뭇가지가 샘 위를 덮고 있다. 오카호는 조금 위쪽 그 나무 뿌리 사이에서 잔 것이다. 나무 등걸 곁 땅바닥에 원시적 제단이 있다. 깨진 항아리, 촛대, 검은 돌 하나.

아침 내내 조프르와는 다른 흔적을 찾아 샘 주변을 뒤졌다. 그러나 아무것도 없다. 오카호는 조바심을 치며 그날 오후에 떠나고 싶어한다. 그들은 개울을 따라 크로스 강까지 내려간다. 강변에서 배를 기다리며 움막을 만들었다.

한밤중에 조프르와는 몸이 뜨거워져 잠에서 깬다. 회중 전등의 길다란 불빛을 비추니 땅바닥이 벼룩으로 뒤덮여 있고 너무 많아서 땅바닥이 기어가는 것 같았다. 조프르와와 오카호는 모래밭으로 몸을 피한다. 새벽녘, 조프르와는 고열이 나 몸을 떨며 걷지도 못한다. 검은 핏빛의 오줌을 눈다. 오카호가 얼굴을 쓰다듬으며 말한다.

"*므비암*이야. 저 물이 *므비암*이야."

정오에 모터를 단 카누가 도착한다. 오카호는 조프르와를 등에 업고 올라타 햇볕을 피해 차양 밑에 뉜다. 카누는 이투를 향해 빠른 속도로 내려간다. 거의 검은색에 가까운 푸른 하늘이 광대하다. 조프르와는 몸 중심에서 또다시 불이 붙는가 하면 차가운 물이 얼굴로 파도 치며 그의 몸 안을 가득 채움을 느낀다. 그는 생각한다. 모든 게 끝났다. 천국은 없다.

때가 되었음을 느끼자 오야는 무료 진료소를 나와 강까지 걸어갔다. 새벽이라 강가엔 아직 아무도 없었다. 사빈 로즈의 정원에서 새끼 날 자리를 찾던 삼색 고양이처럼 오야는 초조한 눈빛으로 두리번거렸다. 선착장에서 카누 한 척을 발견했다. 줄을 끌러 활처럼 몸을 굽혀 긴 장대를 밀며 물 한가운데로 나가 브로크던을 향했다. 조급한 기색이었다. 벌써부터 고통의 파도로 자궁이 부풀어오른다. 이제 배를 탔으니 두려울 것도 없고 고통도 참을 만했다. 참을 수 없는 건 무료 진료소의 하얀 방안에 다른 병든 여자들과 함께, 에테르 냄새와 더불어 갇히는 것이었다. 강은 잔잔했고, 안개가 나뭇가지에 걸려 있었고, 흰새의 비상이 있었다. 안개에 잠긴 폐선은 갈대와 나무에 뒤엉켜 섬과 구별되지 않았다.

그녀는 카누에 힘을 주기 위해 온 힘을 다해 장대를 눌러 물살을 거슬러 올라갔고 카누는 계속해서 조금 비스듬히 표류했다. 강렬한 진통이 오야를 덮친다. 장대를 움켜쥔 채 주저앉을 수밖에 없었다. 물살이 그녀를 아래로 몰고 갔고 그녀는 장대를 노 삼아 저어야만 했다. 팔을 움직일 때마다 통증이 왔다. 급류는 통과했다. 몸을 수그린 채 신음하며 잠시 숨을 돌렸고 그 동안 카누는 천천히 브로크던 섬의 갈대 숲을 따라 미끄러져 갔다. 이제 잔잔한 수역에 들어섰고 갈대 숲에 부딪치자 모기떼가 까맣게 일어났다. 마침내 뱃머리가 폐선에 쿵, 하고 부딪혔다. 오야는 진흙 하상에 장대를 꽂아 배를 고정시키고 갑판에 오르기 위해 낡은 철제 계단을 올라가기 시작했다. 진통이 와 멈춰서서 녹슨 난간을 움켜쥐고 숨을 돌려야만 했다. 눈을 감고 깊게 숨을 들이마셨다. 장롱에 푸른 수녀복을 둔 채 하얀 와이셔츠를 입고 무료 진료소를 빠져 나왔는데 지금은 땀에 젖고 진흙 범벅이 되었다. 그러나 주석 십자가는 지니고 있었다. 새벽이 되기 전에 양수가 터져 오야는 시트를 허리에 둘렀다.

그녀는 천천히 파괴된 선실로 이어지는 계단까지 갑판 위를 기어갔다. 거기 욕실 곁이 바로 그녀가 머무는 곳이었다. 오야는 시트를 풀러 바닥에 깔고 그 위에 누웠다. 그녀 손은 더듬더듬 벽면에 달린 파이프를 찾았다. 선수 쪽 입구로부터 나뭇가지 사이로 희미한 빛이 새어 들어왔다. 강물이 폐선 주위로 흘러 배를 진동시켰고 오야의 몸으로 파고들어 그녀 진통의 리듬과 합류되었다. 빛을 향해 눈을 크게 뜬 오야는 진통의 물결이 칠 때마다 머리맡의 녹슨 파이프를 움켜쥔 채 몸을 벌떡벌떡 일으키며 시간이 되길 기다렸다. 그녀는 자신 귀에

도 들리지 않는 노래를 불렀고 이는 선체를 따라 흐르는 물의 운동처
럼 오랫동안 울렸다.

펭탕과 보니는 폐선 안으로 들어갔다. 거칠고 가위에 눌린 듯한 그녀 숨소리 외에는 아무런 소리도 들리지 않았다. 오야는 땅바닥에 웅크리고 손에 뭔가를 쥐고 있었다. 펭탕은 나뭇가지인 줄 알았는데 그것은 오카호가 한 조각을 떼어 내어 거울을 깼던 파이프였다. 보니가 다가갔다. 그곳엔 어떤 신비로움이 있어서 그들은 아무 말 없이 보기만 할 뿐이었다. 새벽에 펭탕이 선착장에 도착하자 보니는 오야가 도망친 것이며 곧 태어날 아기 등에 관한 일들을 모두 얘기해 주었다. 아저씨의 카누를 타고 보니는 폐선까지 펭탕을 데리고 왔다. 보니는 철제계단을 올라가려 들지 않았으나 펭탕 뒤를 따라왔다. 그것은 끔찍하지만 동시에 묘하게 끌어당기는 뭔가가 있는 것이었고 그들은 잠시 선체 안 그늘에 서서 바라보기만 했다.

오야는 이따금 몸을 일으켜 싸움을 하는 사람처럼 다리를 벌리고 우뚝 섰다. 그녀는 노래를 부르는 양 날카로운 목소리로 신음했다. 펭탕은 오카호가 그녀를 바닥에 눕혔을 때 고통스럽다는 듯, 동시에 정신이 딴 데 가 있는 듯한 그녀 시선, 흔란한 그 표정을 떠올렸다. 그녀의 시선을 보려 했지만 고통의 파동이 스치고 지나가자 그녀는 얼굴을 그늘 속에 파묻었다. 무료 진료소의 하얀 셔츠가 땀과 진흙에 젖었고 그녀 얼굴이 어둠 속에서 빛났다.

오니샤 거리를 뒤뚱거리며 걸었던 그 몇 달이 지난 뒤 이제 그 순간이 온 것이다. 펭탕은 보니를 찾았으나 그는 사라져 버렸다. 그는 소리없이 빠져 나가 강변으로 노를 저어 진료소 여자들을 찾으러 간 것이다. 펭탕 혼자만 출산 직전의 오야와 함께 이 폐선의 배 안에 남게 되었다.

마침내 때가 되었다. 갑자기 그녀는 펭탕 쪽으로 몸을 돌리더니 그를 바라보았다. 그는 가까이 갔다. 그녀는 펭탕의 손을 으스러져라 꼭 잡았다. 펭탕도 뭔가, 출산에 참여해야만 했다. 손의 고통이 느껴지지 않았다. 그는 이 기막힌 광경을 보고 듣고 있었다. *조지 션튼* 호 안에 뭔가가 나타나 공간을 채우고 점점 커졌는데, 그것은 숨소리, 넘치는 물, 빛이었다. 펭탕의 가슴이 아프도록 뛰었고 진통의 파동이 그녀 몸으로 스미면서 얼굴은 뒤로 젖혀지고 마치 잠수하고 나온 후처럼 입은 크게 벌어졌다. 그녀는 갑자기 외마디 비명을 지르면서 양수의 구름 속에서 붉은 별 같은 아이를 바닥에 쏟아 냈다. 오야는 앞으로 숙이며 아이를 집어 들고 이빨로 탯줄을 끊더니 뒤로 늘어지면서 눈을 감았다. 탄생의 물로 번들거리는 아기가 울기 시작했다. 오야는 부풀어오른 젖을 들이댔다. 오야의 몸과 얼굴도 똑같은 물 속을 헤엄친 듯 번들거렸다.

펭탕은 비틀거리며 선실 밖으로 나왔다. 그의 옷이 땀으로 흠뻑 젖었다 물은 용해중인 금속 같았다. 강변은 흰 장막이 끼어 뿌옇게 흐렸다. 펭탕은 이제 중천에 뜬 태양을 바라보았고 현기증을 느꼈다 수많은 시간이 흘렀고 아주 중요하고 아주 기막힌 일이 일어났는데 그것이 단 한 순간, 한 번의 전율, 외마디 비명에 불과한 듯 느껴졌다. 펭탕 귓가엔 아직까지도 찢어지는 듯한 아기의 외침이 들렸고 오야는 젖이 흐르는 젖꼭지로 그 자그마한 몸뚱이를 인도했다. 그는 아직도 오야의 음성, 그녀만이 들을 수 있는 그 노래, 한탄, 선체 주위로 미끄러지는 물의 가벼운 진동을 듣고 있었다. 펭탕은 철제 계단 높은 곳에 앉아 보니가 진료소 카누를 끌고 돌아오길 기다렸다.

짧은 건조기가 끝났다. 강 위로 다시 구름이 생겼다. 날씨는 후텁지근하고 바람은 오랜 시간 동안의 기다림 뒤 해가 질 무렵에나 일었다. 마우는 조프르와가 누워 있는 방에서 나오지 않았다. 그녀는 태양의 뜨거운 열기로 지붕이 갈라지는 소리에 귀기울이며 조프르와의 신열이 오르는 추이를 지켜 보았다. 수염이 파먹고 들어간 밀납 같은 얼굴, 땀으로 들러붙은 머리카락의 조프르와는 반수(半睡) 상태에 빠져 있었다. 그의 정수리 부분이 대머리가 된 것을 보고는 그게 차라리 위안이 된다고 생각했다. 아마도 그는 아버지와 닮았으리라 상상했다. 오후 3시경, 그가 눈을 떴고 시선은 두려움으로 공허했다 악몽을 꾼 것 같았다. "추워, 너무 추워"라 했다. 그녀는 키니네 정제와 물을 건네 주었다. 항상 똑같은 투쟁을 계속하는 것이다.

아로 추쿠에서 돌아온 뒤 처음 며칠간 닥터 샤롱은 끔찍한 단어를 누차 반복했다. '블랙워터피버'—혹 말라리아였다.

마우는 조프르와 손에 그 쓰디쓴 알약을 쥐어 주었다. 물과 함께 삼키리라 생각했다. 그러나 병세는 점점 악화되었다. 두 발로 서지도 못했다. 헛소리를 했다. 사빈 로즈가 그의 방에 들어온다고 했다. 알 수 없는 단어를 외치고 영어로 욕설을 퍼부었다. 소변 보기가 고통스러웠고 오줌은 시커멓고 악취가 났다. 엘리야가 그를 보러 왔다. 한참 바라보더니 고개를 저으며 안타까운 선고를 내리는 사람처럼 말했다.

"곧 죽을 거야."

마우는 깨달았다. 조프르와는 키니네 알약을 먹지 않았던 것이다. 환각에 빠진 그는 닥터 샤롱이 그를 독살하려 한다고 생각했다. 마우는 그의 귓속에서 알약을 발견했다. 조프르와는 더 이상 먹지도 않았다. 물을 마시면 위경련을 일으켰다.

의사는 주사기를 들고 다시 찾아왔다. 키니네 주사를 두 번 맞자 조프르와는 회복되어 갔다. 알약 복용도 받아들였다. 통증이 완화되면서 덜 고통스러워졌다. 출혈도 멈췄다.

펭탕은 나가지 않고 마우 곁에 있었다. 묻지는 않았지만 그의 눈에는 항상 불안이 감돌았다. 마우는 "오늘 아침엔 104도야"라 했다. 펭탕이 화씨 체온을 모르기 때문에 마우가 계산해 주었다.

"40도야."

펭탕은 처마 밑에서 『지식의 길잡이』를 읽었다. 기분이 좋았다. 모든 걸 잊을 수 있었다.

“인쇄술의 역사에 대해선 무슨 얘기가 전해 오나요?”

“아르렘의 로렌시우스 코스터란 사람이 장난 삼아 자작나무에 글자를 새기다가 잉크를 사용해서 종이에 인쇄할 생각을 하게 되었소.”

“수은 또는 살아 있는 은이란 무엇입니까?”

“액체 은과 유사한 불완전한 금속이며 산업 및 의학에 매우 유용하오. 액체 중 가장 무겁소.”

“어디에서 찾을 수 있나요?”

“독일, 헝가리, 이태리, 스페인, 그리고 남미 지방이오.”

“페루에 유명한 수은 광산이 있지 않은가요?”

“그렇소. 구안카 벨리카이오. 300년 전부터 채광되었소. 그곳은 거리, 광장, 교회까지 있는 진짜 지하 도시로 밤낮으로 수천 개의 횃불을 밝히고 있소.”

펭탕은 이 기상천외한 것들, 왕, 경이로운 일과 신비로운 주민들을 꿈꾸는 걸 좋아했다.

폭동이 일어난 것은 비 오기 전 아침이다. 펭탕은 대번에 알아차렸다. 마리마가 소식을 전하기 위해 찾아왔고 도시 전체에 일종의 열병이 감돌았다. 펭탕은 밖으로 나가 먼짓길을 달려갔다. 다른 사람들도 아이, 여자 할 것 없이 황급히 시내로 갔다.

폭동은 제럴드 심슨 집의 수영장 구멍을 파던 죄수들 사이에서 일어났다. 총독은 쉽게 진압되리라 믿었고 몇 차례 몽둥이질을 했다. 죄수들은 간수 한 명을 잡아 흙탕물 구멍에 넣어 익사시킨 후 경황이 어떤지는 모르지만 그중 몇 명은 쇠사슬을 풀고 도망치기는커녕 언덕 위 철책 앞에 진을 치고 총독과 클럽의 영국인에 대해 악을 쓰고 위협을 가했다.

사태가 걷잡을 수 없음을 깨달은 심슨은 손님들과 함께 집 안으로 몸을 피했다. 그는 폭도가 전신주를 쓰러뜨리기 직전 지역관에게 전화를 했고 지역관은 군대에 비상을 걸었다.

펭탕은 군대 트럭과 동시에 그곳에 도착했다. 심슨 관저를 보자 겁이 나서 숨이 막히는 것 같았다. 뭉게구름, 진녹색의 나무와 어우러진 하늘은 너무 아름다웠고 이런 폭력이 있다는게 믿기지 않았다.

프라이 소령이 말을 타고 도착했고 군인들은 커다란 흙탕물 구멍 주위의 공터에 자리를 잡았다. 죄수들의 목소리와 여자들의 비명이 들렸다. 소령은 메가폰을 들고 아프리카 영어로 명령을 내렸지만 울리는 바람에 알아들을 수 없었다.

하얀 관저 테라스에서 영국인은 기둥 뒤에 몸을 반쯤 숨기고 이 광경을 지켜 보았다. 펭탕은 제럴드 심슨의 하얀 윗도리, 금발 머리를 알아보았다. 성공회 신부와 낯선 사람들도 눈에 띄었다. 심슨 곁에 카운 포어를 쓴 아주 창백한 얼굴의 남자가 있었다. 펭탕은 그자가 사람들이 기다리고 있는 조프르와의 아프리카 유나이티드 회사 후임자, 삭슨이란 이상한 이름의 남자라 생각했다. 그들 모두 무슨 일이 일어날지 기다리며 꼼짝도 하지 않고 있었다.

이제 웅덩이 속의 죄수들은 악을 쓰지도 않고 위협을 가하지도 않았다. 사슬에 묶여 있는 사람들은 흙탕물 주변에 모여 반원 형태로 포진한 군인들을 바라보고 있었다. 발목에 거추장스럽게 걸린 쇠사슬 탓에 그들은 움직이다가 멈춰 버린 로보트처럼 보였다. 사슬을 풀었던 죄수들은 철책까지 밀려가 있었다. 철책을 뽑으려 했지만 성공하지 못했다. 철책 여기저기가 배불뚝이처럼 휘어져 있었다. 죄수들은 이따금 악을 썼지만 그건 차라리 죽음의 노래, 비통하고도 자포자기한 외침이었다. 군인들은 움직이지 않았다. 펭탕의 심장은 요란하게 뛰었다.

그리곤 비명이 들렸다. 구경꾼들이 테라스를 뜨며 등나무 의자, 테이블 등을 뒤엎으며 집 안으로 뛰어들어갔다. 진흙 구덩이에서 연기가 피어 오르는 걸 펭탕은 보았다. 사슬에 묶여 있던 죄수들이 땅바닥에 우수수 쓰러졌다. 그제서야 펭탕은 그가 들은 것이 총소리임을 깨달았다. 철책 밑으로 시체가 쓰러졌다. 폭동을 주도했던 사람 중 하나인 덩치가 아주 큰 흑인은 관절이 부서진 인형처럼 철책에 반쯤 걸려 있었다. 화약 연기는 끔찍했고 이제는 적막, 텅 빈 하늘, 구경꾼이 사라진 하얀 집뿐. 군인들은 앞에 총 자세로 언덕으로 달려가 단숨에 죄수들 위에 올라서서 그들을 진압했다.

펭탕은 큰길로 뛰어갔다. 맨발이 붉은 땅에 부딪혔고 악을 쓴 사람처럼 목구멍이 화끈거렸다. 길 끝에 이르러서야 숨이 막혀 멈췄다. 머릿속 가득 총성이 울려댔다.

"빨리 와!"

마리마였다. 그녀는 펭탕의 팔을 잡아 끌고 갔다. 번들거리는 그녀 얼굴 표정에 펭탕은 압도당했다. "위험해, 여기 있으면 안 돼"라고 했다. 거리에서 강 쪽으로 내려가는 사람들과 마주치면 그녀는 펭탕을 옷자락으로 가렸다.

마우는 정원의 햇볕에서 그를 기다리고 있었다. 얼굴이 창백했다.

"무서워. 끔찍해……저기서 무슨 일이 있었니?"

펭탕은 말을 하려다가 울음을 터뜨렸다.

"그들이 총을 쐈어. 죽인 거야. 사슬에 묶인 사람을 봤어. 막 쓰러져 갔어."

펭탕은 이를 악물고 울음을 참았다. 제럴드 심슨, 지역관과 그 부인, 소령, 군인들이 미웠고 누구보다도 심슨이 미웠다.

"여기서 떠날래. 더 있고 싶지 않아."

마우는 그를 껴안고 머리를 쓰다듬었다.

얼마 후 저녁 무렵, 펭탕은 조프르와를 보러 갔다. 창백하고 여윈 그는 파자마 바람으로 침대에 있었다. 안경을 끼지 않은 탓에 석유등에 얼굴을 바짝 들이대고 신문을 읽고 있었다. 콧잔등에 깊게 팬 안경 자국이 눈에 띄었다. 처음으로 그가 아버지란 생각이 들었다. 모르는 사람, 찬탈자가 아니라 그의 아버지. 그는 신문에 광고를 내서 마우를 만난 것도 아니고 부귀영화를 약속하여 그들 모자를 함정에 끌어들인 것도 아니다. 마우가 택하고 마우가 사랑했던 사람이었고 그들은 결혼을 해서 이태리의 산 레모로 신혼 여행도 갔던 것이다. 마르세유에서 마우는 펭탕에게 너무도 자주 그 이야기를 해 주었다. 바다, 백사장을 따라 운행하던 사륜 마차, 한밤중에 따스한 바닷물에서 헤엄치던 일, 그리고 야외 연주회장의 음악 등등. 전쟁 전의 일이었다.

“안녕, 꼬마야.”

조프르와가 말했다. 안경을 벗은 그의 눈은 아주 젊어 보였고 강렬한 푸른빛이었다.

“우린 곧 떠날 거죠?”

펭탕이 물었다.

조프르와는 잠시 생각에 잠겼다.

“그래, 네 말이 맞다. 곧 떠나는 게 좋을 것 같구나.”

“하시던 연구는요? 므로에 여왕은요?”

조프르와가 웃기 시작했다. 그의 눈이 반짝였다.

“아, 그래. 너도 다 알고 있었니? 그렇구나, 네게 조금 말해 주었었지. 북쪽으로 가서 이집트와 수단을 가야 할 거다. 그리고 런던 대영박물관의 자료도 있지. 그리고…….”

그는 잠시 어떤 의미를 찾는 게 힘들다는 듯 망설였다.

“그러고 나서 이삼 년 후에 네가 학교 공부를 조금 하고 나서 우린 돌아오는 거야. 강이 커다란 W자를 그리는 상류 쪽에 있는 새로운 므로에를 찾아 나서는 거야. 베넹족, 요루바족, 이보스족 등 모든 부족의 시원인 가오로 가는 거야. 수필본과 비문, 유적을 찾는 거야.”

갑자기 탈진되면서 그의 눈길이 공허해져 머리를 베개에 얹었다.

“나중에, 나중 일이야.”

그날 밤, 펭탕은 셍-마르텡에서 그랬던 것처럼 잠들기 전에 마우의 목덜미에 얼굴을 파묻었다. 그녀는 펭탕의 머리를 쓰다듬으며 스튜라 다리 위에서 그녀가 즐겨 부르던 동요를 들려주었다.

알 트람 차 바 카이롤리

알 부르-뇌프 아 페르마 파!

스페르마 메 쉴 파운 드라 스튜라

스페르마 메 쉴 파운 드라 스튜라

페르 라 세르바 델 큐라.

치리비 탄투 쿠트 칸 타 루 상

체 루 시멘타!

페라미우, 페라미우, 페라미우,

사우타 기우!

해가 뜨자 오카호는 강물에 긴 카누를 띄웠다. 오야는 그녀가 좋아하는 자리인 뱃머리에 앉았다. 아이를 커다란 푸른 천으로 싸서 등에 업고 있었다. 가끔 아이를 앞가슴으로 돌려 젖을 물린다. 남자 아이인데 오야 자신은 아직 이름을 모른다. 그의 이름은 주중 세 번째 날에 태어났기에 오케케이다. 카누는 천천히 강을 따라 내려가 어부들이 서성이는 선착장 앞을 지나간다. 오카호는 나무들 사이로 멀어진 사빈 로즈 집 쪽으로는 고개조차 돌리지 않는다. 아로 추쿠에서 돌아와서 그는 민물 어부에게 카누 한 척을 샀고 와르프에서는 말린 생선, 카마롱, 통조림, 석유 등과 부엌 집기, 그리고 피륙을 사들였다. 그런 후 진료소로 오야를 찾아가 아이와 함께 데리고 나왔다.

카누는 별로 힘들이지 않아도 물살에 밀려가서 오카호는 가끔 노를 지그시 누르기만 하는 것 같았다. 카누는 하류로, 삼각주 마을로,

디게마, 브라스, 보니 섬으로 갈 것이다. 해류가 강으로 밀려와 톱날 물고기와 돌고래가 혼탁한 물 속을 돌아다니는 그런 곳. 거무칙칙한 물 위로 햇살이 반짝인다. 뱃머리 위로 새들이 날아 섬 쪽으로 도망친다. 오카호와 오야 뒤로는 함석과 판자로 된 커다란 도시 와르프, 모터가 덜덜거리기 시작한 제재소가 있다. 수면 위로 커다란 두 개의 섬과 대홍수 이전의 동물 같은 조지 션튼 호의 뼈대가 있다. 이미 모든 게 지워지면서 나무들 윤곽과 뒤엉켜 버린다. 오카호는 아로 추쿠에서 돌아온 뒤로 사빈 로즈 집에 가지 않았다. 진료소 근처에서 노숙을 했다. 그는 이미 오야와 함께 까마득히 먼 다른 세계에 있었던 것이다. 사빈 로즈는 이해하지 못했다. 밖이라곤 강가까지만 가던 그는 시내를 가로질러 와르프 근처까지 오카호를 찾아 다녔다. 그는 정탐을 하기 위해 입순까지 왔었다. 진료소의 수녀들에게도 수소문했다. 어떤 사건이, 어떤 사람이 그의 손아귀에서 빠져 나간 것은 그것이 처음이었다. 그리곤 그는 사태를 깨달았고 항상 굳게 덧문이 잠긴, 그의 가면 수집품이 있는 음산한 거실에 틀어박혀 소파에서 담배를 피웠다.

카누가 천천히 강 위로 흘러간다. 오카호는 아무 말도 하지 않았다. 그는 침묵에 익숙해져 있었다. 오야는 뱃머리에 나뭇가지를 엮어 푸른 천으로 덮은 지붕 아래 아기를 눕혔다. 태양이 느릿느릿 하늘로 솟아 눈에 보이지 않는 거대한 궁륭 위를 지나가듯 강 위를 가로질러 간다. 하루하루 그들은 해안을 향해 다가간다. 강은 바다처럼 넓다. 강변도, 육지도 없고 단지 물살 속에 파묻힌 뗏목 같은 섬뿐이다. 아래쪽 보니 섬에서 걸프, 브리티시 석유 회사 같은 대규모 석유 회사가 탐사선을 보내 진흙 바닥을 탐사하고 있다. 어느 날 울긋불긋한 셔츠에 모자를 쓴 우스꽝스러운 거구들이 선착장에 내리는 걸 보며 사빈 로즈는 혼자말인지 오카호에게 하는 말인지 중얼거렸다.

"대영제국의 종말이야."

이 낯선 외지인들은 남쪽의 눈 리버, 우겔리, 이그니타, 아파라, 아팜에 자리를 잡았다. 모든 것이 달라질 것이다. 파이프 라인이 홍수림을 가로지를 것이고, 보니 섬에는 새로운 도시가 서고, 세계에서 가장 큰 화물선이 오고, 높은 굴뚝, 창고, 거대한 유조 탱크가 생길 것이다.

카누는 녹슨 쇠 빛깔을 띤 강 위로 미끄러져 간다. 바다 위로 구름이 일면서 우중충한 지붕을 만든다. 오야는 일어나 비를 기다린다. 비의 장막이 강 위로 전진하면서 강변을 삼켜 버린다. 나무도 강변도 없고, 물, 꿈틀거리는 구름에 잠긴 하늘뿐이다. 오야는 옷을 벗고 아기를 허리춤에 꼭 끼고 뱃머리에 서서 왼손으로 긴 장대를 잡는다. 오카호는 노를 저었고 그들은 비의 장막 속으로 들어간다. 그리곤 폭우가 지나가고 강을 타고 올라가 숲속, 초원, 먼 언덕으로 사라진다. 밤이 되자 여행자를 인도하는 별자리처럼 붉은 불빛이 바다 쪽 수평선에서 반짝거린다.

1902년 11월 28일, 아로 추쿠는 거의 아무런 저항 없이 영국 수중에 떨어졌다. 동이 트자 몬타나로 소령의 부대는 신전에서 조금 떨어진 초원에서 다른 세 원정 부대를 만났다. 너무도 푸른 하늘과 신선한 아침 공기, 그것은 시골 마을을 산책하는 거나 진배없었다. 처음엔 롱 주주 신탁에 위배되는 이 원정을 두려워했던 이보스, 이비비오스, 요루바의 흑인 병사들도 텅 빈 널따란 초원을 보고는 안심을 했다. 가뭄으로 땅이 갈라지고 누렇게 변한 풀들도 너무 건조한지라 불똥 하나만 튀어도 초원은 금세 불바다로 변할 판이다.

오웨리족 척후병의 안내를 받아 몬타나로 부대는 조용히 북쪽으로 걸어서 크로스 강과 합류되는 강가에서

야영을 한다. 신전은 이제 아주 가까이 있어서 저녁에 병사들은 농가의 연기를 보고 전쟁을 알리는 커다란 북인 에크웨의 둔탁한 북소리를 듣는다. 어둠이 깔리자 용병들 사이에 이상한 얘기가 돌기 시작한다. 아로스가 승리하고 모든 영국인이 패배, 몰살한다는 오파의 신탁이 있다는 거다. 이런 소문을 들은 몬타나로는 탈영을 염려하여 닷새 후인 12월 2일 아로 추쿠를 공격하기로 결정한다. 신전을 포위하고 초원에 전개시킨 대포가 작전에 들어간다. 12월 3일 새벽, 적군은 아직 한 명도 나타나지 않았는데 막심 기관총과 정밀 소총으로 무장한 몬타나로의 선발 부대는 마을을 공격한다. 몇 차례 반발 사격이 있고 용병이 죽는다. 탄약이 동이 난 아로 사람들은 창과 칼만 들고 탈출을 시도하다가 막심의 집중사격으로 몰살당한다.

오후 두 시경 찬란한 햇살을 받으며 몬타나로 소령은 아로 추쿠의 왕 오지의 궁전으로 들어간다. 건조된 이토로 건축된 궁전은 포탄으로 구멍이 뚫려 폐허가 되고 표범 가죽이 덮인 왕좌는 비어 있다. 그 곁에 왕의 아들인 카누라 불리는 갓 열 살 된 아이가 서 있다. 그의 아버지는 건물에 깔려 죽었다. 두려움에 눈을 크게 떴지만 꼼짝도 하지 않고 병사들이 궁전에 진입하여 집기와 제사용 보물을 약탈하는 걸 묵묵히 바라본다. 눈물 한

방울 흘리지 않고, 그는 아무런 불평도 없이 폐허가 된 궁전 앞에 모인 굶주려서 비척 마른 여자, 노인, 어린아이들이 있는 죄수들 속으로 들어간다.

"어디 신탁의 신전이 있어? 롱 주주 말이야?"

몬타나로가 묻는다.

카누 오지가 영국 장교를 데리고 개울을 따라 내려가 커다란 나무들로 둘러싸인, 일종의 참호 같은 곳으로 인도한다. 그곳, 에브리툼이라 불리는 계곡 속에서 그들은 서부아프리카 전체를 열광케 한 신전을 발견한다. 깊이 70피트, 가로 60야드, 세로 50야드 정도의 타원형으로 된 커다란 웅덩이이다.

개울가에서 몬타나로와 다른 장교들은 가시 덩굴이 이중으로 쳐진 울타리를 칼로 후려친 뒤 뛰어넘는다. 공터에서 개울물은 중간에 조그만 바위섬을 이루며 둘로 갈라진다. 섬 위에는 두 개의 제단이 세워져 있는데, 그중 하나는 해골을 개머리판에 걸어 땅바닥에 꽂은 기관총들로 둘러싸여 있다. 피라미드 형태의 다른 하나에는 야자주(酒) 항아리, 녹말 빵 등, 마지막 공양물이 얹혀 있었다. 제단 위로 죽음의 정적이 감돈다.

몬타나로는 곡괭이로 제단을 부수게 한다. 돌더미 밑에선 아무것도 발견하지 못한다. 군대는 마을 인가에 불을 지르고 오지 궁전을 완전히 쓸어 버린다. 아이는 아버지의 집이 타는 걸 바라본다. 매끈한 그의 얼굴은 증오도 슬픔도 드러내지 않는다. 이마와 뺨에서 달과 해, 매의 날개와 꼬리털인 *이치* 문신이 빛난다.

아로의 마지막 전사들은 전쟁 포로가 되어 칼라바로 끌려간다. 몬타나로는 커다란 구덩이를 파게 해서 죽은 적의 시체와 제단을 장식한 해골을 그 안에 던진다. 여자, 아이들, 노인 등, 살아남은 사람은 열을 지어 벤드 지방을 향해 걷기 시작한다. 그곳에서 마지막 남은 아로 사람들은 오웨리, 아보, 오소마리, 아우카 등의 남동부 지방 마을로 흩어진다. 아로 추쿠 신전은 더 이상 존재하지 않는다. 단지 신생아의 얼굴에 새겨진 *이치* 문신으로만 명맥을 유지한다.

그들은 노예로 끌려가지 않았고 사슬에 묶이지도 않았는데 그건 느드리의 자손, 우문드리족의 특권이었기 때문이다. 아기의 몸 위로 자라난 식량을 첫 수확했을 때 그 최초의 인신 공양에서 시작된 계약을 지키기 위해.

영국인들은 이러한 계약에 대해 아무것도 모른다. 느드리의 아이들은 장터에서 음식을 구걸하고 긴 낚시용 카누를 타고 이 도시 저 도시로 방랑하기 시작한다. 오야를 만날 때까지 오카호는 이렇게 자랐고 오야는 모든 게 다시 태어나길 기다리며 그녀 몸 안에 신탁의 마지막 예언을 품고 있다.

가죽끈 침대 위에서 조프르와는 마우의 숨소리에 귀 기울인다. 눈을 감는다. 그는 자신이 그날을 보지 못하리란 걸 안다. 므로에의 길은 사막의 모래 속으로 사라졌다. 아마니레나스 백성들의 마지막 후손 얼굴이나 돌 위에 남은 *이치* 문신 외에는 모든 게 지워졌다. 그러나 조프르와는 조급해 하지 않는다. 강물이 그러하듯 시간이란 종말이 없는 것이다. 그는 마우 위로 몸을 숙이고 예전에 그랬던 것처럼 그녀를 미소 짓게 하던 말, 그 노래를 귓가에 속삭인다.

"난 당신이 너무 좋아, 마리루."

그는 부드럽고 유연한 그녀의 밤 향기를 느끼며 잠든 마우의 숨소리를 듣다가 문득 이것이 이 세상에서 가장 중요한 것이라 생각한다.

일 년 전, 마우와 펭탕이 배에서 내리길 기다리며 조프르와가 했던 것처럼 랠리 씨의 운전사가 V8을 네덜란드 아프리카 라인 사무실 앞 부두에 세웠을 때도 비가 억수로 쏟아지고 있었다. 그러나 이번에 부두에 있는 건 *수라바야*가 아니었다. *암스텔케르크*라 불리는 콘테이너 운반선으로 녹을 벗길 필요가 없는 훨씬 크고 현대적인 배였다. 운전사가 엔진을 끄자 마우와 펭탕의 부축을 받으며 조프르와가 V8에서 내렸다. 자동차도 이제 더 이상 그의 것이 아니다. 며칠 전 유나이티드 아프리카 사무실의 후임자인 삭슨에게 팔았던 것이다. 처음엔 조프르와도 화를 냈다.

"이 차는 내 거요. 삭슨이란 자에게 파느니 엘리야에게 주겠소!"

랠리 씨가 정중하고 신사답게 끼어들었다.

"값을 잘 쳐주겠다지 않소. 그 사람에게 도움을 주는 게 곧 우리 회사에게도 도움되는 거 아니오. 아시겠소?"

"엘리야에게 준다 해도 저들이 다시 빼앗을 거니까 그에게는 아무런 득이 되지 않아요" 하고 마우가 거들었다.

"엘리야는 운전도 할 줄 모르구요."

조프르와는 결국은 랠리가 매매 절차를 해결해 주고 유럽행 선편까지 가는데 차를 쓰는 조건으로 양도했다. 랠리는 운전수까지 제공하였다. 조프르와는 운전할 형편이 못 되었다.

입순을 떠날 때는 더 어려웠다. 삭슨이 당장 집을 차지하겠다고 하자 펭탕은 "우리가 떠나면서 집을 불지르겠어!"라 했다. 하지만 떠나야만 했고 모든 걸 빨리 치워 줘야만 했다. 마우는 비누, 식기, 식량 등 많은 걸 사람들에게 주었다. 입순 정원에서 일종의 축제, 자선 바자회 같은 게 열렸다. 마우가 아무리 즐거운 표정을 지어도 이건 슬픈 일이라고 펭탕은 생각했다. 조프르와는 자기 서재에 틀어박혀 서류, 책들을 정리하고 마치 비밀 자료인 양 메모지를 불태웠다.

길다란 옷을 뒤집어쓴 여인네들이 마우와 마리마 앞에 줄을 섰다. 그들은 냄비, 접시, 비누, 쌀, 잼, 비스킷, 커피, 침대 시트, 베개 등 각자의 몫을 챙겨 돌아갔다. 아이들은 처마 밑에서 뛰어다니다간 집 안으로 들어와 연필, 가위 등을 집어 갔다. 그들은 그네와 침대의 끈을 잘라 그물 침대를 가지고 갔다. 펭탕은 기분이 좋지 않았다. 마우는 어깨를 으쓱했다.

"내버려둬, 아무려면 어때? 삭슨 씨는 아이도 없대."

5시경이 되자 축제는 끝났다. 입순은 마우가 오기 이전, 조프르와가 살았던 시절보다도 더 썰렁해졌다. 조프르와는 지쳐 있었다. 그는 방에 남은 유일한 가구인 야전 침대에 길게 누워 있었다. 얼굴이 창백하고 회색 수염이 뺨을 덮고 있다. 쇠테 안경을 쓰고 검은 가죽 구두를 신은 그의 모습이 감방에 갇힌 늙은 군인 같았다. 그를 바라보며 펭탕은 처음으로 무엇인가를 느꼈다. 그의 곁에서 말을 건네고 싶었다. 그는 돌아와 다시 시작하고 새로운 므로에까지, 아르시노에의 제단과 오시리스의 후손이 남긴 흔적을 찾아 강을 따라 떠날 거라고 거짓말을 하고 싶었다.

"어디를 가더라도 따라갈게요. 제가 조수가 되겠어요. 우린 비밀을 찾아내고 학자가 될 거예요."

펭탕은 조프르와의 노트에 적혀 있던 벨조니, 비벤트 데논, 데이비드 로버츠, 프르스 다벤, 부카르트가 발견한 아부 심벨의 검은 기둥 같은 단어를 기억해 냈다. 조프르와의 눈이, 아로 추쿠 입구의 현무암에 새겨진 *이치* 기호가 햇살에 선명하게 드러나는 것을 보았을 때처럼 잠깐 반짝거렸다. 그리곤 기진맥진하여 깊은 잠에 빠졌다. 손은 차갑고 얼굴은 시체처럼 창백했다. 닥터 샤롱이 마우에게 "남편을 유럽에 데리고 가 잘 먹이시오. 여기선 절대 회복되지 않을 거요"라 했다. 우린 떠날 거다. 런던이나 이태리에서 가까운 곳에서 살기 위해 프랑스의 니스로 갈 거다. 다른 생활을 할 것이다. 펭탕은 학교에 갈 것이다. 자기 또래의 친구를 사귈 것이고 게임을 배우고 함께 웃는 법을 배우고 아이들이 그러하듯 얼굴을 때리지 않고 싸우는 법도 배울 것이다. 자전거나 롤러 스케이트를 타고 감자와 하얀 빵도 먹을 것이다.

말린 생선, 고추, 플랑텡, 도크라는 더 이상 먹지 않을 거다. 푸푸, 구운 마 열매, 땅콩 수프는 잊을 것이다. 신발을 신고 자동차 사이를 지나 길 건너는 법도 배울 것이다. 아프리카 영어는 잊을 것이고 "다 북 위 유 빈 기미 티튜브 아 돈 로스 암" 같은 말은 하지 않을 것이다. 길거리에서 비틀거리는 주정뱅이에게 "차카!"란 말도 하지 않을 것이다. 보니의 할머니 우고도 나나라 부르지 않을 것이다. 마르세유의 오렐리아 할머니는 그를 꼭 껴안으며 다시 *벨리*노라 부르고 극장에 데려갈 수 있을 것이다. 마치 한 번도 떠난 적이 없었던 것처럼 될 것이다.

입순의 마지막 날, 펭탕은 널따란 초원을 맨발로 뛰어 보기 위해 아주 이른 새벽녘에 집을 나섰다. 개미집 옆에서 그는 해가 뜨길 기다렸다. 비에 씻긴 하늘을 소용돌이치며 덮는 구름, 모든 게 광활했다. 풀 사이로 부는 산들바람 소리, 풀벌레 소리, 숲속 어디에선가 우는 뿔닭 소리. 펭탕은 오랫동안 미동도 없이 기다렸다.

풀밭에서는 비늘 스치는 소리를 내며 그의 곁을 지나가는 뱀소리도 들었다. 펭탕은 보니가 그랬던 것처럼 뱀에게 큰소리로 말했다.

"뱀아, 이건 네 집이야. 날 지나가게 해 줘."

그는 약간의 붉은 흙을 집어 이마와 뺨에 문질렀다.

보니는 오지 않았다. 죄수 폭동이 있은 뒤부터 그는 더 이상 펭탕을 보려 들지 않았다. 프라이 소령 부대가 철책에 세워 놓고 사살한 사람들 중에는 그의 형과 아저씨가 있었다. 어느 날 그들은 오메룬 길에서 마주쳤다. 반쯤 감은 눈꺼풀 뒤에 숨은 멍한 눈으로 바라보는 그의 얼굴은 굳게 닫혀 있었다. 아무 말도 하지 않고 돌을 던지거나 욕설을 퍼붓지도 않았다. 그는 그냥 지나갔고 펭탕은 수치심을 느꼈다. 분노도 느꼈다. 그리고 심슨과 프라이 소령이 한 짓이 그의 잘못은 아니었기에 눈물이 났다. 그도 보니만큼이나 그들을 증오했다. 그는 보니를 붙잡지 않았다. "내가 심슨을 죽인다면 보니를 다시 볼 수 있을까?" 하고 생각했다. 그래서 펭탕은 강변의 하얀 집까지 갔다. 그는 찌그러진 철책, 피가 흘러 진흙 속에 흥건히 스며든 그곳을 보았다. 문 앞에는 소총으로 무장한 보초 두 명이 지키고 있었다. 그러나 관저는 이상하리만큼 텅 비고 버려져 있었다. 펭탕은 불쑥 제럴드 심슨은 영원히 수영장을 갖지 못할 것이란 생각이 들었다. 그런 사건이 있은 후 아무도 땅을 파러 오지 않을 것이다. 커다란 웅덩이에는 계절마다 흙탕물이 고일 것이고 밤이면 두꺼비가 와서 울 것이다. 이런 생각을 하니 웃음이 나왔다. 복수와 같은 웃음. 심슨은 진 것이다.

언덕 위에 나무들이 듬성듬성 서 있었다. 그곳에서 펭탕은 오메룬의 집들, 차가운 아침 공기 속으로 피어 오르는 이웃 마을의 연기를 볼 수 있었다. 그날도 여느 날과 다름없이 하루가 시작되고 있었다. 사람들 목소리와 개 짖는 소리가 들렸다. 대장장이의 날카로운 망치 소리, 조를 빻는 둔탁한 방아 소리. 생선 튀기는 냄새, 마 열매 익히는 냄새. 푸푸 냄새 등 아침식사를 준비하는 냄새가 느껴지는 것 같았다. 이게 마지막이다. 그는 천천히 강까지 내려갔다. 1호 선착장은 텅 비어 있었다. 썩은 밑바닥 나무는 썩어 들어 풀이끼가 더덕더덕 붙은 시커먼 기둥을 드러내며 서서히 허물어져 갔다. 조금 아래쪽에는 포르

투갈 범선과 흡사한, 괴상한 모양의 드제마의 목재선이 마 열매와 플랑텡을 싣기 위해 와르프에 정박해 있었다. 펭탕은 아침에 사이렌 소리를 듣고는 자리에서 벌떡 일어난 적이 있었다. 그는 조프르와도 그 소리를 들었으리라 생각했다. 그런 날은 강을 따라 소비재 상품을 실어 나르는 연락선이 도착하는 날이었다. 유나이티드 아프리카 창고 앞에 비누 상자를 내려놓으면 모이즈 노인이 함석 지붕 밑 그늘로 그것을 끌어들였다. 참을성 없는 삭슨은 그 완벽한 흰색 순모 양복——하루에 두 번씩 갈아입었다—에 카운 포어 모자를 쓰고 벌써부터 와르프에 나와 왔다갔다하고 있을지도 모른다. 랠리 씨도 아마 방문객을 마중 나와 선장과 잡담을 나눌 것이다. 심슨은 틀림없이 그 자리에 빠졌을 것이다. 폭동이 일어난 후, 그는 하코트 항구로 송환되었다. 런던으로 불려가 좀더 안전한 자리인 사무일을 볼 거라는 소문도 이미 돌고 있었다.

펭탕은 허물어진 선착장에 앉아 강을 바라보았다. 비 온 뒤라 강물이 불었다. 시커멓고 묵직한 물살은 둥치로부터 뽑혀져 나온 나뭇가지, 잎사귀, 누런 이끼를 감싸 안고 소용돌이쳤다. 가끔 어디서 온 것인지 알 수 없는 병, 나무 판대기, 낡은 바구니, 걸레 같은 잡동사니가 떠내려 왔다. 보니는 저건 물 속에서 사는 여자 귀신 때문이고 그 귀신은 강둑에서 젊은 사람을 잡아채 물에 빠뜨려 죽인다고 했다. 펭탕은 오야, 그리고 컴컴한 방에 누워 있던 그녀 몸뚱이, 아기를 낳은 순간 내쉬던 거친 숨소리를 생각했다. 그는 감히 움직이거나 말을 할 엄두도 못 내고 그냥 아기가 이 세상에 태어나는 걸 바라보고만 있었다. 그리고 아기의 첫 울음, 격렬하고 날카로운 그 울음 소리에 그는 갑판으로 뛰쳐나와 보니와 구급반을 기다렸다. 오야를 무료 진료소로 데려가 치료를 받게 해준 사람은 마우였다. 펭탕은 들것에 실려 병원으로 가면서 아기를 꼭 껴안던 오야의 모습을 잊지 못할 것이다. 남자 아기였는데 이름은 모른다. 이제 오야는 아기와 함께 떠났고 영원히 돌아오지 않을 것이다.

강 중앙의 브로크던 섬 귀퉁이에서 폐선이 가물가물하게 보였다. 문득 저기 있는 저 배가 그의 인생에서 가장 중요한 것이란 생각에 불안해지기 시작했다. 다른 선착장에서 카누 한 척을 찾아 강 중앙으로 밀고 나가 아사바 쪽을 향했다. 보니는 카누를 똑바로 전진시키려면 노를 조금 비스듬히 물에 넣은 후 배 옆구리에 고정시켜야 한다고 그에게 일러주었다. 물빛은 짙었고 강변은 이미 구름 속에 있었다. 나무 사이로 제재소 전등이 환하게 빛났다.

카누는 어느새 물 한가운데로 들어갔다. 물살은 거셌고 뱃머리에선 폭포 소리가 났다. 배가 하류로 표류하는 게 느껴졌다. 잠시 후 폐선을 향해 뱃머리를 고정시킬 수 있었다. *조지 션튼* 호는 사빈 로즈가 예언했던 대로 가라앉기 시작했다. 고래 턱처럼 갈대 숲 밖으로 튀어나온 거대한 검은 뼈다귀, 소용돌이로 밀려나온 누런 물거품과 홍수에 밀려온 나무 둥치가 엉켜붙어 단지 윤곽만 남아 있었다. 물살에 밀려 섬으로 흘러가면서 펭탕은 오야와 오카호가 올라가던 계단도 홍수에 떠내려가는 것을 보았다. 남은 것이라곤 마지막 계단과 물 속에 잠겨 흔들거리는 긴 난간뿐이었다. 새들도 이제 더 이상 폐선 안에 살지 않았다.

브로크던 섬 가까이에 이르자 카누는 수로를 벗어나 잔잔한 수면으로 들어섰다. 아사바가 코앞에 있었다. 부두와 목재소 건물이 선명하게 보였다. 가슴이 찡해지는 걸 느끼며 펭탕은 오니샤 쪽으로 뱃머리를 돌렸다. 오야는 떠났다. *조지 션트* 호를 지키던 사람이 바로 그녀였다. 그녀가 없는 폐선은 떠돌아다니는 나무 둥치가 나머지 부분을 파괴할 것이고 진흙이 그 위를 덮칠 것이다.

오후, 펭탕은 비가 오기 전에 마지막으로 그가 배웠던 대로 진흙 인형을 만들었다. 보니는 "신을 만들자"고 했었다. 그는 정성스레 하늘에 사는 에제 에누의 가면, 번개를 보내는 샹고, 그리고 입으로 강을 토해 낸, 세계 최초의 두 아이, 아진주와 그의 동생 예모자를 만들었다. 그리고 병사들과 정령, 그들이 타고 다니는 배와 그들이 사는 집도 만들었다. 다 만들고 나서 그는 테라스 시멘트 위에 놓고 햇볕에 구웠다.

빈 집에서 마우와 조프르와는 덧문을 걸어 잠근 채 자고 있었다. 그들은 좁은 침대 위에 나란히 누워 있었다 가끔 잠을 깼는데 펭탕은 그들의 음성과 웃음 소릴 들었다. 행복한 듯했다.

그날은 마우와 펭탕이 마르세유에서 출발하기 전날처럼 무척 긴, 거의 끝도 없이 긴 하루였다.

펭탕은 쉬고 싶지 않았다. 모든 걸 보고 난 뒤 몇 달이고 몇 해 동안이고 간직하고 싶었다. 도시 거리 하나하나, 집 하나하나, 시장의 가게와 옷감 짜는 공장, 와르프의 창고들까지도. 보니가 그를 데리고 마무 강의 계곡과 협곡이 보이던 커다란 회색 바위 절벽 끝까지 갔던 날처럼 그는 쉬지 않고 맨발로 뛰고 싶었다. 그는 죽을 때까지 이 모든 걸 기억하고 싶었다. 입순의 모든 방, 문에 새겨진 흔적들 모두와 손님방의 신선한 시멘트 냄새, 전갈이 우글거리던 양탄자, 개미가 잎을 뜯어먹은 정원의 귤나무, 폭풍 치는 하늘을 날던 독수리. 처마 밑에서서 그는 번갯불을 바라보았다. 도착한 다음날처럼 그는 천둥 소리가 울리길 기다렸다. 그는 그 어느 것도 잊을 수 없었다.

비가 왔다. 도착한 그 다음날처럼 비에 도취되었다. 그는 풀밭을 가로질러 오메룬으로 가는 언덕 위로 내달렸다. 풀밭 중간에 구운 흙으로 만든 탑 같은 개미집이 있었다. 풀 속에서 벼락을 맞아 부러진 나뭇가지를 발견했다. 그는 난폭하고 집요하게 개미집을 두드리기 시작했다. 매번 칠 때마다 몸 속 깊숙한 곳까지 진동이 울려 퍼졌다. 그는 개미집을 후려치며 악을 썼다. 라우, 라아, 아르! 개미집 벽이 허물어지면서 사그러드는 햇살 속으로 애벌레와 눈먼 벌레가 튀어나왔다. 이따금 멈춰 숨을 돌렸다. 손바닥이 아팠다. 귓가에 보니 음성이 들렸다.

"그건 신이야!"

이제 아무것도 진실이 아니다. 이 오후가 지나면, 이 해가 지나면 아무것도 남지 않고 펭탕은 그 어느 것도 마음속에 간직하지 않을 것이다. 어린아이의 눈이 반짝이는 걸 보기 위해 늘어 놓는 옛날 이야기처럼 모든 게 거짓이었다.

펭탕은 몽둥이질을 멈췄다. 새싹처럼 소중한 애벌래가 살고 있는 가벼운 먼지, 붉은 흙을 한 움큼 쥐었다.

비바람이 몰아쳤다. 한밤중처럼 추웠다. 언덕 위의 하늘은 그을음빛깔이었다. 쉴 새 없이 번갯불이 춤을 추었다.

마우도 처마 밑 계단에 앉아 같은 쪽 하늘을 바라보았다. 아침나절이 너무 더웠던 터라 아직까지 함석 지붕 위에서 태양이 끓고 있었다. 밖에서는 아무런 소리도 없었다. 펭탕은 풀밭으로 뛰어갔다. 마우는 그가 밤에야 돌아오리란 걸 잘 알고 있다. 이게 마지막이다. 그녀는 아무런 슬픔도 없이 그렇게 생각했다. 오니샤를 멀리 떠난 삶이 어떠하리란 것까진 생각해 보지 않았다. 이제 곧 그들은 다른 삶을 살 것이다. 상상컨대, 유럽에 돌아가면 그리워질 것은 여자들의 평온한 표정, 아이들의 웃음, 그들의 애무였다.

그녀는 뭔가 변해 있었다. 마리마는 그녀 배에 손을 얹고는 아이란 말을 했다. 아프리카 영어로 피크니라 했다. 마우는 깔깔 웃었고 그녀도 곧 따라 웃기 시작했다. 그러나 그건 사실이었다. 마리마가 어떻게 짐작했을까? 마리마는 정원에서 태어나는 아기가 아들인지 딸인지를 알고 있다는 사마귀에게 물어 보았다. 사마귀는 집게발을 가슴팍 위로 웅크렸다. 마리마는 "딸이다"라고 결론 내렸다. 마우는 너무 기뻐서 온몸이 짜릿했다.

"당신 이름을 따서 마리마라 부르겠어."

마리마는 "그 아이는 여기서 태어난 거예요"라고 했다. 그녀는 주변의 땅과 나무, 하늘, 커다란 강을 가리켰다. 아프리카에 오기 전에 조프르와가 해 주었던 얘기가 떠올랐다.

"그곳 사람들은 아이가 수태된 날이 태어난 날이며 아이는 수태된 그 땅에 속한다고 믿고 있지."

마리마만이 임신을 알고 있었다.

"아무에게도 말하지 마."

마리마는 고개를 끄덕였다.

이제 마리마도 떠났다. 정오에 엘리야가 작별 인사를 했다. 그는 국경 너머 느콩삼바에 있는 자기 마을로 돌아갔다. 그는 침대에 누워 있는 조프르와의 손을 꼭 잡았다. 마리마는 집 앞 땡볕 아래서 기다렸다. 그녀는 트렁크, 냄비가 가득 든 박스 등 그의 짐짝 속에 서 있었다. 짐 속에는 마우가 와르프에서 산 트리엄프 재봉틀까지 있었다.

마우가 내려와 마리마를 껴안았다. 영원히 다시 못 보게 되리란 걸 잘 알았지만 그리 슬프진 않았다. 마리마는 마우의 손을 잡아 자기 배에 꼭 댔고 마우는 그녀도 아기를 기다리고 있음을 느꼈다. 그것은 똑같은 축복이었다.

그리곤 방수포를 덮은 트럭이 와 길에 멈춰 섰다. 마리마와 엘리야는 화물칸에 짐을 올리고 마리마는 운전수 옆 앞 좌석에 올랐다. 그들은 붉은 흙먼지 구름을 일으키며 떠났다.

5시 못 미쳐 비가 오기 시작했다. 펭탕은 그가 좋아하는 장소인 강 조금 위쪽 언덕에 앉아 있었다. 거무튀튀한 나무의 윤곽, 담벼락 같은 붉은 절벽이 있는 건너편 강변을 보고 있었다. 아사바 쪽 하늘은 무의 세계까지 파인 구멍처럼 캄캄했다. 구름은 나무 위를 스쳐 달리면서 가느다란 가락을 펼치며 파충류처럼 미끄러져 갔다. 강 위에는 아직도 햇살이 남아 있었다. 금박이 박힌 듯한 강은 무한히 넓었다. 반쯤 물에 잠긴 섬들도 보였다. 멀리 카누보다 조금 큰 작은 섬들로 둘러싸인 저지 섬도 보였다. 그 아래, 오메룬 강 하류에 가느다란 브로크던 섬이 어렴풋하게 보였다. *조지 션튼* 호는 필경 밤중에 가라앉았을 것이고 이제 아무것도 남지 않았다. 그게 차라리 낫다고 펭탕은 생각했다. 대영제국의 멸망을 누차 늘어놓던 사빈 로즈를 생각했다. 오야와 오카호가 떠난 지금, 모든 게 달라지고 있고 폐선처럼 사라져 버릴 것이며, 강물의 금빛 충적토 속으로 가라앉을 것이다.

펭탕 앞에 펼쳐진 전경은 하늘빛을 배경으로 선명히 드러난 나무들이다. 갈라진 대지는 비를 기다린다. 둥그렇게 말린 잎이 달린 커다란 망고나무, 가시가 삐쭉삐쭉 난 관목, 북풍에 기울어진 야자수의 회색 가지 등, 펭탕은 강변의 나무 하나하나를 모두 안다고 생각했다. 집 앞의 맨땅에서 아이들이 놀고 있었다.

갑자기 강 위로 폭우가 몰아쳤다. 빗물의 장막이 오니샤를 덮었다. 첫번째 물방울이 매캐한 흙먼지를 일으키고 나뭇잎을 떨어뜨리며 땅바닥을 후려쳤다. 펭탕의 얼굴 위로 물방울이 떨어지자 그는 대번에 흠뻑 젖었다.

아래쪽 아이들은 숨어 있다간 다시 튀어나와 들판을 뛰어다니며 소리를 질렀다. 펭탕은 무한한 행복감을 느꼈다. 그도 저 아이들과 같았다. 팬티만 남기고 옷을 벗고는 하늘을 바라보며 빗속을 달렸다. 이토록 살아 있다는 느낌, 자유롭다는 느낌이 든 적이 없었다. 그는 내달렸다. 오주우! 오주우! 발가벗은 아이들이 그와 함께 뛰며 답했다. 빗물로 온몸이 번들거렸다. 오소! 오소! 뛰자! 빗물이 눈으로, 입으로 콸콸 흘러 들어 숨이 막혔다. 하지만 너무 좋고 신났다.

핏빛 빗물은 나뭇잎, 가지, 쓰레기, 심지어 신발들까지 휩쓸며 대지 위로 흘렀다. 물방울의 장막 사이로 엄청나게 불은 강물이 보였다. 비의 냄새와 소음, 찬바람을 가득 받으며 이토록 비와 가까이 있은 적이 없었다.

입순으로 돌아오자 마우가 처마 밑에 서서 기다리고 있었다. 화가 난 듯했다. 눈길은 거의 악의를 품은 것처럼 단호했고 입가 양쪽에 차가운 주름이 잡혀 있었다.

"도대체 무슨 일이야?"

펭탕은 대꾸하지 않았다. 그녀는 펭탕의 팔을 잡아 집 안으로 밀쳤다.

"네 꼴이 어떤지 알아?"

음성을 높이진 않았지만 단호한 어투였다. 그리곤 배를 움켜쥐었다. 펭탕은 그녀가 울고 있음을 알았다.

"왜 울어요? 마우, 어디 아파?"

펭탕은 가슴이 조여 왔다. 그는 마우의 배에 손을 얹었다.

"그냥 피곤해, 너무 피곤하구나. 아주 멀리 떠나고 싶어. 이 모든 걸 끝내고."

펭탕은 두 팔로 마우를 감싸 힘주어 안았다.

"울지 마. 다 잘될 거야. 영원히 엄마 곁에 있을게. 엄마가 아주 늙더라도 말이야."

마우는 가까스로 눈물 속에서 미소를 지었다.

어두운 방에서 펭탕은 두 눈을 크게 뜨고 있었다. 폭우 소리가 점차 커져 갔다. 번갯불이 텅빈 방을 밝혔다.

그날 밤, 석유 곤로로 캄벨 수프를 데우고 붉은 콩 통조림, 비스킷,

바닥까지 긁어 모은 네덜란드 치즈로 대충 저녁을 때운 후 마우와 펭탕은 조프르와를 깨우지 않기 위해 한 침대에서 잤다. 천둥 소리 때문에 거의 새벽까지 뜬눈으로 지샜다. V8은 제시간에 도착할 것이다. 랠리 씨의 운전수는 해가 뜨자마자 올 것이다.

오니샤를 멀리하고

1968년 가을, 배스 보이즈 그래머 스쿨

펭탕은 불어 수업 광경을 바라보며 와렌, 존슨, 로이드, 제임스, 스트랜드, 해리슨, 벡포드, 멧캘프, 안드류, 딕슨, 맬, 펨브로, 캘웨이, 퍼트, 틴슬레이, 템플, 워츠, 로빈, 개스코인, 고다르, 그래엄 더글라스, 스태필턴, 알버트 트릴로, 세이, 홈즈, 르 그리스, 섬머빌, 로브, 이 모든 이름들을 잊지 않고 있었다고 생각한다. 중학교에 입학하면서 그는 아무것도 중요치 않으며 그저 표정과 겉모양만 있는 평범한 공부라 생각했다. 기숙사는 철책이 쳐진 창문이 있는 썰렁한 큰방이다. 창문으로 단풍이 활활 타오르는 나무가 보인다. 변한 건 아무것도 없다. 그건 어제였다. 도착하자마자 조프르와는 그를 이 중학교까지 데리고 와 손을 한 번 꼭 잡고는 가 버렸다. 이제는 두 가지 삶이 있다. 썰렁한 기숙사, 교실, 다른 동류 남학생, *오 렌테 렌테 쿠리테 녹티스 에키*, 호라스 시 구절을 암송하는 스핀크 선생의 코맹맹이 음성이 있는 중학교에서의 삶. 그리고 어둠 속에서 눈을 감으면 떠오르는 오메룬 강, 폭풍 소리를 들으며 그물침대에서 흔들거리던 일.

잊어야 한다. 배스의 그 누구도 오니샤나 강에 대해선 아무것도 모른다. 그곳에서는 그토록 중요했던 이름들을 알려고 하는 사람은 아무도 없다. 학교에서 그는 실수로 아프리카 영어로 말했다. *히 돈 고우 나우나우, 히 토크 세이*라고도 하고 *디 북 비롱 미*라고도 했다. 그것이 폭소를 자아냈고 훈육주임은 난장판을 만들려고 일부러 그런다고 생각했다. 그에게 두 시간 동안 벽 앞에서 팔을 벌리고 서 있는 벌을 내렸다. 급작스레 튀어나오거나 입 안에서 춤을 추는 이런 단어들도 잊어야만 했다.

보니도 잊어야 했다. 중학교 아이들은 한편으로 훨씬 유치했고 동시에 무척 아는 게 많았으며 잔꾀와 의심으로 가득 차서 겉늙어 보였다. 창백하고 파렴치한 인상들이었다. 기숙사에서는 낮은 목소리로 말했고 여자의 성기에 대해선, 마치 한 번도 못 본 사람들처럼 수군거렸다. 펭탕은 처음엔 호기심과 두려움의 눈길로 그들을 바라보았다. 그들 시선에선 아무것도 읽을 수 없었고 그들이 무엇을 원하는지도 이해하지 못했다. 그는 항상 긴장 속에서 사는 귀머거리나 진배없었다.

다 오래 전 일이다. 이제 그는 생업의 일환으로 불어와 라틴어 복습 선생이 되어 교직에 몸담게 됐다. 제니는 브리스톨 병원의 간호사다. 모두들 그들이 결혼할 거라고 한다. 이번 겨울 크리스마스쯤이 될지도 모르겠다. 그들은 바다를 보기 위해 펜잔스나 틴타겔로 갈 것이다. 비아프라에서 전쟁이 발발하자 펭탕은 당장 그곳으로 가 무슨 일인지 알고 싶었다. 그가 떠나지 않은 것은 제니를 위해서이다. 하긴 그가 무엇을 할 수 있겠는가? 그가 아는 세계는 이제 문을 굳게 걸어 잠갔고 이미 너무 늦은 것이다. 걸프 오일이나 브리티시 석유 같은 석유 회사들을 위해 수많은 용병들이 지원하여 갈라바르, 보니, 에누구, 아바로 떠난다. 펭탕은 오니샤, 오메룬을 떠나지 말았어야 했다. 그의 친구가 기다리던 곳, 온갖 모험이 시작되었던 초원의 외로운 나무에서 눈을 떼지 말았어야 했다.

펭탕은 적응을 했다. 이제 그가 피해야만 했던 사람, 위험했던 인물들이 생생하게 떠올랐다. 첫 번째 부류는 제임스, 해리슨, 와트, 로빈이었다. 제임스가 그들 우두머리였다. 제임스는 주먹으로, 해리슨은 허리띠로 사람을 때렸다. 두 번째 부류로는 섬머빌, 알버트 트릴로, 로브, 르 그리스가 있었다. 르 그리스는 조금 뚱뚱하고 참한 아이였다. 그의 부친처럼 법조계로 나갈 아이였다. 열다섯 살이지만 양복에 솔을 두르고 벌써 머리카락도 듬성듬성하고 조그만 콧수염이 난 그는 성인 풍모를 지녔다.

로브는 달랐다. 움푹 팬 커다란 눈과 쓸쓸하고 나른한 표정에 마르고 꾸부정하고 창백한 아이였다. 다른 아이들은 그를 놀리고 계집애 취급을 했다. 그가 처음 학교에 왔을 때 펭탕은 동정 섞인 친근감을 느꼈다. 로브는 여자들 성기와는 다른 것을 화제로 올렸다. 그는 시를 썼던 것이다. 사랑과 회한이 주제인 어려운 시를 펭탕에게 보여 주었다.「일천 년」이란 제목의 시가 떠올랐다. 늪 지대를 떠도는 영혼을 얘기하는 시였다. 펭탕은 오야와 강 위의 그녀 은신처, 폐선을 생각했다. 그러나 그것 역시 누구에게도 말할 수 없는 것이었다.

지금쯤 오야는 늙었을 거다. 강 위에서 태어난 아기는 존 버취가 *아동 보호 재단*을 위한 임무를 수행하다가 오킥위에서 목격했던 소년들 속에 끼여 있을 것이다. 그들은 머리를 빡빡 밀고 총 대신 몽둥이를 들고 있었다. 펭탕은 아바 근방의 초원에서 미그17, 일류신18, 105밀리 대포와 맞서고 있는 벤자민 아디쿤레 병사, '검은 전갈'의 군인들의 사진 속에서 보니의 얼굴을 찾으려고 자세히 들여다보았다. 아주 먼 그곳에서 전쟁이 터지자 *조지 션튼* 호에서 오야의 아들의 탄생을 지켜 보았던 그는 마치 그의 형제라도 되는 듯 오케케를 찾아서 돕고 보호하기 위해 떠나고자 했다. 지금 어디 있을까? 옆구리에 구멍이 뚫려 아바의 길 위 풀 속에 누워 있을지도 모른다. 수천 명의 굶주린 어린아이들이 비척 마른 노인의 형색을 하고 기다리고 있는 그곳 아바. 제니는 잡지에서 그 사진을 보고는 울음을 터뜨렸다. 펭탕은 마치 자기는 그런 걸 잊을 수 있다는 듯 그녀를 위로해야만 했다.

지금, 무슨 까닭인지는 모르지만 로브의 추억이 되살아난다. 아주 부드럽고 반짝이는 그의 눈, 시를 읽을 때면 떨리는 그 목소리. 중학교 마지막 학년이었을 때였다. 로브는 감당하기 힘든 상대가 되었다. 수업이 끝나면 밖으로 펭탕을 기다리고 있다간 펭탕에게서 위안처를 찾았다. 점점 까다로워졌고 우울증에 빠졌다. 펭탕에게 편지를 쓰기도 했다.

어느 날 펭탕은 도저히 용서받지 못할 짓을 했다. 로브를 울리려고 따귀를 때리는 등 그에게 폭행을 일삼던 애들과 한패가 되었던 것이다. 그에게 매달리던 로브를 밀쳐 버렸다. 그 부드러운 눈에 눈물이 고이더니 로브는 돌아서 버렸다. 그런 일이 있은 후 로브가 다가와 말을 건네려고 할 때마다 그는 예전에 보니가 그의 형이 죽은 뒤 길거리에게 그랬듯 "바보 멍청아!"라며 난폭하게 대했다. 로브는 그 해가 끝나기 전에 학교를 떠났다. 그의 어머니가 찾으러 왔던 것이다. 펭탕은 그때 처음으로 그의 어머니를 보았다. 까만 머리에 로브의 눈만큼이나 부드럽고 비로드처럼 반짝이는 눈을 지닌 창백하고 아주 아름다운 젊은 부인이었다. 그녀가 펭탕을 보는 순간 그는 수치심을 느꼈다. 로브는 어머니에게 "여기에선 유일한 친구였어요"라고 소개했다. 끔찍한 일이었다. 강해져야만 했고 과거에 있었던 일을 결코 잊지 말아야 했다. 강과 하늘, 땡볕에 드러난 개미 집, 광대한 초원과 피투성이 상처 같은 계곡, 이런 기억들은 함정에 빠지지 않고 정신을 똑바로 차리고 단호하게, 초원의 검은 돌처럼, 우문드리족의 얼굴처럼 냉담해질 수 있도록 도와준다.

"무슨 생각해?"

가끔 제니가 묻는다. 그녀 몸은 부드럽고 따뜻하며 목덜미에서는 머리카락 향내가 난다. 그러나 펭탕은 굶주린 아이들의 눈빛, 딱딱한 땅을 종종 맨발로 뛰어다녔던 오웨이와 오메룬 언덕의 풀밭에 쓰러진 어린아이들을 잊을 수가 없다. 1968년 3월 25일 오니샤로 무기를 싣고 오던 트럭 행렬을 단숨에 파괴했던 그 폭발을 잊을 수 없다. 지프

안에서 까맣게 타 죽은 여자, 하얀 하늘을 향해 뻗은 그녀 손을 잊을 수 없다. 우겔리 필드, 눈 리버, 이그니타, 아파라, 아팜, 코로코보 같은 파이프라인 이름들도 잊을 수 없다. 그리고 이 끔찍한 이름도 잊을 수 없다. 크와시오코르.

강해야만 했다. 반장인 카핏트가 벽에 몰아세우고 몽둥이질을 하려고 바지를 벗으라고 할 때, 강해야만 했다. 펭탕은 눈을 감고 발목에 달린 사슬 소리를 내며 시내를 걷던 죄수 행렬을 생각했다. 반장의 몽둥이를 맞으면서도 펭탕은 울지 않았다. 다만 한밤중에 기숙사에서 입술을 깨물고 소리 내지 않고 울었다. 그러나 그건 몽둥이질 때문은 아니었다. 나이지리아강 때문이었다. 펭탕은 학교 운동장에서 느리고 부드러운 강물 소리, 또한 구름을 타고 다가오는 폭풍 소리를 들었다. 처음 학교에 온 직후 펭탕은 강물을 생각하며 잠들었고 오야가 뱃머리에 쭈그리고 앉아 섬을 바라보며 긴 카누를 타고 가는 꿈을 꾸었다. 그리곤 뛰는 가슴을 안고 눈을 뜨면 시트가 뜨거운 액체로 흠뻑 젖어 있었다. 창피한 일이었다. 다른 기숙생들의 조롱을 받으며 시트를 들고 세탁장에 가 자기 손으로 빨아야만 했다. 그러나 그런 일로 얻어맞진 않았다.

그래서 꿈에 제동을 걸어 몸 안 깊숙이 간직해야만 했고 강의 노래도 듣지 말고 천둥 소리도 상상하지 말아야 했다. 배스의 겨울은 비가 오지 않았다. 눈이 왔다. 지금까지도 펭탕은 추위를 두려워한다. 브리스톨 변두리의 조그만 지붕 밑 방에서는 물병 속의 물이 얼어붙었다.

제니는 그를 꼭 껴안고 열기를 전해 주었다. 그녀 가슴과 배는 부드럽고 그녀 음성은 잠결에도 그의 이름을 중얼거렸다. 아마도 이 세상에서 이보다 진실하고 아름다운 것은 없을 것이다.

중학교에 강의하러 가기 위해 그는 낡은 자동차를 샀다. 거리를 나서면 너무 추워 옷 안에 신문지를 넣어야만 한다. 그러나 펭탕은 바람의 습격을 좋아한다. 그것은 추억을 동강내는 칼날 같다. 겨울 나무처럼 알몸이 되는 것 같다.

펭탕은 마우가 떠났던 1958년 가을을 기억한다. 런던에서 그녀는 병에 걸렸고 조프르와는 마리마와 그녀를 남쪽으로 데리고 갔다. 열 살이 된 마리마는 마우와 너무도 닮았다. 구릿빛 머리카락, 고집스럽게 보이는 이마, 햇빛에 반사된 눈빛이 그녀와 똑같았다. 펭탕은 마리마를 무척 좋아했다. 그는 거의 매일 편지를 써서 일주일에 한 번 커다란 봉투에 넣어 보냈다. 그는 그의 생활, 친구 르 그리스, 그들이 스핀크 씨, 또는 골목 대장을 하던 반장 카핏트를 골려 주던 일 등 모든 걸 편지에 썼고 그녀를 만나기 위해 남부로 도망칠 계획을 짜기도 했다.

조프르와는 오렐리아 할머니에 대한 기억 때문에 결코 니스로는 돌아가려 하지 않았다. 그는 가족을 가져 본 적도, 갖기를 원해 본 적도 없었다. 그건 아마도 그가 그토록 미워했던 로사 아줌마 때문일 것이다. 오렐리아 할머니가 죽은 뒤 그 노처녀는 잘 알 수는 없지만 이태리의 플로렌스인지 피에솔레인지로 떠났다. 조프르와는 오피오 근처에 낡은 집을 샀다. 마우는 닭을 키우기 시작했다. 조프르와는 칸느 주재 영국 은행에 일자리를 찾았다. 그는 펭탕이 영국의 배스에 기숙생으로 남아 학업을 끝마치길 바랐다. 마리마는 칸느의 카톨릭계 학교에 들어갔다. 그로써 완전히 그녀와는 이별한 것이다. 배스에서 학업을 마치자 펭탕은 브리스톨 대학에 가 법학을 공부했다. 그는 생활비를 벌기 위해 선생들이 이상하게도 그에 대해 좋은 인상을 갖고 있는 배스 중학교의 불어-라틴어 복습 교사 자리를 수락한 것이다.

이제 모든 게 달라졌다. 전쟁은 추억을 지워 버리고 초원과 계곡, 마을의 집들, 심지어 그가 알고 있던 이름마저 삼켜 버렸다. 오니샤엔 아무것도 남아 있지 않을 것이다. 마치 아르시노에의 백성을 새로운 므로에, 영원한 강으로 이끈 뗏목처럼 그 모든 것이 꿈속에서만 존재했던 것인 양 되어 버릴 것이다.

1968년 겨울

마리마, 오니샤가 어땠는지 이제 무슨 말을 해줄 수 있을까? 이제 내가 알고 있던 것은 아무것도 남지 않았다. 여름이 끝나갈 무렵, 그때까지 강변에 남아 있던 마지막 집을 박격포로 간단히 파괴한 후 연방군이 오니샤로 들어왔다. 군인들은 아사바를 출발해 바지선을 타고 강을 건너 폐허가 된 프랑스 다리, 홍수에 잠긴 섬을 지나 왔단다. 거기가 바로 이십 년 전, 오야와 오카호의 아들 오케케가 태어난 곳이지. 바지선은 폐허가 된 와르프, 구멍이 뚫린 유나이티드 아프리카 창고가 있는 어선 선착장에 접안을 했지. 오니샤는 쥐새끼 한 마리

없었고 집들이 불타고 있었다. 굶주린 개들이 떠돌아다녔고 언덕 위에는 여자들과 아이들이 얼빠진 모습으로 서 있었다. 저 멀리 초원의 진흙 오솔길을 따라 피난민들이 아우카, 오웨리, 아로 추쿠가 있는 동쪽으로 걸어갔다. 메뚜기들의 주인인 개미집은 보지도 못한 채 지나쳐 갔을 것이다. 그들의 말소리, 발자국 소리가 풀숲에 숨어 있는 커다란 뱀을 깨웠을 테지만 아무도 뱀에게 말을 걸 생각은 하지 않았겠지. 마리마, 네가 태어난 그 집, 독수리가 앉아 있던 커다란 나무, 개미가 뜯어먹은 레몬나무, 그리고 보니가 나를 기다리던 초원의 끝 오메룬 길가의 망과나무 그늘, 이 모든 게 지금은 어떻게 되었을까?

세상을 잊기 위해 틀어박혀 살던 그 집, 덧창은 잠겨 있고 벽면은 가면으로 장식된 커다란 거실이 있던 사빈 로즈의 그 집은 어떻게 되었을까? 학교 기숙사에서 나는 사빈 로즈가 내 진짜 아버지이고 마우가 아프리카에 온 것도 그 사람 때문이며 바로 그런 이유로 마우가 그토록 그를 증오했다는 공상을 했단다. 어느 날 마우가 너와 조프르와를 데리고 프랑스로 돌아간다는 얘길 듣고는 그녀에게 그러한 미친 짓을 설명할 수 있는 것은 바로 그 때문일 거라는 악의에 찬 말까지 하게 되었고 이런 일이 있은 후부터 그녀와 나 사이는 결코 예전 같지 않으리란 걸 깨달았지. 그녀가 무슨 말을 했는지는 기억 나지 않아. 아마도 어깨만 으쓱하곤 웃어넘겼겠지. 마우는 조프르와와 너를 데리고 남불로 갔고 나는 강이나 섬, 오니샤에서 친근했던 모든 것들을 영원히 보지 못하게 되리란 걸 알았어.

마리마, 너도 내가 느끼는 것과 똑같이 느끼길 얼마나 원했는지 몰라. 네게는 아프리카란 그저 이름뿐인, 신문이나 책에서 말하는 대륙, 전쟁이 일어났기 때문에 사람들 입에 오르는 그런 장소에 불과하니? 네가 니스의 대학 기숙사에서 살고부터 모든 끈이 끊어진 거야. 일 년 전, 그곳에서 내란이 일어났고 비아프라에 대한 얘기를 할 때도 너는 그게 어디 있는지도 잘 몰랐고 그곳이 바로 네가 태어난 곳이란 것도 잘 이해하질 못했었지.

하지만 넌 마치 네 안에서 오래 된 어떤 것, 아주 은밀한 어떤 것이 부서져 버린 것 같은 어떤 소름 끼침, 전율을 틀림없이 느꼈을 거야. 어쩌면 네 생일날 영국에서 보낸 편지, 그곳 오니샤에서는 태어난 곳이 아니라 수태된 곳에 속한다는 얘기를 썼던 내 편지를 떠올렸을지도 모르지. 멀리 바다가 보이는 대학 기숙사 방에서 너는 먹구름이 낀 하늘을 바라보며 오니샤의 폐허에 내리는 비도 저것과 똑같은 비라고 생각했을지도 모른다.

마리마, 네게 좀더 많은 얘기를 해 주고 싶었단다. 나도 자크 랑기욤처럼 그곳으로 떠나고 싶었단다. 아로추쿠 근방, 우투투 지방의 제임스 신부처럼. 그는 폭도들에게 식량과 의약품을 가져다 주려고 군사 봉쇄선을 넘다가 별똥 부대에게 죽음을 당했지. 나는 포위당한 아바 지방에 가고 싶었어. 그곳의 증인이 되고자 하는 게 아니라 쓰러져 가는 그들의 손을 잡아 주고 죽어가는 이들에게 마실 걸 주기 위해서 말이야. 그렇지만, 난 오니샤와 멀리 떨어진 이곳에 그대로 있었어. 어쩌면, 용기가 없었거나 어떻게 행동해야 할지 몰랐는지도 모르지. 아무튼 너무 늦어 버렸어. 일 년 전부터 난 끊임없이 그곳을 생각했고, 뿌리가 뽑히고 파괴된 모든 것을 꿈에서 보았어. 신문과 BBC 방송 뉴스는 너무 간략했어. 폭탄, 폐허가 된 마을, 전쟁터에서 굶주려 죽는 아이들. 이 모든 게 몇 줄에 불과했지. 우마이아, 오킥위, 이코트 엑페네에서 기아로 죽어 가는 아이들, 퉁퉁 부은 그들 얼굴과 퀭한 눈들. *크와시 오코르*란 죽음의 단어는 끔찍한 울림을 지녔지. 의사들이 그렇게 명명했어. 죽기 직전 아이들의 머리카락 색깔이 변하고 말라 빠진 피부는 종잇장처럼 부서져 버리지. 유전 몇 개를 손아귀에 넣기 위해 세계, 강과 바다의 섬들은 그들에게 문을 꼭 잠가 버렸어. 이제는 적막만 감도는 텅빈 숲만이 남았어.

마리마, 나는 아무것도 잊지 않았다. 멀리 떨어져 있는 지금에도 나는 강변의 생선 튀김, 마 열매, 푸푸 냄새를 느낀다. 눈을 감으면 입 안에 아주 부드러운 땅콩 수프의 맛이 감돈다. 저녁에 초원 위로 느릿느릿 솟아오르는 연기의 냄새를 느끼고 아이 울음 소리를 듣는다. 이 모든 게 영원히 사라져야만 하는 걸까?

나는 잠시라도 입순과 초원, 태양으로 뜨거워진 함석 지붕, 저지, 브로크던 섬이 있는 강을 보지 않은 적이 없다. 잊어버리고 있던 것들조차도 그것이 파괴되는 순간에는, 물에 빠져 죽은 사람이 익사 직전 수많은 영상들이 주마등같이 스쳐 지나가는 걸 보는 것처럼 다시 눈앞에 선하게 되살아난다. 마리마, 이런 모든 걸 너에게 준다. 아무것도 모르는 너, 지금 피가 흐르는 그 붉은 땅, 나는 다시는 보게 되지 못하리란 걸 뻔히 알고 있는 그 땅에서 태어난 너에게 주겠다.

1969년 봄

기차는 남쪽을 향해 차가운 밤 속을 달린다. 펭탕은 목적지에 도착하면 풀벌레 소리와 땅 냄새가 가득한 따뜻하고 축축한 새벽일 것 같은, 한겨울을 빠져 나와 휴가를 떠난 사람인 듯한 이상한 느낌이 들었다. 자동차로 가야 하는 배스와 브리스톨 구간 도로는 빙판이 되어 막혀 있었다. 학교 운동장의 헐벗은 나무도 뻣뻣하게 얼어붙었다. 날씨가 너무 추워져서 신문지를 옷 안에 끼었는데도 찬바람이 폐부에 구멍을 내는 느낌이 들었다. 그러나 하늘은 파랬다. 자연은 너무 아름답다. 너무 순수하고 너무 아름답다.

모든 게 급속도로 결정되었다. 펭탕은 마우에게 전화를 걸어 매번 그랬듯이 덤덤하게 "안녕하세요?"라고 했다. 마우 목소리가 이상하게 메어 있었다. 평소 결코 과장하는 법이 없는, 특히 조프르와의 병세에 대해 그러했던 마우는 이렇게 말했다.

"아니. 전혀 안녕하지 못해. 너무 허약해져 있고 이젠 더 이상 먹지도 마시지도 않아. 곧 죽을 거야."

펭탕은 교장에게 사표를 냈다. 언제 돌아올지 모르기 때문이다. 제니가 역까지 배웅을 해 주었다. 플랫폼에 우뚝 선 그녀는 뺨이 빨갰고 눈은 파랬다. 정말 참한 모습이었다. 펭탕은 가슴이 아팠다. 필경 영원히 다시 보지 못하리란 생각이 들었다. 기차가 움직이기 시작했고 그녀는 펭탕의 입술에 아주 강하게 키스를 했다.

어둠 속에서 철로축이 바뀔 때마다 그는 오피오에 가까이 가고 있었다. 마리마와 마우를 만나고 조프르와를 보기 위해 매년 여름에 탔던 기차이다. 시간이 흘러감에 따라 그들 얼굴의 변화를 가늠하기 위해서. 이번에는 모든 게 다르다. 희미해져 가는 햇빛 같은 것이다. 조프르와가 죽어 가고 있다.

아침의 맑은 햇살 속에서 발본느부터 오르막길로 이어진 좁은 길을 펭탕은 떠올렸다. 집은 계곡 끝, 바위 위에 균형을 잡고 서 있다. 마당 아래쪽에는 허물어져 가는 닭장이 있다. 마우는 이곳에 도착하자 닭장을 세웠고 백 개도 넘는 닭장을 갖게 되었다. 조프르와가 병들자 그녀는 양계를 포기해서 이제는 열댓 마리의 암탉만 남았다. 그중 일부는 늙어서 알도 낳지 못한다. 기껏해야 이웃에게 알을 팔 정도만 남은 것이다. 깃털이 곤두선 시커먼 늙은 수탉이 있는데 강아지처럼 마우를 따라다니며 어깨에 뛰어올라 마우의 금니를 쪼아먹으려 한다.

마우는 여전히 아름답다. 머리카락은 회색으로 변했고 햇살과 바람이 입가 양쪽과 눈가에 주름을 만들었다. 손에 굳은살이 배겼다. 그녀는 항상 그렇게 되고 싶어했고 이태리 농가의 아낙이 되었다고 했다. 산타 안나의 여인.

오후에, 편지 같은 장편 시를 초등학생용 공책에 썼던 일도 이제 그만두었다. 15년 전, 마리마를 데리고 조프르와와 그녀가 남불로 떠나면서 그녀는 그 공책들을 커다란 봉투에 넣어 펭탕에게 주었었다. 봉투에 그녀는 펭탕이 사랑하던 베파나, 우오모 네로, 스튜라 다리의 이름인 *니넨나네*를 적어 놓았다. 펭탕은 일 년에 걸쳐 하나하나 모두 읽었다. 오랜 세월이 자난 후에도 그는 어떤 부분은 외울 수 있다.

펭탕이 마리마 탄생의 비밀, 사마귀가 어떻게 예언했는지를, 그리고 그녀가 강변에서 수태되었기에 그녀가 강에 속한다는 사실을 알게 된 것도 그 공책을 통해서이다. 기억을 곰곰이 되살린 끝에 그는 폭우가 쏟아지는 동안 그 일이 일어났던 날까지 짚어 보았다.

오후 햇살을 피해 덧창을 굳게 걸어 잠근 방안 침대에 조프르와가 누워 있다. 백지장 같은 얼굴은 다가오는 사신에 의해 이미 푹 꺼져 있었다. 근육 경직이 온몸에 퍼져 움직이지 못한 건 이미 오래 전 일이다. 가시 덩굴 사이로 부는 바람 소리, 덧창을 때리는 마른 흙덩이 소리 등, 밖에서 나는 소리도 듣지 못한다. 어디선가 날갯짓 치듯 푸드득거리는 플라스틱 방수포 소리도.

그는 더 이상 희망이 없었기에 병원에서 퇴원했다. 그의 정맥 속으로 한 방울씩 떨어지는 주사약에도 불구하고 그의 맥박은 서서히 느려지고 있다. 그의 생명은 손가락 사이로 빠져 나가는 물이다. 퇴원을 원했던 것은 마우였다. 그녀는 아직껏 터무니없는 희망을 버리지 않는다. 마우는 핼쑥해진 그의 얼굴, 눈자위에 드리워진 그늘을 바라본다. 숨소리가 너무 가늘어 툭 건드리기만 해도 끊어질 것 같다.

아침에 간호사가 와서 마우가 조프르와를 씻기고 시트를 갈아주는 걸 거들었다. 환부를 닦아 내고 붕산수로 피딱지를 벗겨 낸다. 조프르와는 눈꺼풀에 단단히 힘을 주어 꼭 감고 있었다. 이따금 눈물 방울이 언뜻 눈동자 안쪽에서 맺혀 눈썹에 매달려 있다간 햇살에 반짝인다. 눈꺼풀 속에서 눈동자가 꼼지락거리고 어떤 파장, 어떤 구름 같은 게 얼굴 위로 흘러내린다. 매일 마우는 조프르와에게 말을 건넨다. 언제부터인가 그녀 자신도 무슨 얘기를 하는지 잘 모르고 있다. 별다른 얘기도 아니고 그냥 말하는 거다. 오후에 마리마가 온다. 그녀 역시 침대 옆 등나무 의자에 앉아 조프르와에게 이야기를 한다. 그녀의 음성은 너무도 신선하고 젊다. 아마도 조프르와는 육체를 벗어나 의식이 흘러간 곳, 아주 먼 곳에서 그녀 얘기를 듣고 있을 것이다. 예전에 산레모에서처럼, 마우의 목소리, 행복에 겨운 그녀의 음악을 듣는 것처럼. "당신을 좋아해, 마리루……"라고.

그것은 오래 전 아주 더 먼 곳, 마치 다른 세계인 듯한 곳에 가 있는 것과도 같다. 호박색 강물 한가운데 섬 위에 세워진 새로운 도시. 마치 꿈속에 있는 것인 양. 조프르와는 갈대 뗏목에 실려 물 위를 흘러 간다. 그는 검은 숲으로 뒤덮인 강둑을 보았고 갑자기 강변 모래밭에 진흙 집, 신전이 나타난다. 아르시노에가 멈췄던 곳이 바로 저 커다란 강의 모래밭이었다. 백성들의 숲을 개간하고 길을 냈다. 카누는 천천히 섬 사이로 흘러가고 어부들이 갈대 숲에서 어망을 던진다. 창백한 새벽 하늘 속으로 두루미, 백로, 오리가 날아오른다. 불쑥 태양의 황금 원반이 솟아오르면서 신전을 밝히고 오시리스의 문장인 매의 눈과 날개가 새겨진 현무암 제단 위를 밝힌다. 그것이 오야의 이마에 새겨진 해와 달, 뺨에 새겨진 매의 날개와 꼬리털인 *이치* 문신임을 조프르와는 알아보았다. 그 기호는 뜨겁게 달궈진 눈동자처럼 그의 몸 깊숙이 파고들며 빛을 발한다. 브로크던 섬 위의 제단은 떠오르는 태양을 마주보고 우뚝 서 있다. 조프르와는 그의 몸 안으로 들어와 가장 깊숙한 곳까지 뜨겁게 달궈진 그 빛을 느낀다. 그것만이 진실이다. 다만 그 육신의 무게 때문에 보지 못할 따름이다. 공룡의 뼈 같은 *조지 션튼* 호가 누워 있는 브로크던 섬. 햇살은 행복처럼 아주 아름답고 눈부시다. 조프르와는 마술의 기호를 떠받치고 있는 제단을 바라보다가 오야의 얼굴을 보았고, 모든 게 시간의 종말까지 읽을 수 있을 정도로 너무 명백하다. 새로운 므로에는 바로 오니샤와 아사바, 양쪽 강변의 섬 앞에, 그가 수년 동안 와르프와 낡아빠진 유나이티드 아프리카 사무실에서, 숨이 막혀 오는 창고의 그늘 속에서 그토록 기다렸던 바로 그 장소에 있는 것이다. 검은 여왕이 백성을 끌고 개펄을 지나 온 곳, 배들이 물건을 부리던 바로 그곳이 새로운 므로에였다. 그녀가 태양의 제단, 우문드리족의 신성한 문장을 세운 곳이 바로 그곳이다. 오야가 그의 아이를 낳기 위해 온 곳. 진리의 빛은 너무도 강렬하여 단숨에 조프르와의 얼굴을 환히 비추고 환희의 물결처럼 그의 이마, 뺨 위를 지나갔고 조프르와는 온몸을 떨기 시작한다.

"조프르와, 조프르와, 왜 그러세요?"

마리마가 몸을 숙여 그를 들여다본다. 조프르와 얼굴은 강렬한 희열, 번쩍이는 깨달음을 드러낸다. 마리마는 의자에서 일어나 침대 곁에 무릎을 꿇는다. 밖에서는 밤이 언덕 위로 떨어지는 중이고 올리브 나뭇잎 색깔 같은 회색 광선은 부드럽기만 하다. 재잘거리는 까치 소리, 고뇌에 찬 듯한 티티새 소리가 들린다. 썩은 냄새가 풍기는 풀밭에서 찌르륵거리는 벌레 소리가 점점 증폭된다. 커다란 물 탱크 속에서 개구리가 베이스 톤으로 첫 울음을 운다. 마우는 예전 오니샤에서의 밤, 그 밤의 불안과 희열, 살갗에 퍼지던 전율을 생각하지 않을 수 없었다. 그들이 남불로 내려온 이후 매일 밤, 사라진 모든 것에 그녀를 연결시켜 주는 것이 바로 이 똑같은 전율이다.

옆방에서는 마리마가 옷을 입은 채 팔로 얼굴을 가리고 하얀 시트에 누워 자고 있다. 지난 밤, 아버지를 간호하느라 너무 지쳐 있다. 그녀는 마우가 놀리느라고 그녀 약혼자라 부르는 줄리앙이 그녀를 차에 태우고 어두운 길을 따라 바닷가까지 가는 꿈을 꾼다. 마리마는 아직 너무 젊어서 남아서 이 모든 일을 목도하는 걸 마우는 원치 않는다. 음식을 거들고 씻는 걸 돕고 상처를 닦아 내고 빨래를 하겠다고 나선 것은 그녀 자신이었다. 그녀는 마치 그가 오기만 하면 단숨에 모든 게 해결되는 양 항상 펭탕에 대한 얘기를 한다. 마우는 "아이를 낳는 까닭이 자식이 자신의 눈을 감겨 주길 바라기 때문일까?"라고 생각한다.

방안의 마우가 다시 일어났다. 더 이상 말할 엄두를 내지 못한다. 그녀는 조프르와의 얼굴, 마침내 크게 떠질 것처럼 가늘게 떨리는 그의 눈꺼풀을 자세히 들여다본다. 다시 한 순간 물 위에 비치는 그림자처럼 어떤 열기와 광선이 그의 눈꺼풀 반대편으로 스쳐 지나간다.

벽면과 마을 성벽, 섬 안의 신전, 마술의 기호를 떠받치고 있는 검은 돌 위로 햇살이 밝게 비춘다. 조프르와 알렝의 가슴속에 있는 그것은 너무 아득하고, 너무 강하고 이상하다. 그리곤 햇빛이 사그러든다. 그림자가 자그마한 방안으로 밀려 들어와 죽어 가는 남자 얼굴을 덮고 그의 눈꺼풀을 영원히 봉해 버린다. 사막의 모래가 아르시노에 백성의 뼈를 덮는다. 므로에로 가는 길은 끝이 없다.

밤이 되기 조금 전 펭탕이 도착했다. 가시 덩굴 사이로 부는 바람, 아직도 더운 태양열을 뿜고 있는 벽을 제외하곤 언덕 위에 자리한 낡은 집은 모든 게 너무 조용하다. 모든 것으로부터 너무 멀리 떨어져 시간 밖에 존재하는 듯하다. 문 앞의 전등불 아래에서 털이 부숭숭한 늙은 암탉이 불면증 환자 같은 몸짓으로 나비를 쫓고 있다.

마우는 펭탕을 끌어안았다. 그녀는 말할 필요가 없었고 그는 그녀의 부수수한 얼굴을 보고는 무슨 일이 일어났는지 알아차렸다. 그는 조프르와 방에 들어갔고 오래 전 오니샤를 떠나기 전처럼 그의 가슴 속에서 꿈틀거리는 무엇인가를 느낀다. 조프르와의 얼굴은 너무 하얗고 너무 차갑고 한 번도 본 적 없는 부드러움과 평화의 기운이 감돌았다. 더 이상 숨소리가 없었다. 여느 밤과 마찬가지로 아름답고 고요한 밤이다. 벌써 봄이 느껴진다. 밖에서는 벌레들이 미친 듯 울어대고 두꺼비들이 물탱크 속에서 다시 울기 시작했다.

마리마는 옆방의 침대에 길게 누워 머리를 옆으로 두고 깊은 잠에 빠졌다. 긴 머리채가 어깨 위로 미끄러져 내려왔다. 그녀는 아름답다.

펭탕은 어둠이 가득한 방안에서 마우 곁 땅바닥에 주저앉았다. 그들은 즐겁게 울려 퍼지는 벌레 소리를 듣는다.

모든 게 끝났다. 우마이아, 아바, 오웨리의 굶주린 아이들도 이젠 무기를 들 기력이 없었다. 어쨌거나 비행기와 대포에 마주한 그들에겐 몽둥이와 돌멩이밖에 없었다. 눈 리버, 우겔리 필드에서 기술자들이 파이프 라인을 수리했고 유조선은 보니 섬의 기름 탱크를 채울 수 있을 것이다. 전 세계가 눈을 돌렸다. 단지 아로 추쿠의 신전만이 어떤 신비로운 약속에 의한 것처럼 폭탄에 파괴되지 않았다.

학교를 완전히 떠나 남불로 돌아가겠다고 결심하기 몇 주 전 펭탕은 런던의 공증인 사무실로부터 편지 한 통을 받았다. 1968년 늦여름 오니샤 폭격으로 사빈 로즈가 죽었다는 얘기만 몇 줄 있을 뿐이었다.

펭탕에게 자신의 죽음을 연락하라고 일러둔 사람은 사빈 로즈 자신이었다. 편지에 의하면 그의 본명은 로데릭 마티유이며 그는 대영제국 장교였다고 한다.

르 클레지오의 삶과 문학

이재룡

2008년 〈노벨문학상〉은 프랑스 소설가 장-마리 귀스타브 르 클레지오Jean-Marie Gustave Le Clézio에게 돌아갔다. 통계 숫자로 본다면 프랑스는 지금까지 가장 많은 〈노벨문학상〉을 받은 나라이다.

〈노벨문학상〉이 기준이 될 수야 없지만 앙드레 지드, 프랑스와 모리악, 알베르 카뮈, 생-종 페르스, 장 폴 사르트르, 사무엘 베케트 등이 몇 해 간격으로 수상자로 지목되던 때가 필경 프랑스 문학이 세계 무대에서 화려한 조명을 받던 시절이었을 것이다. 하지만 정작 프랑스 독자에게는 생소하기 이를 데 없는 클로드 시몽이 수상한 1985년 이후 20여 년 동안 노벨상의 계절에는 르 클레지오, 미셸 투르니에, 밀란 쿤데라, 이스마엘 카다레 등 일군의 프랑스 작가가 거명되었지만 번번이 예상은 빗나갔다. 그리고 금년 드디어 프랑스 일반 독자와 전문평론가와 교수가 공히 프랑스를 대표하는 작가로 인정하는 르 클레지오가 수상자로 결정되었다. 노벨상 한림원이 발표한 안내문에는 "새로운 시작과 시적 모험과 감각적 황홀의 작가, 지배적 문명 저편의 인류를 탐험하는 작가"라는 문구로 시작되는 짧은 작가 약력이 실렸다. 1963년 첫 소설 『조서』 이후 2008년 『허기의 간주곡』에 이르는

40여 편의 작품을 상세히 검토하는 것은 힘에 부치는 일이기에 이 해설에 살을 붙이는 식으로 르 클레지오의 삶과 작품세계를 일별해 보기로 한다.

삶

장-마리 귀스타브 르 클레지오는 1940년 4월 13일 프랑스 남부 도시 니스에서 태어났다. 그의 조상은 원래 프랑스 브르타뉴 지방에 뿌리를 두었지만 프랑스혁명 직후 가난을 피해 프랑스를 떠나 인도로 향하던 중 당시 프랑스 식민지령이었던 모리셔스 섬에 정착했다. 모리셔스 섬이 1810년 영국 식민지가 되는 바람에 그의 조상은 영국 국적이 되었고 다시 모리셔스가 독립하는 바람에 작가와 그의 아버지는 모리셔스 국적과 프랑스 국적을 지니면서 영어와 불어를 함께 사용하게 되었다. 영문학에도 조예가 깊지만 기회가 닿을 때마다 작가의 조국은 언어이며 불어가 자신의 조국이라고 공언했다. 2004년 발표한 『아프리카인』에 따르면 그의 아버지는 영국 런던에서 7년간 의학공부를 마친 후 1928년 아프리카 순회의사로 자원한다. 1932년부터 아버지를 곁에서 돕던 그의 어머니는 1938년 출산을 위해 프랑스로 떠났고 1940년 태어난 르 클레지오는 제2차세계대전이 지난 1948년 여덟 살이 돼서야 아프리카에서 아버지와 첫 대면을 하게 된다. 20세기의 정치적 풍랑에 떠밀려 온 온갖 국적의 이방인이 닻을 내린 니스에서 보낸 가난하고 반항적 유년기, 그리고 감수성이 예민했던 시절을 아프리카에서 보낸 르 클레지오는 “내가 끊임없이 되돌아가고 싶은 곳은 아프리카, 내 유년기의 추억이다. 그곳은 내 감정과 내 존재를 결정짓는 요소들이 뿌리를 내린 원천이다.”라고 고백한 바 있다. 그의 작품세계는 이렇듯 이중국적의 경계인의 삶, 니스와 아프리카, 그리고 훗날 남미와 미국 등지를 떠돌았던 삶의 여정을 담고 있다. 1959년에 브리스톨, 1960년에서 1961년까지 런던에서 대학을 다니고 다시 니스로 돌아와 1963년 2년간 수학한 후 1964년 엑상프로방스대학에서 앙리 미쇼에 대한 연구로 석사과정을 마친다. 1963년에 출간을 전제하지 않지만 가능성이 엿보이는 원고에게 주어지는 약간의 상금을 기대하며 두 달가량 바다가 보이는 니스의 한 카페에서 쓴 『조서』를 갈리마르 출판사에 보냈고 그것이 출간되고 곧이어 〈르노도상〉을 수상하면서 그는 일약 문단의 주목을 받는 젊은 작가로 부각된다. 미국으로 건너갔다가 1967년 병역대체 근무로 태국 방콕으로 파견되어 불어교사를 하다가 미성년자 매춘에 대한 반대시위로 태국에서 추방되어 멕시코에서 병역근무를 마친다. 1969년에서 1973년까지 파나마에서 머물렀고 이후 남미, 미국의 멕시코시티, 보스턴 등지의 대학에서 프랑스문학을 강의했다. 첫 부인 마리나, 그리고 1975년에 결혼한 제미아에게서 두 딸을 두었다.

작품세계

“실존주의와 누보로망의 영향 아래 일상적 언어의 타락 상태에서 단어를 추출해서 그에 연상의 힘을 주입"했다는 평을 받은 『조서』는 누보로망에서 흔히 거론되는 펜-카메라기법의 치밀한 묘사와 신문기사를 잘라붙인 듯한 콜라주기법을 도입한 실험정신이 돋보이는 동시에 주인공 아담 폴로가 로캉텡이나 뫼르소를 연상시키는 실존주의 분위기를 풍기기도 했다. 정신병원, 혹은 병영에서 탈출했을 법한 외톨이 아담 폴로의 모습은 이후 그의 소설 속에서 반복되는 전형적 인물이 된다. 불안한 정신상태에 빠진 인물이 딱히 뚜렷한 전망도 없으면서 오로지 이곳, 지금으로부터 벗어나 추상적 세계로 도피하려는 인물 유형은 나이와 성별에 따라 변주되긴 하지만 르 클레지오가 창조한 독특한 인물상이다. 어린 시절 아버지가 없는 가난한 환경에서 간혹 거친 반항과 일탈을 보였던 아이가 감수성 예민한 시절에 긴 항해 끝에 그간 살아왔던 도시환경과는 전혀 다른 강렬한 자연과 조우하며 느꼈던 경이감과 두려움은 작품 곳곳에서 발견된다. 아프리카의 강렬한 햇살 속에 드러나는 원색적 자연은 인간에 의해 길들여진 자연과 다르게 거칠고 공격적이지만 그만큼 뿌리치기 어려운 매력을 발휘한다. 그래서 젊은 패기가 뒷받침된 새로운 소설기법이 번득이는 초기 작품은 점차 도시문명을 비판하는 자연친화적이며 범신론적 분위기가 풍기는 소설로 변모를 거듭한다. 바다 냄새와 햇빛의 색깔, 흙의 감촉과 바람 소리 등 자연에 대한 아름다운 묘사는 르 클레지오 소설의 공통된 특징이 된다. 꽃과 풀, 나무와 바위에 생명을 불어넣는 생생한 표현에서 작가 특유의 애니미즘이 엿보이며 훗날 생태주의 작가라는 평가를 받게 되는 단초가 된다. 또한 현대문명에 때 묻지 않은 아프리카와 남미를 잃어버린 낙원으로 묘사하고, 인물도 주로 순수한 어린아이를 등장시키면서 서구문명 세계로 대표되는 어른 세계의 비정한 세태, 인종차별, 전쟁 등에 날 선 비판을 하는 경향이 짙어지면서 그의 작품세계는 휴머니즘과 에콜로지라는 덕목이 주목되어 부쩍 〈노벨문학상〉 후보로 자주 거론되기 시작한다. 방콕 불교대학에서 정치학 강의를 하던 시절에 불교에 심취하고 이슬람문화권에 속한 마로크 여자 제미아와 결혼한 그는 동양과 서양, 유럽과 아프리카, 기독교와 이슬람, 혹은 불교에 이르기까지 문화적, 철학적 지평을 넓혔고 그만큼 그의 작품은 인류보편적 가치를 담고 있다고 볼 수 있다. 이태전 여름, 『현대문학』과의 대담에서 그의 작품 주인공 몽도가 불교경전에서 '세상에 문제를 제기하는 사람' 임을 뜻한다고 하며 이슬람 신비주의에 물든 기독교도 카릴 지브란, 유럽에 불교를 소개한 인도 사상가 스리 아우로빈도 등을 거론하며 종교에 대한 깊은 이해를 설명한 바 있다.

흔히 유목작가라 칭할 만큼 그의 삶은 떠돌이생활 자체였고 작품에서도 여행은 빼놓을 수 없는 중요 뼈대가 된다. 『조서』를 포함한 초기 소설이 주로 막연한 방황, 그리움과 결핍감을 견디지 못하고 무작정 지금의 이곳을 벗어나 헤매는 이야기였다면 세월이 흐름에 따라 여행의 목적이 점차 구체화되는 경향을 띤다. 방황과 도피에서 추구와 화해로 이어지는 일련의 작품세계는 프랑스문학의 외연을 넓히고 보편성을 획득하여 '정치적 올바름' 을 대변하는 작가로 부각되지만 일부 독자와 평자로부터 불어를 사용하는 제3세계의 작가라는 다소 조롱 섞인 눈총을 받기도 했다. 초기에는 전위작가로 치부되어 누보 로망, 『텔켈』의 필립 솔레르스와 함께 분류되기도 했지만 금세 전위 대열에서 빠져나오는 바람에 '산에서 내려와 투항한 빨치산'이라 불리던 그는 방황과 도피를 거쳐 아프리카, 남미를 소재로 한 소설세계를 펼쳤고, 스웨덴 한림원의 표현에 따르면 "작품의 무게중심이 점차 유년기와 자신의 가족사로 이동하게 된다". 공간을 떠도는 방랑과 추구가 이제 자신의 기원을 찾는 시간여행으로 주제가 바뀐 것이다. 그 변곡점이 1991년 작 『오니샤』와 1995년 『검역』이라 할 수 있다.

『오니샤』는 몇몇 대목과 고유명사만 바꾼다면 여덟 살 때 작가가 겪었던 일과 일치하는 자전적 소설이다. 여덟 살이 되어서야 남이나 다름없는 아버지를 만나기 위해 젊은 엄마 마우와 그녀의 아들 펭탕은 한 달간의 긴 항해 끝에 아프리카에서 아버지 조프르와 알렝을 만난다. 아프리카의 낯선 환경이 공포와 호기심을 일으키듯 어머니의 남자는 그에게 이방인, 두려움과 질투의 대상이었을 것이다. 가난했지만 자유와 일탈을 허용했던 프랑스생활과 달리 근엄한 식민지 직원이었던 아버지와 그는 쉰 살이 되어서야 비로소 이 작품을 통해 화해를 했던 것이다. 아무나 붙잡고 "나를 입양해 주실래요?"라고 애원하던 떠돌이 소년 몽도가 드디어 『오니샤』에서 아버지를 만나고 그의 임종을 곁에서 지켜 주었던 것이다. 작품에서 '오니샤'로 칭했던 곳의 움막은 『아프리카인』에서 나오는 '반소'라는 곳과 일치하고 천둥소리에 몸을 떨던 아이에게 번개 빛과 천둥소리 사이의 시간을 재어 거리를 따져보는 놀이를 제안하는 엄마의 일화는 『아프리카인』에서 그대로 반복된다. 미지의 공포를 숫자로 환산하여 극복하는 것은 야성의 자연을 서구이성으로 해석하여 순치시키는 법을 배우며 아이가 어른으로 입문하는 과정을 그리고 있다.

『오니샤』에서 펭탕이 아니라 조프르와 알렝이 독백하는 대목은 페이지 한 쪽을 백지로 남겨 소설의 나머지 부분과 구분하였는데 바로 이 특별히 마련된 공간에서 작가는 젊은 시절의 아버지가 품었던 꿈과 신화를 아버지의 시각에서 서술하고 있다. 작가의 뿌리 찾기는 『검역』에서 보다 더 먼 과거로 거슬러 올라간다. 모리셔스 섬의 아르샹보 집안의 가계도를 그리고 그들이 겪은 모험과 사랑은 르 클레지오가 어린 시절에 마치 집안의 신화처럼 들었던 이야기였을 터이다. 자신의 정체성을 규명하기 위해 과거로 거슬러 올라가는 이야기는 『혁명』과 최근 발표된 『허기의 간주곡』까지 이어지며, 특히 『혁명』은 르 클레지오 작품세계의 정점으로 평가되고 있다. 그의 작품이 보편적 의미를 지니는 것은 한 개인의 뿌리 찾기에 머물지 않고 그의 가계가 겪은 역사적 맥락이 포함되었기 때문일 것이다. 제국주의의 산물인 전쟁과 식민지, 그로 인한 이주와 이별, 그리고 방랑은 아직도 목도되는 진행형 불행이다.

장-마리 귀스타브 르 클레지오는 동서양을 끊임없이 여행했지만 사십여 권의 작품이 기록된 서지목록에서 짐작할 수 있듯이 한시도 쉬지 않고 작품에 진력했다. 작품에서 가난과 폭력, 불의와 맹목을 차갑게 비난했지만 소설 외의 다른 글을 통해 정치, 사회적 문제를 두고 목청을 높인 적은 없었던 것 같다. 다만 대담의 기회가 닿을 때마다 평소 조용하고 침착한 태도에서 벗어나 대단히 진지하고 집요하게 불행에 빠진 어린이와 가난한 자, 박해받은 사람들, 제국주의의 폐해를 고발하곤 했다. 그러나 굳이 트집을 잡는다면 아프리카나 남미에 대한 향수, 무뚝뚝한 아버지에 대한 뒤늦은 애정 등을 두고 서구인의 이국취향에 맞춘다거나, 혹은 따지고 보면 결국 제국주의의 첨병 노릇에 불과했던 군의관에 대한 찬양이라는 점도 지적할 만하다. 세계를 떠돌며 자신은 전생에 인디언이었다고 확신한다며 소외된 소수민족에 대한 강한 유대감을 강조하지만 어쩌면 그의 시각은 서구 백인이 품는 전형적 오리엔탈리즘의 가두리에서 벗어나지 못했을 수도 있다고 주장할 수도 있다. 예전에 『현대문학』과의 대담에서 제국주의와 오리엔탈리즘에 대한 문제가 제기되자 그는 대단히 진지하고 신중하게 그의 입장, 혹은 아버지의 입장을 설명했다. 어쩌면 이 문제를 제기하기에 가장 부적합한 예, 차라리 반증의 예로 들기에 좋은 예가 바로 르 클레지오일 것 같다. 또 다른 비판으로서 프랑스의 한 평론가는 그의 글이 점점 투명해지고 간결해진 나머지 그저 읽기 쉬운 장점만 있을 뿐, 밀도와 깊이를 지닌 문체와는 동떨어졌다고 악평을 하기도 했다. 〈노벨문학상〉을 계기로 그가 장르로서의 소설 발전에 기여한 바가 크지 않다는 트집을 잡는 평도 들린다. 또한 주로 어린아이를 화자로 내세우는 그의 작품이 갈등과 소외, 현대사회의 물질주의와 같은 복합적 문제에 다소 순진하게 접근한다는 점도 지적할 수 있다. 예컨대 프랑스 작가 중에서도 쥘리앙 그락이나 모리스 블랑쇼 등이 타지 못했던 〈노벨문학상〉을 그가 수상한 것에 불만을 표하는 문학교수의 평도 있었다. 아무튼 〈노벨문학상〉 수상이 그의 작품세계에 대한 여러 반응과 평가를 자극했다는 것이 나쁜 일은 아니며 이를 계기로 딱히 평론가나 연구자들 뿐 아니라 일반 독자들도 그의 작품을 찾게 된다면 반가운 일이다. 르 클레지오도 글쓰기란 소통과 반응을 위한 것이란 의견을 누차 강조한 바 있기 때문이다.

한국에 자주 들르고 강의도 했던 그를 만나고 대화를 나눴던 사람도 많을 터이다. 그를 한 번이라도 접했던 이들은 이구동성으로 르 클레지오의 작품뿐 아니라 사람 됨됨이가 인상적이었다고 토로했다. 너무 진부하고 악용되기 쉬운 말이라 피하고 싶지만, 글과 사람은 절대 따로 떼어놓을 수 없다. 글이 곧 사람이다. 르 클레지오는 훗날 전기와 작품을 나란히 놓고 어린아이에게 문학과 삶을 함께 이야기해도 부끄럽지 않을 작가일 것이다.

■ **(주)고려원북스** 는 우리들의 가슴속에 영원히 남을 지혜가 넘치는 좋은 책을 만들겠습니다.

오니샤

초판 1쇄 | 2008년 12월 10일

지은이 | 르 클레지오
옮긴이 | 이재룡
펴낸이 | 이용배
펴낸곳 | (주)고려원북스
편집장 | 설응도
책임편집 | 박종훈
마케팅 | 김홍석, 이종진

판매처 | (주)북스컴, Bookscom., Inc.

출판등록 | 2004년 5월 6일(제16-3336호)
주소 | 서울 광진구 능동 279-3 길송빌딩 7층
전화번호 | 02-466-1207
팩스번호 | 02-466-1301
홈페이지 | http://www.bookscom.co.kr

값 11,000원
ISBN 97889-91264-82-3 03860

잘못 만들어진 책은 구입처나 본사에서 교환해 드립니다.